东游的摩罗

日本体验与
中国现代文学的发生

李怡 —— 著

江苏凤凰文艺出版社
JIANGSU PHOENIX LITERATURE AND
ART PUBLISHING, LTD

图书在版编目（CIP）数据

东游的摩罗：日本体验与中国现代文学的发生 / 李怡著. — 南京：江苏凤凰文艺出版社，2018.8

ISBN 978-7-5594-1773-2

Ⅰ. ①东… Ⅱ. ①李… Ⅲ. ①中国文学－现代文学－文学研究 Ⅳ. ①I206.6

中国版本图书馆 CIP 数据核字(2018)第 052105 号

书　　名	东游的摩罗：日本体验与中国现代文学的发生
著　　者	李　怡
责任编辑	李　黎　牟盛洁
出版发行	江苏凤凰文艺出版社
出版社地址	南京市中央路 165 号，邮编：210009
出版社网址	http://www.jswenyi.com
印　　刷	徐州绪权印刷有限公司
开　　本	880×1230 毫米　1/32
印　　张	9
字　　数	232 千字
版　　次	2018 年 8 月第 1 版　2018 年 8 月第 1 次印刷
标准书号	ISBN 978-7-5594-1773-2
定　　价	45.00 元

（江苏文艺版图书凡印刷、装订错误可随时向承印厂调换）

目 录

引子 / 001

导论 "日本体验"与中国现代文学的发生 / 005

第一章 "新语句"遭遇中的新观念的滥觞
　　——留日中国知识界的关键词语与关键思想 / 027
　　一、"民族"的主义与"革命"的排满 / 029
　　二、"世界"体验与"进化"学说 / 041
　　三、"新民"理想与"心力"追求 / 059
　　四、"个人"的理念与"自我"的意识 / 067
　　五、菊花与刀：词语与文化遭遇的个体差异 / 081

第二章 初识日本与中国文学的"新路" / 087
　　一、生存实感的引入与中国"新"诗 / 087
　　二、生存实感的规避与"小说界革命"的曲折 / 100
　　三、日本艺术资源与中国戏剧改革 / 108
　　四、中国散文新貌：本土需要与日本经验的契合 / 114

第三章　1907: 鲁迅兄弟的深度体验与中国文学的"别立新宗"　/ 130

一、1907 年前后　/ 131

二、鲁迅：从体验日本到"入于自识"　/ 139

三、周作人：体验与日本的"协和"　/ 166

四、《新生》：孤独的"深度"　/ 172

第四章　立场与格局的嬗变：从《甲寅杂志》到《新青年》的思想经验　/ 177

一、《甲寅》月刊与现代民族国家体验的嬗变　/ 178

二、《新青年》的思想立场与中国新文学的开端　/ 186

三、新的"格局"与新的体验　/ 197

第五章　挣扎中的"创造"与新文学复杂格局的形成　/ 202

一、现代社会漩流中的个人　/ 203

二、从挣扎到创造　/ 222

三、"文学革命第二期"与新文学复杂格局的形成　/ 237

主要参考文献　/ 258

附录

附录一：博士学位论文答辩委员会决议　/ 266

附录二：博士论文专家评议书　/ 267

附录三：导师意见　/ 272

附录四：本书涉及重要人物、著作及事件索引　/ 273

初版后记　/ 279

再版补记　/ 281

引 子

  在被有的学者称为"以留学生文化为基础"的20世纪的中国[1]，如果说留学英美的中国知识分子主要是为我们带回了一系列自成体系的西方文化资源，那么留学日本的中国知识分子却常常陷入到一种难以言述的文化纠缠与生存纠缠当中：日本是他们的受业之乡，但却不时令他们饱尝屈辱，日本的文化并不能休憩他们躁动的灵魂；中国是他们灵魂的故里，但在中国当局的眼里，他们却又是一群可怕的叛逆；从留日学者梁启超的《敬告留学生诸君》[2]到留日学生李书城的《学生之竞争》[3]，留日学界的刊物以及留日学生在国内刊物发表的文章中，随处可见关于"留学生文化"的激情阐发，几乎所有的留日青年知识分子都以"中国将来之主人翁""一国最高最重之天职"自我期许，然而，他们又分明无法如许多英美留学生那样潜心学业，笃信"非求学问之程度倍徙于欧美日本人，不足以为用于中国"，[4]集会、罢课、退学、肄业回国以至革命、暗杀之类倒似乎成为了他们留学生涯中层

---

[1] 王富仁：《影响21世纪中国文化的几个现实因素》，《战略与管理》1997年2期。
[2] 见《饮冰室合集》文集第4册，中华书局2015年版。
[3] 原载《湖北学生界》1903年第2期。
[4] 梁启超：《敬告留学生诸君》，《饮冰室合集》文集第4册，第995、996页，中华书局2015年版。

出不穷的大事，梁启超提醒留学生注意培养"学校外之学问"，留学生也表示"勿为学问之奴隶"，①刘师培专门为"留学生为叛逆"正过名，他的"正名"却是公开标举了"排满"革命的正义性。②留日中国学者与学生的骚动不安与那些似乎"温良恭俭"的学者般的英美"海归"派的确形成了鲜明的对照，他们的生存姿态很容易让我们想到鲁迅所论及的"摩罗诗力"。

1907年，鲁迅在日本写下了著名的《摩罗诗力说》，在这篇文章里，他满怀激情地描述了被称为"摩罗诗派"的人们：

> 摩罗之言，假自天竺，此云天魔，欧人谓之撒旦，人本以目裴伦（G. Byron）。今则举一切诗人中，凡立意在反抗，指归在动作，而为世所不甚愉悦者悉入之……凡是群人，外状至异，各禀自国之特色，发为光华；而要其大归，则趣于一：大都不为顺世和乐之音，动吭一呼，闻者兴起，争天抗俗，而精神复深感后世人心，绵延至于无已。③

假如我们有意忽略鲁迅这里的文学史指意而仅仅作文字的欣赏，那么，这些摩罗诗人仿佛就是当年那些"浮槎东渡"的留日中国学生：他们认定"我中国今日欲脱满洲人之羁缚，不可不革命，我中国欲独立，不可不革命，我中国欲与世界列强并雄，不可不革命，我中国欲为地球上强国，不可不革命"④。他们高吟"或排满，或革命，舍死做去"，慷慨赴死。⑤连女性也是如此的桀骜不驯、豪气干云："吾辈爱

---

① 《勿为学问之奴隶》，《直说》1903年2月13日第1期。
② 申叔（刘师培）：《论留学生之非叛逆》，《苏报》1903年6月22日。
③ 《鲁迅全集》1卷，人民文学出版社1981年版，第66页。
④ 邹容：《革命军》，《辛亥革命（二）》，上海人民出版社1957年版，第333页。
⑤ 陈天华：《猛回头》，《辛亥革命（二）》，上海人民出版社1957年版，第167页。

自由，勉励自由一杯酒。男女平权天赋说，岂甘居牛后？""双臂能将万人敌，平生意气凌云霄。"①虽然按照鲁迅的原意，作为"精神界之战士"的摩罗诗人并不是他们，而且严格说来也非中国当下的"现实"，但是我们却同样很难否认20世纪初年活跃在鲁迅周围的这些中国留学生所给予鲁迅的感染，"立意在反抗，指归在动作"，"争天抗俗"，这不同样也是鲁迅和他前前后后的留日中国同学所共同的精神追求？

从1902年成城学校入学事件到1905年的反对"取缔规则"运动，从纪念"支那亡国"到同盟会的反清斗争，从反对"二十一条"到左翼文艺运动，这些满怀雄心壮志"浮槎东渡"却又忧愤、屈辱、受难和敏锐的中国留日学生们，为了生存，为了民族，为了尊严，曾经进行过多么激越的挣扎、多么殊死的搏斗，他们，曾经就是现代中国的第一批"精神界之战士"，就是中国文化的"摩罗"。

在20世纪中国文化与中国文学的发展史中，就曾活跃着这样一批又一批的"摩罗"们的身影。作为当年留日学生中的一员，贾植芳先生以"历史见证人"的心态生动地描述过留日学生与中国现代文学的关系。他将从清末以来至抗战的中国留日学生分作五代，以鲁迅、周作人、陈独秀、钱玄同、苏曼殊、欧阳予倩等为第一代，以创造社诸君为第二代，以五四以后赴日的穆木天、夏衍、丰子恺、谢六逸、彭康、朱镜我等为第三代，以大革命失败后前往日本的如任钧、胡风、周扬等为第四代，以20世纪30年代中期前后留日的如覃子豪、林林等为第五代。与留学英美的中国学生相比，贾植芳先生认为这几代留日学生（作家）的显著特点就在于他们所表现出来的政治态度的"激进"："在五四初期，留日学生激进地主张批孔、批三纲五常，反对封建传统，向往朦胧的社会主义（包括无政府主义理想）；在二十年代以后，留日学生激进地提倡马克思主义，提倡'普罗文学'，反对国内国民党

---

① 分别见秋瑾《勉女权歌》《日本铃木文学士宝刀歌》。

的独裁专制和白色恐怖，推动了左翼文学运动，这其中包括创造社的前后期主要人物，三十年代左联以鲁迅先生为首的主要领导干部周扬、夏衍、田汉、胡风等人。他们在文学创作上，敢于大胆地暴露个性的真实，敢于发表惊世骇俗的言论，批评现状无所顾忌。"① 这样的"激进"，也就是我们所谓的摩罗精神。摩罗精神贯穿了现代中国留日作家的好几代人，可以说已经构成了中国现代文学的重要"精神传统"。

今天，在世纪之交，随着中国文化与中国文学发展状况的变化，留日中国知识分子的这一独立性似乎已经丧失，倒是与之相异的英美"海归"派继续在中国社会的发展中扮演着他们固有的"知识精英"角色，而曾经构成中国现代文学传统的摩罗精神则在"现代性质疑"与英美"海归"派的文化压力之下摇摇欲坠，所谓的"文化激进主义"不正到处遭人痛斥吗？然而，这一切是否就那么的"理所当然"？我们是否真的只能在"大江东去"的感叹中接受历史"转折"的现实？中国现代文学的精神传统是否就应当按照今天英美学术的"规范"进行重写？这都是一些难以解决却又必须解决的问题。正是这些问题提醒我们再次回望历史，重新在历史自我演化的程序里详加辨析，究竟是什么构成了中国现代文化与文学的内在脉络？究竟是什么可能对历史造成更大的遮蔽与扭曲？在中国现代文学发生发展的历史中，究竟曾经发生过什么？究竟什么是所谓的"激进"？什么又是中国现代文学发展中弥足珍贵的传统？

---

① 贾植芳：《中国留日学生与中国现代文学》，《中国比较文学》1991年1期。

导论 "日本体验"与中国现代文学的发生

一

今天，虽然存在文学史观念的若干差异，但在反映留学生与中国现代文学的紧密关系这一方面，却有着广泛的共识。借助于几种基本的中国现代文学著作，我曾经对中国现代作家的"出身"构成作过统计。在陆耀东、孙党伯、唐达晖主编的《中国现代文学大辞典》收录的693位作家中，没有留学经历的本土作家有488位，留学生作家为205位。在唐弢的《中国现代文学史》中，列入专章的作家有6位，其中有过留学经历的占5位（曹禺盛名之后游历海外当不计入），列入专节的作家有18位，有过留学经历的占6位。在钱理群、温儒敏、吴福辉等人的《中国现代文学三十年》修订版中，列入专章的作家是9位，留学生出身或创作早期有过游学经历的有6位，列入专节的作家是17位，有过留学经历的竟占15位。在司马长风《中国新文学史》列入章节小标题的91位作家中，本土作家有34位，留学生则达57位。统计表明，留学生出身的作家在我们中国现代文学发展中，占据了至关重要的地位，这一情况，尤其当我们以"入史"的价值标准为衡定之时，便更是如此。

的确，在中国文学从古典形态向着自己的现代形态的转变过程之中，外来文化观念与文学观念的"引发"作用就是这样的显著。这些外来观念对近现代中国留学生并通过留学生对整个中国文学产生了重大的影响，为中国现代文学的"成型"提供了诸多的启发。

但是，究竟如何描述和估量留外中国知识分子（作家）所承受外来观念的方式，或者说所谓的外来因素是如何作用于他们并通过他们对整个中国文学的现代转换产生意义的呢？今天，卓有成就并渐趋成熟的一种阐释模式是"中外文化交流"。即考察这些中国知识分子（作家）接受了哪些外来文化的熏陶和影响，然后在他们各自的创作中寻找与那些外来文化的相类似的特征，以此作为中国现代作家与整个中国现代文学在"中外文化交流"之中发展变化的具体表现。这一阐释模式是随着新时期中国文化对外开放的大势而出现和强化起来的，中国现代文学研究正是在开放与交流的大势中恢复了生机，重新肯定和挖掘中国现代文学的开放姿态与交流内涵，借助于比较文学的"影响研究"方法，这都逐渐发展成为了中国现代文学研究的主流。20世纪80年代中期，由曾小逸主编、湖南文艺出版社推出的《走向世界文学》一书便可以说是这一学术研究的主流话语形成的标志，这一著作不仅集中展示了当时新近涌现、后来成为本学科主力的大多数学者，更重要的是它所提炼的"走向世界"的中心命题俨然就是一个时期的价值取向，著作副标题"中国现代作家与外国文学"所昭示的比较文学"影响研究"则成为了新时期以后中国现代文学研究的最富有时代特色的方法，而以"世界文学"为恢弘远景的认知更促使了人们对于"愈是民族的，愈是世界的"这"一种似是而非的文学观念"的质疑。[①]

应当说，这一研究模式的合理性便在于它的确反映了中国现代文

---

① 参见曾小逸：《走向世界文学·导论》，《走向世界文学》第36页，湖南文艺出版社1986年版。

学发生发展所背靠的文化交流的历史事实,但是时至今日,我们也必须看到,在实际的文学比较当中,我们又很容易忽略"交流"现象本身的诸多细节,或者说是将"影响研究"简化为异域因素的"输入"与"移植"过程。这便在很大的程度上漠视了文学创作这一精神现象复杂性。因为,精神产品的创造归根到底并不是观念的"移植"而是创造主体自我生命的体验与表达,作为文化交流而输入的外来因素固然可以给我们某种启发但却并不能够代替自我精神的内部发展,一种新的文化与文学现象最终能够在我们的文学史之流中发生和发展,一定是因为它以某种方式进入了我们自己的"结构",并受命于我们自己的滋生机制,换句话说,它已经就是我们从主体意识出发对自我传统的某种创造性的调整。正如王富仁先生所指出的那样:"文化经过中国近、现、当代知识分子的头脑之后不是像经过传送带传送过来的一堆煤一样没有发生任何变化。他们也不是装配工,只是把中国文化和西方文化的不同部件装配成了一架新型的机器,零件全是固有的。人是有创造性的,任何文化都是一种人的创造物,中国近、现、当代文化的性质和作用不能仅仅从它的来源上予以确定,因而只在中国固有文化传统和西方文化的二元对立的模式中无法对它自身的独立性做出卓有成效的研究。"[①]到今天为止,我们读到的中国现代文学发生史依然常常是将"文化交流"中的外来观念的输入当作中国文学发展的事实本身。这就难怪在近年来的"现代性质疑"思潮中,不少的学者都将包括文学在内的中国文化的现代性动向指责为"西方文化霸权"的产物——因为,至少是我们的文学史本身并没有描述出中国现代知识分子如何进行独立精神创造的生动过程。

那么,如果我们承认了中国现代知识分子精神创造的重要性,又该如何来估价它与实际存在的并且也同样是至关重要的"中外文化交

[①] 王富仁:《对一种研究模式的置疑》,《佛山大学学报》1996年1期。

流"活动的关系呢？我以为，值得我们加以重视的是另一个基本的精神现象——体验。

与文化交流中经常涉及的"知识""观念""概念"这一类东西不同，"体验"更直接地联系着我们自己的生命存在方式，包括美学趣味、文学选择在内的人类文化现象的转变，归根结底可以说就是体验——包括体验内涵与体验方式——的转变，这正是西方20世纪思想家与美学家的一个重要发现。现代阐释学的创立人伽达默尔曾经为我们考察过"体验"的认识史，他想通过考察提醒我们注意到体验之于我们生命存在的本体性意义，"它不是概念性地被规定的。在体验中所表现出的东西就是生命"。"每一种体验都是从生命的延续中产生的，而且同时是与其自身生命的整体相联的。"①另一个德国思想家马克斯·舍勒也特别论述过"心态气质（体验结构）的现代转型比社会政治经济制度的历史转型更为根本"。②当然，中国文化与文学的现代转型与舍勒所论及的具体情形并不相同，我们不必受制于这位德国学者所概括的"心态气质（体验结构）"样式，但他们对于"体验"之于主体的自我演变、又经过自我的演变决定更大范围的文化演化的认识无疑是极具启发意义的。对于任何一个现代中国人而言，"体验"都同样是我们感受、认识世界，形成自己独立人生感受的方式，也是接受和拒绝外部世界信息的方式，更是我们进行自我观照、自我选择、自我表现的精神的基础。换句话说，所谓的"中外文化交流"的问题其实并不是简单的文化观念的传递，而是在这样的一个"过程"中，中国近现代知识分子（作家）的自我体验问题——既有人生的感受又有文化的感受。在主体体验的世界里，所有外来的文化观念最终都不可能是

---

① 伽达默尔：《真理与方法》中译本第94页、99页，辽宁人民出版社1987年版。
② 刘小枫：《舍勒选集·编者导言》，见《舍勒选集》上册第10页，上海三联书店1999年版。

其固有形态的原样复制,而是必然经过了主体筛选、过滤甚至改装的"理解中"的质素。中国作家最后也是在充分调动了包括这一文化交流历程中的种种体验的基础上实现了精神的新创造。正如有学者所说的那样:"中国现代性的发生,是与人们(无论是精英人物还是普通民众)的现实生存体验密切相关的。这是比任何思想活动远为根本而重要的层次。现代性,归根到底是人的生存体验问题。"[①] 所谓中国现代作家对异域的体验,这样的精神现象就既有文化交流的烙印,同时也更属于主体的与自我的内在精神活动。

在中国近现代留学生所完成的中外文化交流中,其实更应该成为我们讨论对象的就是留学生作家的"日本体验""英美体验""法国体验""德国体验""苏俄体验"等等。

二

首先进入我们视野的便是留日中国知识分子的"日本体验"。

日本是首先赋予中国近现代留学生丰富的异域体验的国家。众所周知,中国近代的第一批留学生是1846年冬美国传教士布朗从澳门回国时带走的三名孩童——容闳、黄胜与黄宽,第一次官方意义的留学运动则开始于1872年夏天,包括詹天佑在内的30名幼童被清政府送往美国留学,接着,又有1877年开始的公费留欧,但是,中国人大规模地赴外留学还是在甲午中日战争之后,而首选的目的地就是我们的近邻日本。在一种"耻不如日本"的民族忧患中,康有为"请广译日本书,大派游学,以通世界之识,养有用之才"。[②]张之洞发表了著名的有"留学日本宣言书"之称的《劝学篇》[③]中有如下的极具鼓动性的

[①] 王一川:《中国现代性体验的发生》第2页,北京师范大学出版社2001年版。
[②] 汤志钧编:《康有为政论集》上册第301页,中华书局1981年版。
[③] 语见实藤惠秀:《中国人留学日本史》第23页,三联书店1983年版。

判断:"出洋一年,胜于读西书五年。""至游学之国,西洋不如东洋:一、路近省费,可多遣。一、去华近,易考察。一、东文近于中文,易通晓。一、西书甚繁,凡西学不切要者,东人已删节而酌改之。""大率商贾市井,英文之用多;至各种西学书之要者,日本皆已译之。我取径于东洋,力省效速,则东文之用多;学西文者,效迟而用博,为少年未仕者计也。译西书者,功近而效速,为中年已仕者计也。若学东洋文,译东洋书,则速而又速者也。是故从洋师不如通洋文,译西书不如译东书。"① 自此,中国留日学生渐成规模,人数逐年递增,进入20世纪初叶以后最高竟达万人(1905—1907年间),从1901年到1911年,每年留日学生的人数都高于留学其他各国人数的总和。留学日本成为了当时中国有志留洋者的首选。以后,随着美国等退还庚子赔款用于留学资助,特别是清华学堂作为留美预备学校的出现,留日活动长期雄居留学主潮的格局才得以改变。

在前文所述的几种基本的中国现代文学著作里,最早出现的留学生作家群体是在日本,留学作家人数最多的也是日本。难怪郭沫若曾经自豪而不无夸张地宣布:"中国文坛大半是日本留学生建筑成的。"②

日本,会聚了近代以后急于改变中国文化命运的最大数量的知识分子,日本,也汇集了这些知识分子中最复杂的理想形式——政治的、思想的与文学的,保皇的与革命的,保守的与激进的,青年学子式的与流亡刺客式的。日本,又汇聚和中转着中国知识分子当时最需要的西洋文明,展示着令他们惊羡和自愧的东洋文明,甚至,还发明和传播着丰富的包含了近代文化信息的"汉文词汇",这一切的一切人生与文化状态,都是传统意义的中国本土作家所未尝经历的,它们足以

---

① 张之洞:《劝学篇》,光绪戊戌三月西湖书院刊刻本。
② 郭沫若:《桌子的跳舞》,《郭沫若全集》文学编16卷第53页,人民文学出版社1989年版。

构成中国近现代作家的丰富而复杂的人生与艺术的体验成分，为我们的新的文学的出现创造了可能。

从"日本体验"的分析出发，当能够对中国现代文学的发生作出更切实的说明，至少我们可以从中读到，一种新的人生体验与文化体验是如何开拓、刷新了我们中国作家的视野，激活了我们的创造潜力，并最终带来文学面貌的重大改变。

我们始终强调的是日本的"体验"而非既往的"中日文学交流"，这也是留日中国作家文学选择的实际状况的反映。从历史史实来看，中国近现代作家因为日本而改变中国文学的发展道路，这在一开始就主要不是"中日文学交流"的结果，而是这些中国作家自身生存实感的重要变化所致。以中国诗歌近代嬗变的第一人黄遵宪为例，在出使日本的过程中，黄遵宪主要不是一位向日本文学虚心求教的"学生"，相反倒是不断登门拜望的日本知识分子给了他国学大师般的自我满足。黄遵宪新派诗的"新"来自于"中华以外天"的异域风情，来自于他对日本的新奇的直感。在中国这样一个缺少本质性变动的农业社会里，当诗材因大规模的创作而不断耗尽，正是黄遵宪在日本的新鲜见闻——医院、博物馆、学校、报纸、博览会、警察乃至假名文字等等诗歌的"新题"开拓了中国诗歌的新的可能。同为近代诗歌的"新"，黄遵宪鲜活的"新题"显然要比梁启超、夏曾佑、谭嗣同等人在国内搜肠刮肚的名词之"新"要成功，在文学史上留下的意义也更大，到后来梁启超提出了"诗界革命"主张之时，便是反思了当年自己仅仅着眼于新名词的弊端，他更加重视的是黄遵宪式的以异域新体验为基础的"新派诗"："时彦中能为诗人之诗而锐意欲造新国者，莫如黄公度。""夏穗卿、谭复生，皆善选新语句，其语句则经子涩语、佛典语、欧洲语杂用，颇错落可喜，然已不备诗家之资格。"① 在梁启超这里，出国以前的他主要是

---

① 梁启超：《夏威夷游记》，《饮冰室合集》专集5册第5667页，中华书局2015年版。

从"知识"上接受日本文化与其他西方文化,但变法失败、流亡日本却使之从对异域文化的"旁观"转为了在日本文化"中"的实际生存。只有在这个时候,当先前的理性观照与如今感同身受的亲身体验相结合起来的时候,才真正出现了"若行山阴道上,应接不暇"的兴奋,也才有了后来影响中国近代文学嬗变的文学诸界"革命"的具体主张。这里当然充满了他们对于日本文学实际动向的密切关注,但应当看到,这并不是与文学本身的简单联系,在文学吸取的背后,更有着整个生命直觉的存在,"盖吾之于日本,真所谓有密切之关系,有许多之习惯印于脑中,欲忘而不能忘者在也。"[①] 到了鲁迅、周作人以及更年轻的创造社同人一代留学生,则是立足日本,对整个西方文学的发现和接受了,其中像鲁迅这样的作家已不再将主要的目光专注于日本文坛,以至在周作人看来,他"对于日本文学当时殊不注意"。[②] 也就是说,随着中国作家文学视野的扩大,日本作为世界文学"集散地"的意义明显要大于它作为直接的文学"输出"国的意义。强调日本为一代中国青年提供了生存发展的特殊环境,这并不是在一般的意义上降低了日本的价值,而是说我们恰恰应该在一个更深的层次上来认清它的价值,作为中国作家第一次大规模的异域体验的所在,日本对于一代代中国学人的情感、思维与人生态度的影响无疑是极其关键的。

  我们将留日中国学人之于日本的关系重新定位在"体验"而不仅仅是文字阅读所承载的"文学交流",这当然不是就此否定其文学交流的存在,而是强调将所有的书面文字的认知活动都纳入到人们生存发展的"整体"中来,将所有理性的接受都还原为感性的融合形式,我们格外重视的是一个生命体全面介入另一重世界的整体感觉,我们

---

① 梁启超:《夏威夷游记》,《饮冰室合集》专集5册第5664页,中华书局2015年版。
② 周作人:《关于鲁迅之二》,《鲁迅的青年时代》第130页,河北教育出版社2002年版。

格外注意的是以感性生命的"生存"为基础的自我意识的变迁。在我们看来，日本体验的"生存"基础至少包含这样三层意义：

首先，这是一种全新的异域社会的生存。郁达夫说过："人生的变化，往往是从不可测的地方开展开来的。"① 当留日中国学人脱离了中国固有的家庭、社会与国家的组织结构，在一处陌生又充满新奇的土地上开始生活，他们因异域社会中耳闻目睹的新异而造成人生的世界的观念上的冲击，这样的"体验"可以说是极易发生。外族异样甚至是侮蔑的目光击碎了中国人自我中心的优越感，改变了他们对于自我与世界的固有定位，郁达夫便将日本人的有意无意的轻视称为"了解国家观念的高等教师"，他的深切体会是："只在小安逸里醉生梦死，小圈子里争权夺利的黄帝之子孙，若要教他领悟一下国家的观念，最好是叫他到中国领土以外的无论那一国去住上两三年。""是在日本，我开始明白我们中国在世界竞争场里所处的地位。"② 再如，我们以两性关系为例，日本崇尚自然的古老民俗与开放西化的近代趋向都导致了它这方面的社会观念有着某种的宽松与自由，这一点，不仅为"存天理，灭人欲"的理学统治下的中国人所惊讶，甚至连美国学者也颇多感慨："日本人并不认为满足自己的欲望是罪恶。他们不是清教徒。他们认为肉体享受是正当的，而且值得提倡。""对于性享受，我们有许多禁忌，日本人可没有。在这个领域里日本人没有什么道德说教，而我们则装得道貌岸然。"③ 正处于青春期的许多留日中国学子，当然难以避免这一生存事实的冲击和影响。周作人刚到东京就惊羡于日本

---

① 郁达夫：《大风圈外——自传之七》，《郁达夫文集》3卷第433页，花城出版社、三联书店香港分店1982年版。
② 郁达夫：《雪夜——自传之一章》，《郁达夫文集》4卷第93页，花城出版社、三联书店香港分店1982年版。
③ 〔美〕本尼迪可特：《菊花与刀——日本文化的诸模式》中译本第150、155页，浙江人民出版社1987年版。

少女的"天足",[①]郁达夫"独自一个在东京住定以后",便陷入了"男女两性间的种种牵引"中,他感到所有民族的屈辱都集中在了两性关系的痛苦。[②]留日学生向恺然的小说《留东外史》极力渲染留日学生寻花问柳的放浪生活,在民国初年风行一时,其中当然流露了中国士子文人腌臜心态,也充满了对日本性文化的误读,但是,平心而论,它所营造的"自由性爱"的场景却的确在一定程度上反映了刚刚脱离礼教社会束缚的中国青年的事实。性爱(乃至其他人生形式)的自由虽不能说"就是"留日中国学人的生活实际,但却很可能是他们各自"想象"的事实,心理的想象,这也是异域体验的重要内容。我注意到,提到《留东外史》,但凡有过留日经历的中国作家都表达了较多的理解,留日期间,当张资平知道郭沫若的夫人是日本人之后竟当即表示:"你把材料提供给我罢,老郭,我好写一部《留东外史》的续篇。"[③]有趣的是,当郭沫若有一天走进张资平的房间,也在他的书桌上发现了"当时以淫书驰名的《留东外史》",[④]看来,《留东外史》所描述的生活模式与人生想象还是有它一定的存在基础的。到了20世纪90年代,在留日55年之后,作家贾植芳先生满怀兴致地重温了向恺然对留日学生的分类,也颇能理解其中那些文学青年的心理与处境:"在国内时多半出身旧式家庭,精神受着传统礼教的压抑,个性处于委顿状态;他们一到日本,除了每月的开销多少要家里补贴一些外,其他方面都摆脱了日常的束缚,不再需要低眉顺眼,装出一副老实样子去讨长辈的喜欢,也不需要整天跟自己并不相爱的旧式妻子厮守在一起,甚至

[①] 周作人:《知堂回想录》上册第207页,河北教育出版社2002年版。
[②] 郁达夫:《雪夜——自传之一章》,《郁达夫文集》4卷第93、94页,花城出版社、三联书店香港分店1982年版。
[③] 郑伯奇:《中国新文学大系·小说三集》导言,《创造社资料》下册第733页,福建人民出版社1983年版。
[④] 郭沫若:《创造十年》,《郭沫若全集》文学编12卷第42页,人民文学出版社1992年版。

也没有中国社会环境对年轻人的种种有形无形的压迫。他们在新的生活环境里自由地接受着来自全世界的各种新思想,慢慢地个性从沉睡中醒来,有了追求自身幸福的欲望。对年轻人来说,最现实的幸福莫过于恋爱自由,这在国内是被视为大逆不道的。"① 两性关系仅仅是一个窗口,通过它,留日中国学人因社会生活的改变而获得的"异域体验"可见一斑。

其次,日本的生存体验常常又来自于具体的人际交往,与"小群体"的生存环境、活动方式直接相关。也就是说,除了共同的社会境遇外,更有决定意义的还是一些具体的与个体相联系的时间、地点与环境,特别是留日学生周遭的具体人际关系氛围。美国著名的小群体社会学家西奥多·M·米尔斯分析说:"在人的一生中,个人靠与他人的关系而得以维持,思想因之而稳定,目标方向由此而确定。"② 从本质上讲,中国留日知识分子(作家)的真实的"体验"常常不发生于抽象的族群整体而在具体而微的"小群体"中,常常不发生于外部世界的单向作用之中而在自我从个人经验出发与周遭的环境的对话。在留日中国作家中,我们可以发现许多这样的充满意义的个体与"小群体"。

如政治流亡家章士钊、陈独秀等在日本编辑《甲寅》月刊,这些编辑与作者群体彼此因为对民国政治的失望而聚合在了一起,他们的文字之交又在不断的相互对话中加强了思想的认同。后来陈独秀离开《甲寅》回国,另办《青年杂志》(《新

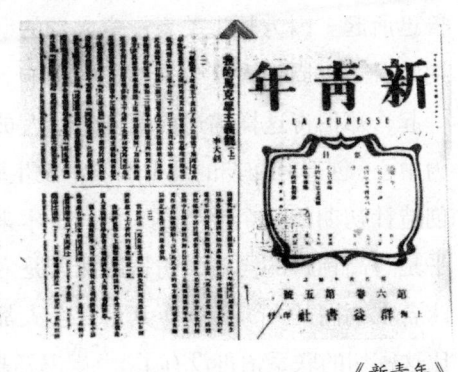

《新青年》

---

① 贾植芳:《中国留日学生与中国现代文学》,《中国比较文学》1991年1期。
② 西奥多·M·米尔斯:《小群体社会学》中译本第3页,云南人民出版社1988年版。

青年》),便充分发挥了这些有着类似的日本体验的作者群体的作用,没有在独特政治感受基础上形成的《甲寅》月刊的留日作者群,《青年杂志》又当如何生存,如何表现自己的共同"体验",这是一个很难想象的事情。再如以鲁迅为核心所组成的留日学生圈:鲁迅、周作人、许寿裳所参与的浙江留学生关系圈,又有鲁迅在民报社听讲于章太炎而与钱玄同等八人结成的"师兄弟"关系。他们彼此的交往、交流决定了对一些人生社会问题的理解方向(例如鲁迅、许寿裳讨论理想的人性),彼此也构成某种行为上的牵动与鼓励,不仅影响了当时的鲁迅,也影响到了回国以后鲁迅漫长的文学和人生实践。许寿裳编辑《浙江潮》向鲁迅约稿,鲁迅隔天就送来了《斯巴达之魂》,钱玄同后来的"著名"约稿则催生了《狂人日记》。此外再如1907、1908年间,鲁迅、周作人与许寿裳相互配合,连续在《河南》《天义报》等处发表了一批论文,探讨文的革新与人的精神进步问题,鲁迅有著名的《人之历史》《摩罗诗力说》《文化偏至论》,周作人有《论俄国革命与虚无主义之别》《论文章之意义暨其使命因及中国近时论文之失》《哀弦篇》等,许寿裳则有《兴国精神之史曜》,许寿裳此文署名"旒其",其名就为鲁迅所起。因为师生关系,章太炎的宗教思想与复古思想对于留日时期的鲁迅、周作人产生了明显的影响。留学也让创造社作家群走到了一起,郑伯奇这样描述前期创造社人员的日本求学渊源:"以郭沫若为中心,创造社初期的几个朋友都发生联系了。——不,这话颇有语病。创造社初期的几个主要作家之间,本来自有联系:沫若,达夫和张资平是一高预科的同班,仿吾跟沫若是六高的同学;而大学时代,只有沫若在福冈的九洲帝大,其他三个人都在东京。同学而又趣味相投,比这密切的联系怕再没有了。"① 冯乃超则是后期创造社的人际中枢。

---

① 郑伯奇:《二十年代的一面》,《创造社资料》下册第752页,福建人民出版社1983年版。

1920年9月冯乃超进入东京第一高等学校预科，与朱镜我、李初梨、彭康成为同学。四年后他进入京都帝国大学文学部哲学科，与李初梨、李亚侬编辑《涟漪》诗集，同时结交了郑伯奇、李铁声等人。几年后，在郑伯奇、成仿吾等人的邀请下，这批青年都汇入了创造社的阵营，并实现了创造社的"方向转变"。

第三，在任何一个群体当中，个体都不是被动的，他个人的人生经验会参与到群体的认识之中，并且与群体构成某种对话的互动的关系。也就是说，在适应自己族群的同时，人也同样在反抗着自己的族群，而适应与反抗的选择又往往与他先前的人生经验相关联。康有为对于梁启超的牵制，梁启超同时与其他类型的留学生交往，终于成为一个既区别于康有为又区别于青年留日学生的"过渡性"人物，鲁迅"从小康人家坠入困顿"的经历显然与梁启超一代人高层政治失败的感受不同，所以在日本，鲁迅一方面接受民族革命风潮的影响，另一方面也比别人更冷静，对当时的革命不无自己内心的疑虑，对周遭的人与事不无自己的感受和想法，他更关注的是普通个人的人生际遇与人性完善，——正是因为有了个人遭遇的汇入，各个留学生的思想也才会出现转化与分化，而这样的转化与分化后来又与特定的时代变化的因素相结合，形成了留学生思想的不同的代际特点以及各种不同的"潮"与"流"。

三

考察中国作家的日本体验之于中国现代文学的关系，我们发现其中始终包含着一组基本的关系项：异域 / 本土。

来自日本的体验对中国文学有着怎样的"影响"机制呢？换句话说，它究竟是怎样在中国文学的现代转换中发挥作用的呢？我以为，这里必须要摆脱传统比较文学"影响研究"的某些思维，即不能仅仅将"影响"读解为其他异质文化在中国的"输入",需要我们充分重视的是人的主体性,也就是体验活动的主体——中国留日作家的主体心理及其文化需要。"体验"的核心总是人,是作为体验者的主体精神活动。也就是说,与体验对象的所谓"本身"相比,体验者自己的心理过程与认知结果无疑更为重要。正如前文所说,我们关注的重心不是文化与文学的"移植"活动,而是在这一特殊历史阶段中的人,是这一过程中的主体的人,是人自我的精神状态与精神需要的变化发展,或者说,我们将有意识地改变过去那种把"文化交流"直接等同于"文化输入",而又把"文化输入"代换为"中国新文化"的阐释模式,——20 世纪 80 年代我们的中国现代文学研究在"走向世界"的框架中确立了这一模式,而 90 年代后期的"重估现代性"则是在表面的质疑下继续对我们既往的历史事实作了如此的解读——我认为,在今天我们重新认读中国现代文学的文化交流的事实之时,重心不应该是其输入成果中飘忽不定的文化符号,而应当是这一过程中的人的精神的自我变化,正是人的自我精神的变化才形成了"交流"与"输入"的实质意义,主体意识的改变才最终为新文化的出现提供了动力和方向。作为历史文化的意义,新文化的价值并不在它的"输入"的来源或"输入"的行为本身,它只能由自身的创造性来衡量,只能在它与先前的文化积淀的比照中辨别新的因素,中国留日学生获取"日本体验"的意义并不在于这些所获是否真的属于日本或不属于日本,而在于它们究竟为中国知识分子的认知世界提供了哪些新鲜的感兴,并且最后又怎样推动了中国文学在自己固有基础上的新创造。郭沫若说过:"我们在日本留学,读的是西洋书,受的是东洋气。"[①] "东洋气"就是体验,它根本上决定了郭沫若读"西洋书"的方式。一切外来的"影响"最终还是通过个

---

① 郭沫若:《三叶集·郭沫若致宗白华》,《郭沫若全集》文学编 15 卷第 140 页,人民文学出版社 1990 年版。

体基于自己人生体验上的认知与选择来体现，不能将一个个体生命的成长径直视为对其他文化（师长、前人、传统或异域）的"收集"过程和"承受"过程，并根据这一情况做出肯定或否定的评价。20世纪80年代我们就常常因为中国作家汲取西方文化而激赏之"开放"，而90年代又因为同样的事件却指摘其臣服于"西方文化霸权"，其实，我们既不漠视外来文化在中国现代文化和现代文学发生发展中实际存在的触发作用，也没有理由径直认定一个作家自身的某种特点"就是"他向西方"开放"的简单结果。

既然我们强调的是体验者的主观精神世界，那么也就必须看到这一世界并不是"到了"日本以后才形成的，它其实是一个生命成长的漫长过程，先前的人生与文化经验不仅是不可或缺的，而且可以说继续参与了新的"体验"的发生：作为一种人生体验或者文化体验，我以为"日本体验"的深层意义还不是"日本"，而是中国留日知识分子这一特殊群体从自己固有的经验出发所获得的新的人生经历与感受。"新"是这一体验之所以构成体验的原因，而作为感受的"新"，"日本"的本质意义也主要不是在日本文化本身而在中国留日者的经验的对比中。在这里，"日本"意义的凸现必须以"中国本土"为前提，"日本的新体验"必须以"中国的旧经验"为衬托，"日本体验"这一看似空间关系的发现中又包含了中国人自己的对于历史的时间性感受，从而在总体上成为了中国文学在从古代到近现代转化过程中的整体时空感受成分的重要组成，"日本体验"的背景是中国文化与中国文学的生长过程，裹挟着它的历史潮流绝不是单纯的中外交流，而是中国文学自我发展的内在诉求。（也可以这样说，在中国，留日学生"日本体验"的内核是深刻的"中国体验"）探讨"日本体验"问题也就成为了一个厘清中国新文化与新文学的现代体验以及现代性追求的问题。我们相信，拈出中国文学现代性发展过程中的这样一个具体的环节，将有助于我们走出近年来所形成的"重估现代性"思潮的"理解的迷雾"，重新将中国文学现代转化的过程纳入到中国人的自我精神演化之中，将外来文化的启迪意义纳入到中国知识分子主体创造才能的再生之中。

这里便包含了我所谓的一组基本的关系项：异域／本土。就是说，并不是异域的日本文学自身对中国文学产生了独立的影响，而是中国人"在日本"的体验与自己的本土需要这两者间的"关系"赋予了中国文学新的内容与新的形式。概括起来，我们大体上可以这样来理解这一组关系项的实际效能：

1. 中国文学现代转化的"动机"是本土的需要。今天还有人误认中国新文学在"输入"西方文学之后断裂了自身的"传统"，其实，在大规模的中外文学交流之前，中国文学已经置身于衰弱不振的境地了。"吾生恨晚数千岁，不与苏黄数子游。"[①]"吾辈生于古人后，事事皆落古人之窠臼。"[②] 这就是当时中国文学家的普遍痛苦。当他们沿着中国古典文学的故辙继续前行的时候，已经体味到了灵感淤塞的尴尬。在这个前提下，如何激活文学的灵性，重现创造的灵光，便成了内在的迫切要求。

2. 日本异域体验的根本意义就在于"激活"。这些新异的社会人生见闻击碎了我们业已封闭的文学思维，在我们原有的令人窒闷的写作惯性之外另开一重天地。"本土"的第一层意义就是自我，就是自我的精神世界，"本土需要"也就意味着借助"异域体验"来恢复自我的感知能力。这就是郁达夫所说的"觉悟"："是在日本，我开始看清了我们中国在世界竞争场里所处的地位；是在日本，我开始明白了近代科学——不问是形而上或形而下——的伟大与湛深；是在日本，我早就觉悟到了今后中国的运命，与四万五千万同胞不得不受的炼狱

---

① 陈三立：《肯堂为我录其甲午客天津中秋玩月之作诵之叹绝苏黄之下无此奇矣，用前韵奉报》。
② 易顺鼎：《癸丑三月三日修禊万生园赋呈任公》，《庸言》1卷10号。

的历程。"对郁达夫这样的青年学生而言,日本体验的强烈冲击有时候简直难以招架:"伊孛生的问题剧,爱伦凯的恋爱与结婚,自然主义派文人的丑恶暴露论,富于刺激性的社会主义两性观,凡这些问题,一时竟如潮水似的杀到了东京,而我这一个灵魂坦白,生性孤傲,感情脆弱,主意不坚的异乡游子,便成了这洪潮上的泡沫,两重三重地受到了推挤,涡旋,淹没,与消沉。"① 但另一方面,自我精神的生长却往往就在这"如潮水似"的异域体验之中,鲁迅说得好:"国民精神之发扬,与世界识见之广博有所属。"②

3. 日本异域体验的最终成效又还得中国本土来加以"验证"。这里的"本土"又意味着文学体验的对象,"本土需要"就是"体验中国人生"的需要。获得了"日本体验"的中国作家并不是以书写日本见闻为自己的天职的,对于本土人生的重新发现才是他作为"中国"作家的目的,日本或其他任何一种西方文学的"现代性"本身并不是衡量中国文学现代成就的标准,中国作家在本土所表现出来的创造能力才是文学的财富。也就是说,通过异域又返回本土,并使自己的灵感为之"复活",这恐怕比什么都要重要。在这一方面,鲁迅可能是最自觉的一位,从他最早年介绍西方自然科学知识开始,就总是将异域的见识"拉回"到"中国"的现实,体验"日本"与体验、反思"中国"几乎是同步的,日本的国民性问题启迪的是鲁迅眼中的中国国民性问题。鲁迅后来甚至很少整篇"畅谈"日本的事物,但这并不表示他缺乏对日本的体验,恰恰相反,他是将在日本体验中获得的人生感悟投放回了中国自己,或者由眼前的日本的现象不断联想到中国,或者是在体验中国事物的过程中不时插入与日本的比较。1918年,在介绍日本作家武者小路的人道主义思想时,鲁迅道出的却是他对中国人的忧

---

① 郁达夫:《雪夜——自传之一章》,《郁达夫文集》4卷第93、94页。
② 鲁迅:《摩罗诗力说》,《鲁迅全集》1卷第65页。

虑:"全剧的宗旨,自序已经表明,是在反对战争,不必译者再说了。但我虑到几位读者,或以为日本是好战的国度,那国民才该熟读这书,中国又何须有此呢?我的私见,却很不然。"①"我想如果中国有战前的德意志一半强,不知国民性是怎么一种颜色。"②1934年,因为给海婴照相的经历,他又联想起了中日两国在教育孩子方面的差别,"温文尔雅,不大言笑,不大动弹的,是中国孩子;健壮活泼,不怕生人,大叫大跳的,是日本孩子","驯良之类并不是恶德。但发展开去,对一切事无不驯良,却决不是美德。"③在《鲁迅全集》中,到处"散落"着这样的日本体验,到处都是鲁迅从日本"返观"中国的精辟之论。"欲扬宗邦之真大,首在审己,亦必知人,比较既周,爱生自觉。"今天,我们常常引述鲁迅《文化偏至论》中的这段话来说明文化与文学的"比较意识",或者证明中国人在开放中"走向世界"的必要性,但文化"比较"与文化"交流"的根本目的却可能被忽略:作为一位中国作家,我们最重要的应当是感悟自己的人生而非在"比较文学"的时代"变"得与西方一样,或者说是首先必须"直面"和解决的是中国自己的问题,这才叫"首在审己"。鲁迅的最大意义就在于他的"审己",在于他比照先前的日本体验,为我们重新描绘了中国人生的"惨淡"与"鲜血",这些人生的"惨淡"与"鲜血"又正是那些囿于传统视野的作家所未曾发现的。

这就是中国作家从本土需要出发经由异域体验的激发又返回到本土体验的全过程,也是中国现代文学发生史上日本体验的特殊作用之所在。

在中国现代文学发生史上,异域/本土的互动关系贯穿始终。但

---

① 鲁迅:《〈一个青年的梦〉译者序二》,《鲁迅全集》10卷第195页。
② 鲁迅:《〈一个青年的梦〉译者序》,《鲁迅全集》10卷第192页。
③ 鲁迅:《从孩子的照相说起》,《鲁迅全集》6卷第81页。

应当看到，在不同的阶段，在不同的文体，这一组关系具体呈现的层次都有不同。如果我们将从黄遵宪到梁启超的文学诸界"革命"视作是发生史的第一阶段，那么这一阶段的文学嬗变则联系着留日中国作家"初识"日本的结果，从日本的初步"实感"中摄取的"新题"进入了黄遵宪的《日本杂事诗》，千年之后的中国诗歌终于有了自己的"新派"，这"新派"便成了梁启超"诗界革命"的基本依据；戏剧艺术本身的实践性决定了中国戏剧改革家必须"进入"到日本当下的生存状态。这就是留日中国戏剧家重要的戏剧资源，于是，为日本戏剧资源所包裹的中国戏剧家也有了自己较为丰富的异域生存体验；散文的现代嬗变最是生动地表现了中国作家在自己生存体验的支持下不断丰富和发展这一文体的全过程，这里有源自本土的需要，有从本土需要出发吸纳异域资源，也有异域体验反过来对自我认识的推动与深化；当然，也有仅仅从文学"观念"上取法日本的近代政治小说的"小说界革命"，这一"革命"中的中国政治小说因为回避了真切的"实感"而流于枯燥无味。留日中国作家"初识"日本的这些成果是重要的，但是，我们也发现，他们这些异域体验与本土需要的相互融汇却似乎大体上停留在一个相对粗疏与笼统的层面，即所谓的本土需要都不过是现代民族国家建设的宏大目标，他们都有意无意地回避了文学发展中个人的人生遭遇的深刻意义。到鲁迅、周作人兄弟的文学活动，日本的体验就与个人内在的自我意识相互融汇了，无论对于日本还是本土或者文学艺术本身，这都可以称为是一种前所未有的"深度体验"。到了"五四"，更多的新文学倡导者拥有了区别于晚清一代的"深度体验"，他们自觉地将异域的感受与自我发展的深切愿望相互沟通，五四新文学运动的展开则是一系列中国作家"深度体验"的共同要求，至此，中国文学的现代嬗变得以完成。到了创造社作家那里，对日本体验的发掘似乎又演变成了他们抗拒既成文学权威的一种"需要"，于是，流行、活跃于当时日本的西方"先进"思潮成了他们竭力标举的旗帜。

到这个时候,中国现代文学的复杂格局也就出现了。

在以上的简要描述中,我们还可以得到一个启示,即从整个中国现代文学的发生发展历史来看,异域/本土这一组互动关系中的每一项并非总是起着相同的作用,历史发展在不同时期调动"异域体验"或"本土需要"的方式是有差异的。大体上说来,从晚清中国文学的衰弱不振到五四新文学的诞生,这一阶段主要是如何借助"日本体验"激活我们"本土"灵性的问题,因此异域体验的广度和深度可谓是文学发展的"前提",而中国本土的需要则是它的潜在指向;然而,当五四新文学出现以后,这个时候中国文学发展的关键则成了如何在"本土"体验人生,在"表现中国"发挥创造活力的问题,也就是说立足本土又当是文学发展的"前提",而包括日本体验在内的异域体验则是它的潜在资源。只是,并非所有的中国作家都能恰到好处地认知和调动这些"关系",于是中国文学的发展也就存在着诸多的变数。

四

中国现代文学的发生发展都受哺于中外文学交流的成果,正如我们在前文所说,这些交流的基本体现便是中国作家的一系列异域体验如"日本体验""英美体验""法国体验""德国体验""苏俄体验"等等。在所有的这些"体验"当中,我以为是"日本体验"与"英美体验"更起着某种结构性的作用。从某种意义上说,五四新文学运动便是中国作家"日本体验"与"英美体验"共同作用的结果:日本体验为中国作家造成的生存压力激发了他们生命的内在活力,日本体验中所感知的西方现代文明景象则成了他们的理想目标;英美体验给了中国留学生比较完整的学科专业训练,英美文学发展中的具体文学策略也往往成为中国作家直接取法的对象(如胡适对意象派语言主张的摄取)。然而,自"五四"以后,由于归来的中国留学生社会地位与文化取向上的明显差距，他们各自所倚重的异域资源也更加显露出了彼此的分歧。充满社会改造热情但学科教育不够完整的留日知识分子常常只能在社会的中下层艰难求生，这在某种程度上拉近了他们与普通民众的距离，决定了他们的文学思想与文学追求带有更加明显的社会性、大众性与政治革命色彩，其中一些作家倾向于进一步切入本土的人生体验，视文学创作为现实人生的"苦闷的象征"，以异域弱小民族的反抗意志当作现实批判的动力，鲁迅、胡风就是这样；另外一些作家则试图在日本或经由日本继续获取对抗现实压力的"先进武器"，于是他们从日本找到了苏联，找到了激进的无产阶级革命理论，创造社作家就是这样。而英美留学生呢，因为一般都完成了令人羡慕的高等专门教育，在国内获得了较高的社会地位，所以便与社会的普通民众保持了相当的距离，同时倒是与国家的管理层达成了某种微妙的默契，在这种情况下，西方文化中原本存在的批判性资源被他们作了某些有意无意的淡化，而所谓理性、节制的新人文主义倾向与充满实用精神的经验主义倾向都得到了一定的强化，学衡派、新月派都是如此。当然，现代中国的留学生作家并不就来自于日本与英美两地，但是，从反映中国现代作家的异域教育状况与后来长期的社会生活状况以及相应的文学态度方面，留日派中国作家与英美派中国作家却无疑构成了相当典型的两极。正是在这个意义上，我以为一个潜在的日本／英美的体验结构对于中国现代文学发生发展的总体面貌有着重要的影响。①

中国现代文学追求一系列重要的分歧都与日本／英美的体验差异有关。有的论争就直接来自留学生作家的两种体验的对峙，如五四新文学运动期间的"问题与主义"之争，1923年的"整理国故"之争，

---

① 中国现代文学史家也对这一留学生作家的结构关系多有注意，如夏志清就在他著名的《中国现代小说史》中阐述了"留美、留英学生与留日学生的纷争"。只是，夏志清以"自由"与"激进"的分歧来概括这一"纷争"倒是值得商榷。（参见《中国现代小说史》第52页，台北传记文学社1979年版）

1924 至 1926 年间语丝派与现代评论派的论争，1927 至 1930 年间鲁迅与梁实秋的论争，创造社诸人与新月派的论争，20 世纪 30 年代鲁迅与林语堂的论争等等。有的论争虽然不是直接发生于这两种体验的对峙间，但参与其中的留学生作家却依托了自己特有的异域经验，如学衡派与新文学倡导者的论争，学衡派主要的理论根据就是他们理解中的美国白璧德新人文主义。在学衡派同人看来，他们的美国文化体验才是代表了西方文化的方向，甚至比胡适早先的体验都更加的"正确"。自然，这两种"体验"的异质对应关系也不是固定不变的，随着作家主体的个性特征的不同与人生经历的发展变化，它们实际上也存在着某种相互转化的可能。比如，20 世纪 40 年代的战火击碎了许多中国知识分子的"精英意识"，他们也在"着陆"底层人生的过程中重新提炼了自己先前的异域体验，于是倒是理解了留日作家的某些姿态，闻一多就是这样。在历经了人生世事的变幻之后，他"忏悔"道："从前我们住在北平，我们有一些自称'京派'的学者先生，看不起鲁迅，说他是'海派'……现在我向鲁迅忏悔：鲁迅对，我们错了！"[①]他甚至说："我们过去受的美国教育实在太坏了，教我们和人民脱离，几乎害了我一辈子。做了教授，做了校长，有了地位，就显得不同，但是这些有什么了不起？"[②]

在两种体验的异质对应及其复杂演变中，当能更加清晰地辨认和理解日本体验之于中国现代文学的特殊意义。

[①] 闻一多：《在鲁迅逝世八周年纪念会上的讲话》，《闻一多全集》2 卷第 392 页，湖北人民出版社 1993 年版。
[②] 引自季镇淮：《闻一多先生年谱》，《闻一多全集》12 卷第 519 页。

第一章 "新语句"遭遇中的新观念的滥觞
——留日中国知识界的关键词语与关键思想

语言是我们的存在之本,人的存在首先就是一种语言中的存在,包括文学艺术在内的一切文化形式都是某种语言的存在。在个人那里,对文化的感知与体验首先就是从我们赖以生存的语言开始的,没有对于"词语"的掌握,我们其实也无法"确定"我们的感知与体验。思想家舍勒说得好:"词语意义还有一种力量——确定我们在自身体验和他人体验上所感知事物的力量。若没有什么专门的词可描述一种体验,也就不能被经历该体验的个人所感知;或者,若只有一种极为一般的、毫无差别的词汇意义可用于一种体验,则该体验的特殊品质则大都只在与该词义相应的程度上被经历,被该体验的个人所感知。"①

当近现代中国知识分子一踏上日本的国土,异域给予他们的第一感受便是陌生的语言,这里既有因陌生而产生的不适与距离,也有因新奇而产生的向往与追求。当然,作为与汉文有着明显亲缘关系却又在近代大量汇入西洋新词的日文,它带给中国人的感受还相当的复杂:某种似曾相识的亲切,某种自我语言更新的启迪,某种自我发展的信心,还有,某种文化发展的便捷。

---

① 舍勒:《自我认识的偶像》,《舍勒选集》上册第196页,上海三联书店1999年版。

随着近代以来中日关系的发展，对日语（文）的这种感受似乎早早就浮现在近代中国知识分子的脑海中了，后来更以留日学生与学者的出现而大为加强，并且上升为对于中国近现代思想文化变迁的一种自觉的助力。

　　日语在近代的一大特点便是大量从西方文化中引入新词，新词的引入是日本思想文化近代化的重要表现。中国近代维新改良的知识分子对这些"新语句"充满了兴趣，因为语言的亲缘关系，他们从日本语言中大量汲取了新的西方文化的词汇与概念，这一情形随着变法失败维新派人士流亡日本与留日学生的大量增加而形成了前所未有的规模，虽然这样的现象在留日中国知识界议论不一，如刘师培就鄙视、抨击甚多，但毕竟已经成为了一种不可阻挡的文化潮流，国内人士像张之洞、林纾等都遭遇过一边抵制日本新名词，一边却也不得不陷入新词罗网的尴尬。在日本新名词的引进方面，流亡日本以后的梁启超身体力行，最是积极，因为在他看来，新的词汇便代表了新的理论，而"天下必先有理论然后有实事。理论者实事之母也。凡理论皆所以造实事。"①另一位对此有过深入思考的近代大家是王国维，他对当时输入日本语汇表示了相当的理解，并阐述了词语变迁背后的思想文化意义："言语者，思想之代表也，故新思想之输入，即新言语输入之意味也。""若谓用日本已定之语，不如中国古语之易解，然如侯官严氏所译之《名学》，古则古矣，其如意义之不能了然，何以吾辈稍知外国语者观之，毋宁手穆勒原书之为快也。余虽不敢谓用日本已定之语必贤于创造，然其精密则固创造者之所不能逮，（日本人多用双字，其所不能通者，则更用四字以表之。中国人则习用单字，精密不精密之分，全在于此。）而创造之语难解，其与日本已定之语相去又几何

---

① 梁启超：《新民议》，《饮冰室合集》文集3册第680页，中华书局2015年版。

哉！"①

我以为，读解因日本语言体验而产生的声势浩大的中国词语运动，这是我们认识发自于留日学界的一系列思想文化变迁的基础，也是我们解释同时出现的文学变迁的基础。

下面我们仅仅考察几个在当时的留日学界影响深远的"关键词"，并由此出发论及这些"新语句"背后的整个留日学界的思想文化的变迁。

一、"民族"的主义与"革命"的排满

民族意识的勃兴，民族主义情绪的高涨是近现代中国的重要特征。

而这一"理念"的最早最自觉也最符合现代意义的表述就发生在留日中国人之中。1903年春，东京浙江同乡会主办的《浙江潮》创刊号上发表了《民族主义论》（署名"余一"），这是较早反映中国知识分子对于民族主义系统认识的文章。再向前追溯，我们可以知道，最早使用"民族"一词的是梁启超。1899年，梁启超在他的《东籍月旦》中介绍日文著作《支那文明史》时，首次使用了日文的词语——民族。②

虽然"民族"以及与之密切相关的"国家"现象古已有之，"但民族主义作为历史力量的崛起，作为有着统一意识形态的政治运动而成为一种社会运动方式，却是非常近代和现代的"。③ 在中国，"古已有之"的是我们的"夷夏之辩"，是"华夏中心主义"。当我们总是以这样的"天朝上国"自居的时候，事实上也就既无法理解与我们平等存在的其他人类群体，也无法在"族类"间的竞争与合作关系当中有效地凝聚自己的社会力量。于是，真正的民族意识、民族主义精

---

① 王国维：《论新学语之输入》，《王国维文集》第3卷第41、43页，中国文史出版社1997年版。
② 见《饮冰室合集》文集第2册第382页，中华书局2015年版。
③ 徐迅：《民族主义》第12页，中国社会科学出版社1998年。

神就像梁启超所分析的"爱国"一样,在近代以前是稀薄而空虚的:"我支那人,非无爱国之性质也,其不知爱国者,由不自知其为国也。""四万万同胞,自数千年来,同处于一小天下之中,未尝与平等之国相遇,盖视吾国之外,无他国焉。""今夫国也者,以平等而成,爱也者,以对待而起。"所以说,近代以前,"吾国之士夫,忧国难,谈国事者,几绝焉"。①

"民族"一词的出现以及近现代中国民族意识的勃兴都可以说是鸦片战争失败的产物,是国家民族在客观上的失败迫使我们不得不对等地看待其他的族类及其利益,不得不在复杂的国际交往的新秩序中争取自己的存在。而这样的"新秩序"就被首先进入"国际空间"的人数众多的留日学生所感知了。与当时国内一般士大夫阶层创痛之后漂浮的民族情绪不同,留日中国知识分子还有机会从当时大量流行于日本的西方近代思想著作中进一步提升自己的理性意识,形成对于作为"主义"的民族意识的基本观念,②《浙江潮》上那篇《民族主义》就反映了论者对于世界近现代以来的这一思潮的清醒认识:"民族主义者,十九世纪之产物,而亦其主人翁也。""一呼而全欧靡而及于美而及于澳而及于非犹以为未足,乃乘风破涛以入于亚。""合同种异异种以建一民族的国家,是曰民族主义。""凡立于竞争世界之民族而欲自存者当以建民族国家为独一无二义。"③

---

① 梁启超:《爱国论》原载《清议报》1899年2月20日第6册,这里引自《饮冰室合集》文集第2册第270、271页,中华书局2015年。
② 当时流亡日本的梁启超曾多次生动地描述过一个中国知识分子广泛接受外来思想时的新奇与喜悦。诸如"既旅日本数月,肄日本之文,读日本之书,畴昔所未见之籍,纷触于目,畴昔所未穷之理,腾跃于脑。如幽室见日,枯腹得酒,沾沾自喜。""自居东以来,广搜日本书而读之,若行山阴道上,应接不暇,脑质为之改易,思想言论,与前者若出两人。"——分别见《论学日本文之益》《夏威夷游记》,分别收入《饮冰室合集》文集第2册362页、专集第5册第5664页。
③ 余一:《民族主义论》,《浙江潮》1903年1期,"余一"即该刊首任主编蒋方震。

这种倡导民族主义、探讨建立"民族国家"的言论大量出现在 20 世纪初的留日中国知识分子的杂志和其他著述中,可以说构成了留日中国知识分子的思想主潮。

《浙江潮》创刊号上除了由主编亲自操刀的长篇《民族主义论》之外,还有作为"社说"推出的宏论《国魂篇》,同样激昂地揭起了民族、"民族建国"以及"祖国主义"的大旗:"今日之世界则孰不知帝国主义哉?""帝国主义者,民族主义

《浙江潮》

为其父,而经济膨胀之风潮则其母也。十九世纪之中叶,全欧之人既劳心尽力,日日以建造民族的国家为事。"①"民族建国者何?曰:凡同种之人,务独立自治,联合统一,以组织完全之国家也。""祖国主义者何?根于既往之感情,发于将来之希望,而昭于民族的自觉心。"②全部共 12 期《浙江潮》杂志,可以说期期都刊发有民族主义的呐喊,《民族主义论》《国魂篇》都是长篇大论,多期刊载;其他重要论文如《公私篇》(1 期)、《敬告我乡人》(2 期)、《自治篇》(6 期)、喋血生《中国开放论》(6 期)、《四客政论》(7 期)、《新社会之理论》(8、9 期)、《近时二大学说之评论》(8、9 期)、《支那人之国家思想》(8 期)、《国际法上之新国家观》(9、11、12 期)、《日俄开战与

---

① 见《浙江潮》1903 年 1 期。
② 见《浙江潮》1903 年 3 期。

中国之地位》（10、11、12期），传记如《中国爱国者郑成功传》（2、3、5、6、8、9、11、12期），小说如蕊卿《血痕花》（4期）、自树（鲁迅）《斯巴达之魂》（5、9期）等等，就连索子（鲁迅）《中国地质略论》这样的自然科学著作，也充盈着民族主义的忧患："中国者，中国人之中国。可容外族之研究，不容外族之探险；可容外族之赞叹，不容外族之觊觎也。"（8期）一句话，随着"民族"一词被广泛使用，作为"主义"的讨论也活跃了起来。

当时留日学界创办的杂志几乎都具有与《浙江潮》类似的情况。

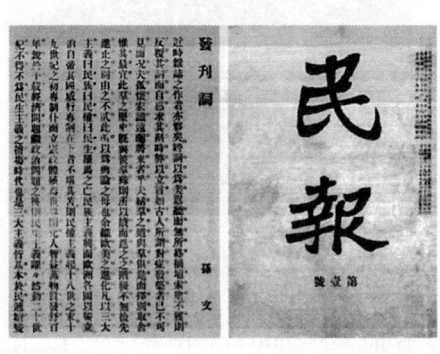

《民报》

康有为、梁启超流亡日本后创办的《清议报》，自创刊之日起就辟专栏介绍国际形势与中外关系，从现实着手激发人们的民族意识。除"时事"外，也发表了像梁启超《爱国论》这样的著名论著。《清议报》停刊后，梁启超再办《新民丛报》，"所论务在养吾人国家思想"①。1901年创办的另一份流亡者杂志《国民报》宣告其宗旨是："破中国之积弊，振国民之精神，撰述选译，必期有关中国大局之急务。"②1905年由流亡日本的革命人士创办的《民报》更是以孙中山的三民主义为自己的核心追求，"民族主义"自然就成为了它的第一面大旗。

《译书汇编》是中国留日学生最早创办的一种刊物，它先是以"天

---

① 《本报告白》，原载《新民丛报》1902年2月8日第1号。
② 《倡办国民报简明章程》，《国民报》1期。

下爱国之士"的"焦心竭虑"致力于西方近代启蒙思想的输入,①1902年12月以后更在"政治通论""政治""杂纂"等栏目中发表了大量的时政专论,直接阐述中国留日学界对于民族问题的关心。《游学译编》同样"专以输入文明,增益民智为本"。虽然它宣称"全以译述为主",但是这些从事译述的中国留学生却纷纷以"译者识""译后"甚至通讯、论著的形式表达着自己对民族问题的思考。1906年创办的《法政杂志》以译介国外法律、政治类的著作为主,因为编者认定"编纂法典,修明政治,巩我国基,于斯为急"。② 著作者竭力挣脱"译述"限定,以各种方式表达他们的民族救亡意识,这就是20世纪初留日界编译杂志的共同特色。

留日中国学界最早出现的以留学生各自省区特征命名的刊物是《湖北学生界》(1903年1月),以后又陆陆续续创办了《直说》《浙江潮》《江苏》《洞庭波》《鹃声》《豫报》《云南》《晋乘》《关陇》《江西》《四川》《滇话》《河南》等等,这些同乡会性质的杂志从来无意将自己的注意力局限于狭义的故乡,它们格外关心的是共同的故乡——中国。让湖北的"学生界"忧心忡忡的是"中国之存亡",③出版5期之后,他们干脆改刊名为《汉声》,因为"最

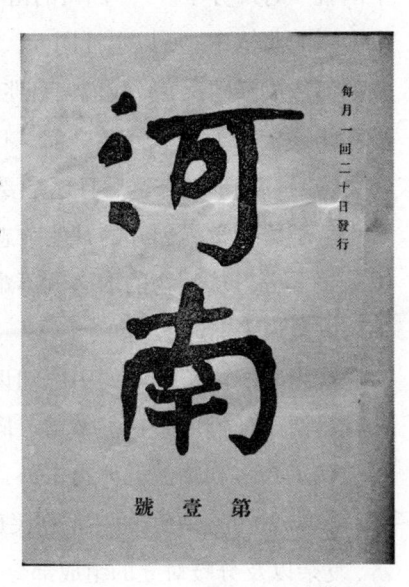

《河南》

---

① 语见芙峰:《日本宪法与国会之原动力在日本国民·绪论》,《译书汇编》1903年3月13日第2年12期。
② 《法政杂志简章》,《法政杂志》第1卷第1、2号封底,1906年3、4月。
③ 《湖北学生界》1903年1期"叙论"。

急之先务"就是"扬民族之风潮,兆汉祀于既绝!"① 似乎,这个具有民族色彩的名字更能表达这些莘莘学子的"心声"。用江苏留日学生的话来说,则是"今同人以爱江苏者爱中国,各省亦竞以爱其本省者爱中国,驯致齐心一致,以集注于爱国之一点,则中国之兴也"②。河南留学生开门见山:"《河南》杂志为吾河南同胞确定进行之方针也。于此又附一言以告我全国同胞曰:河南杂志所定进行之方针,吾党以为无论何省均适用者也。"③ 即便是处地偏远的省区也清醒地意识到了故乡与大中国的血肉联系,云南学生指出:"由地势上的关系看来,云南一亡,中国就相继而亡了。由侵略政策上的关系看来,云南一亡,中国就一时瓜分了。"④ 四川的留学生总能从故乡杜鹃的啼血声里听出全中国的悲怆,"所以本社同人,欲效啼鹃,把以上所说的这些事情,及如何造成新国家,救我们四百兆同胞的法子,一期一期的说了出来,哀鸣于我七千万伯叔兄弟之前。日日啼哭,今日劝不转来,明日依然啼哭,明日劝不转来,后日还是要哭诉的"⑤。

至于留日学界创办的其他杂志如《20世纪之支那》《醒狮》《中国新报》等,从刊物的取名就不难看出编者对于中华民族国际地位的关切以及未来前途的期许。

就当时居留于日本的中国知识分子而言,这样热烈的文化氛围显然既激活了他们的表达的欲望,同时也创造了更多的表达的机会。所以说除了众多刊物的群体出击外,他们个人也达到了思考与写作的高峰。影响20世纪中国的一系列民族主义的思想——包括这一思想的丰富、复杂以及分歧对立的组成部分——都诞生于此。康有为"满汉合一"

---

① 《汉声》,见《汉声》1903年6月第1期。
② 《江苏同乡会创始纪事》,《江苏》1903年1期。
③ 《发刊之旨趣》,《河南》1907年第1号。
④ 《云南与中国的关系》,《滇话》第2号。
⑤ 《说鹃声》,《鹃声》1906年1期。

的民族主义主张继续对梁启超的选择形成压力和牵制,章太炎、孙中山、邹容式的"排满革命"思想也奔涌澎湃着,而梁启超这位近现代中国民族主义思想探求的先驱却经历了一个从"走出康有为"到"回归康有为"的曲折过程。他先是从美国及日本学者的论述中"引申发明",早早就提出了与康有为有隙的具有现代特征的民族主义观点("新民""讨满"),以后,又从德国学者伯伦知理的学说中汲取启发,转而主张民族主义与国家主义的结合,在自我否定中再次接近了康有为。在这几大冲荡回旋的思潮当中,裹挟着更多的青年中国知识分子,如苏曼殊、鲁迅、周作人、钱玄同、陈独秀、李大钊,他们在以各种方式表述民族情绪的同时,也在观察,在思考,在努力作出自己的选择,而他们的选择则最终决定了中国现代文学未来的格局与方向,或者说至少也是为中国文学的现代启动提供了一个重要的意识形态的基础与氛围。在以上几类民族主义思想此消彼长的发展与论争之中,我们看到,最终对整个留日学界构成主流影响的是"排满革命"追求。正如有学者所说的那样:"中国革命并非来自太平洋外遥远的云间,其实,对岸之岛国——日本,其思想乃最重要之原因。"[①]

中国近代以后民族主义思潮的产生一直可以追溯到鸦片战争的失败。从鸦片战争到辛丑条约,在越来越惨痛的民族失败中,仇洋排外的华夏中心主义走向末路。这里,不断上演的不仅仅是军事、外交意义的失败,更是国家政权权威的逐渐丧失,是专制体制内在腐朽的日益暴露。另一方面,维新派知识分子又操纵着"兴民权"这样的思想武器与保守势力两相对抗,意欲"保国御侮"的他们或许自己也不曾料到,"兴民权"之类的思想已经开始了对专制权威的某种消解——一方面是华夏中心主义的失败让"权威"自我动摇,另一方面又是康、

---

① 北一辉:《支那革命外史》,转引自实藤惠秀《中国人留学日本史》第345页,三联书店1983年。

梁等维新派的努力造就着年轻一代对国家现政权的怀疑与反叛。当中国留日学生大量出现，一个影响和决定着未来中国思想文化发展的新的知识群体在异域酝酿成熟的时候，历史已经注定了他们当中的主体必然选择与现实政权相对立的方向。

于是，当这批新的知识分子举起民族主义的旗帜致力于"救亡"理想的时候，他们所理解的"民族"就不再是一个含混笼统的中华的整体（这个"整体"象征的"天下"不过就是专制政权的"私产"而已），而是能够真正唤起他们生命热情、能够凝聚起他们的精神力量、能够令他们自觉献身的崇高理想之物。显然，腐朽的现实政权和高踞于这一权力顶端的贵族集团——满人都不过是破坏这一崇高之物的对头！"驱除鞑虏，恢复中华"这一"排满"口号的实质与其说是梁启超后来所指责的"民族复仇主义"①，还不如说是力图以"排满"为切口完成对于现代理想中的政治秩序与民族关系的重构。

民族主义与国家主义的根本对立，这是20世纪初叶留日中国知识分子民族主义追求的主要特征。西方近代民族主义发展的历史似乎向我们表明："民族主义是一种政治意识形态，直接为国家权力服务，或是国家权力的重大功能之一。"② 而我们的留日学生中却流行着这样的观点："民族主义与专制政体不相容。"③

从民族主义走向对现政权的"革命"，这又是留日中国知识分子民族主义追求的必然结果。致力于中国学生留日史研究的实藤惠秀指出："在辛亥革命（1911年）以前的革命活动，与其说是留日学生起了重大的作用，毋宁说是以留日学生为主体而实践了革命。""在中国革命的实践行动中，没有一次是没有留日学生参加的。正如北一辉

---

① 梁启超：《政治学大家伯伦知理之学说》，《饮冰室合集》文集第5册第1194页，中华书局2015年。
② 徐迅：《民族主义》第5页，中国社会科学出版社1998年版。
③ 余一：《民族主义论》，《浙江潮》1903年1期。

所说，留日学生制服简直就是革命军制服。"①

"革命"一词在留日界中的流行也与当时日文中的"革命"新词大有关系，只不过，这种关系却因为留日中国知识分子的复杂心态而变得颇为曲折了。

追根溯源，"革命"一词当是中国"古已有之"的，一般认为其源自于《易经》"汤武革命，顺乎天而应乎人"，基本意思是以武力改朝换代，"革其王命""王者易姓"。然而，在近代中国知识分子触及到日文的"革命"之前，这一古老的词汇显然是湮没多时了。据说，日本是用中国《易经》中的"革命"一词译读了西方文明中代表历史前进的 revolution，由此而引起了留日中国知识分子的注意。② 从这个意义上说，近现代中国的"革命"也依然是与日本新语句相遭遇的结果，或者说是经由了日本这一中介的"出口转内销"的过程，才真正产生了历史性的影响。

这一"出口转内销"的过程是相当曲折的。不同的留日中国人所感受到的东西并不相同，所以他们最初所理解的"革命"也大相径庭。日本虽然借用了中国的"革命"一词，但它那"万世一系"的天皇政治模式却排斥了中国固有的"武力"内涵，取而代之的是一种尊王改革的意义，"革命"也就是明治维新的"维新"。这样的理解不仅有别于中国《易经》的本义，而且也剔除了西方文明 revolution 中应有的暴力激进的一翼。刚刚经历了宫廷维新的梁启超到了日本，首先引起他共鸣的自然是日本式的"革命"内涵。1902 年的《释革》一文，梁启超考察了当时日文中所用的"革命"一词，他结合日本的维新事实提醒我们："闻'革命'二字则骇，而不知其本义实变革而已。革命

---

① 实藤惠秀：《中国人留学日本史》第 350 页，三联书店 1983 年版。
② 参见陈建华：《"革命"的现代性——中国革命话语考论》，上海古籍出版社 2000 年版。

《革命逸史》

可骇,则变革其亦可骇耶?"① 梁启超所谓的"诗界革命""文界革命""小说界革命"等就是指这样的"革命"。然而,对一些失望于国内政治、有志于政权颠覆的留日中国人而言,情况就有所不同了。冯自由在他著名的《革命逸史》中这样交代"革命二字的由来":

在清季乙未(清光绪二十一年)年兴中会失败以前,中国革命党人向未采用"革命"二字为名称。从太平天国以至兴中会,党人均沿用"造反"或"起义""光复"等名辞。及乙未九月兴中会在广州失败,孙总理、陈少白、郑弼臣三人自香港东渡日本,舟过神户时,三人登岸购得日本报纸,中有新闻一则,题曰支那革命党首领孙逸仙抵日。总理语少白曰,革命二字出于《易经》"汤武革命顺乎天而应乎人"一语,日人称吾党为革命党,意义甚佳,吾党以后即称革命党可也。②

孙中山这里所理解的"革命"显然与梁启超有异,"革其王命""王者易姓"的中国本义在"革命党"孙中山这里是获得了重新的认同。

尽管包括梁启超、康有为、章太炎等知识分子都一度对"革其王命"的中国传统与包含了暴力激进的 revolution 颇为戒备,但近代中国的忧患现实与改革挫折却催使人们更多地容忍、理解乃至最终认同和

---

① 梁启超:《释革》,《饮冰室合集》文集第 4 册第 792 页,中华书局 2015 年。
② 冯自由:《革命逸史》初集,商务印书馆 1939 年 6 月版。

激赏着改朝换代的"革命"概念,传统中国的"革其王命"与西方文明的激进式前进实际上构成了某种复杂的配合。章太炎曾经在《时务报》上撰文提倡"以革政挽革命"①,但他终于还是成为了"顺天以革命者"②。就是梁启超主办的《清议报》与《新民丛报》上,也不乏蒋智由这样的"革命"语汇:"世人皆曰杀,法国一卢骚。民约昌新义,君威扫旧骄。力填平等路,血灌自由苗。文字收功日,全球革命潮!"③可以说,正是对"革命潮"的感奋,激进"革命"的概念最终进入了留日中国学界的主流,成为邹容所谓的20世纪中国社会变迁的"天演之公例"。④

革命就是留日中国知识分子的民族主义思潮的结果。这样的民族主义思潮表现出了极具中国特色的双重民族关怀——既是对中华民族反抗列强侵略、实现民族独立的关怀,同时又是对中华民族内部强势民族专制的关怀,并力图以摧毁专制的方式完成民族内部的自我改造。

这些特点首先体现在了由革命流亡者及青年留学生主办的刊物上。这些刊物,绝大多数都具有鲜明的"激进"色彩,甚至本身就与激进的社团组织相联系——如《湖北学生界》的编撰者刘成禺、李书城、金华祝等就是拒俄义勇队的骨干,蓝天蔚更担任了义勇队队长;《20世纪之支那》的创办者是革命团体华兴会的重要成员,《洞庭波》的创办者分别来自同盟会与华兴会,《云南》的创办直接得到了孙中山的帮助,《晋乘》《四川》《河南》等的编者和作者绝大多数都是同盟会会员,《民报》更是同盟会的机关报。仅仅以较早创刊的《浙江潮》与《江苏》为例,据统计,现存10期《浙江潮》和12期《江苏》中,分别刊发了重要论文为288篇和385篇,而其中宣扬排满革命与民族意识的就分别有

---

① 章太炎:《论学会有大益于黄人,亟宜保护》,原载《时务报》19册,1897年2月。
② 章太炎:《正仇满论》,原载东京《国民报》1901年8月第4期。
③ 蒋智由:《卢骚》,原载《新民丛报》1902年3月第3号。
④ 参见邹容:《革命军》,《辛亥革命(二)》,上海人民出版社1957年版。

65篇和117篇,分别占了总数的22.6%和30.4%。① 特别是经过了1903年的拒法拒俄运动及《苏报》案的推动,经过了1905年同盟会成立的激励,又历经了1906《新民丛报》与《民报》这两大对立的思想阵营的激烈较量,"排满革命"的民族主义思想便取得了决定性的胜利。

一般认为:"现代国家是建立在'民族'的基础之上的,而民族主义是建立现代国家的历史力量。"② 西方近代民族主义发展的历史又似乎向我们表明:"民族主义是一种政治意识形态,直接为国家权力服务,或是国家权力的重大功能之一。"③ 然而,当影响着中国未来命运的这一批留日中国知识分子坚定地举起"排满革命""反对国家主义"大旗追求自己的"民族主义",阐发自己的"现代民族国家"理想的时候,我们就不得不承认,在同样走向现代世界,同样建构着文化的"现代性"的道路上,中国与西方实在有着太多的差异了!

与此同时,在陈天华蹈海自尽、以死相抗,秋瑾、徐锡麟起义失败、悲壮牺牲,邹容以文获罪、慷慨就义的炙热的革命风潮之中,决定着未来中国新文坛面貌的一批青年留学生也同样跻身于这样的洪流,他们也亲身经历了非国家主义的民族主义的洗礼,"倘说影响,则别的千言万语,大概都抵不过浅近直截的'革命军马前卒'所做的《革命军》"④,他们当中——鲁迅曾经"往集会,听讲演"⑤,参加革命组织浙学会、光复会,为《民报》上"所向披靡"的革命檄文而激动不已,⑥

---

① 据张玉法《清季的革命团体》,这里转引自唐文权《觉醒与迷误》第80页,上海人民出版社1993年。
② 徐迅:《民族主义》第11页,中国社会科学出版社1998年版。
③ 徐迅:《民族主义》第5页,中国社会科学出版社1998年版。
④ 鲁迅:《坟·杂忆》,《鲁迅全集》第1卷第221页。
⑤ 鲁迅:《且介亭杂文末编·因太炎先生而想起的二三事》,《鲁迅全集》第6卷第558页。
⑥ 鲁迅在《关于太炎先生二三事》一文中回忆说,他读了《民报》上章太炎与梁启超的论战文章,感到"真是所向披靡,令人神旺。"见《鲁迅全集》第6卷第546页。

周作人醉心于克鲁泡特金的无政府主义思想,又说:"我们学俄文为的是佩服它的求自由的革命精神及其文学。"①苏曼殊参加了"拒俄义勇队"和反政府的军事组织"军国民教育会",陈独秀发起组织过"青年会""欧事研究会",他与邹容等人一起与腐败的留学生监督对抗,参与了著名的"剪辫事件",最后被迫回国,李大钊组织过"神州学会",积极投身于反对"二十一条"和袁世凯的斗争,许寿裳主持参加浙学会、光复会,主编过激进的《浙江潮》,主张"兴国不在政府而在国民"。②这样的独特的"现代民族国家"理想是他们设想中的未来中国文化的重要内容,也是他们超越中国古代文人,重新定位自我与国家、自我与民族、自我与社会的重要起点,当然,所有的这些"设想"与"定位"最终又都组成了他们新的人生视野与艺术视野,并通过中国现代文学这一独特的中国方式的"现代性"审美追求表达了出来,于是,中国文学的"现代性"也就和中国的"现代民族国家"理想一样,很难用西方文学发展的既有的概念来加以衡量了。

二、"世界"体验与"进化"学说

与上述出口转内销的"革命"一词相类似,"世界"一词也是由日本新语句重新回传给中国知识界的。

"世界"一词,当源自佛经,可以说是属于印度佛教文化早就传递给古中国文明的词语。《楞严经》云:"世为迁流,界为方位。"也就是说,"世"为时间,"界"为空间,"世界"一词有点类似于《庄子·庚桑楚》《尸子》卷下里的一个词语"宇宙"。在如《智度

---

① 周作人:《知堂回想录·七九,学俄文》,《知堂回想录》上册第249页,河北教育出版社2002年版。
② 参见许寿裳《兴国精神之史曜》,《河南》第4期、第7期。

论》《俱舍论》这样的经书里,"大千世界"也主要侧重于意指空间。但是,在中国文化的漫长岁月里,除了参禅论道,"世界"一词并没有成为中国知识分子描述他们现实感受的普遍用语。早期的外国传教士在翻译 World 一词时,通常使用的是"四海""红尘""万国""全地"一类更符合中国人习惯的比喻性语言或"模糊"语言。用"世界"一词译读 World 究竟是始于日本还是外国传教士,这在学术界还有些不同的说法,① 但我们至少可以发现,的确是在近代的日本,"世界"已经成为了知识分子描述其地理空间感受的新语句,而当时中国的知识分子也的确是在谈及其日本见闻的时候,将"世界"引入文中,例如王韬的《扶桑游记》,黄遵宪的《日本国志》,20 世纪初,留日中国知识分子掀起了日书中译的高潮,其中,地理学方面的著作占了相当的数量,据统计,在 1898 年至 1911 年间,中国"大部分地理学译著的原本也是来自日本"②。随着中国留学生陆续译出的《世界地理》《世界地理志》等著作的广泛传播,"世界"也才成为了整个中国知识界的基本用语。

世界,这是一个没有中心的空间概念。"世界"一词回传中国、

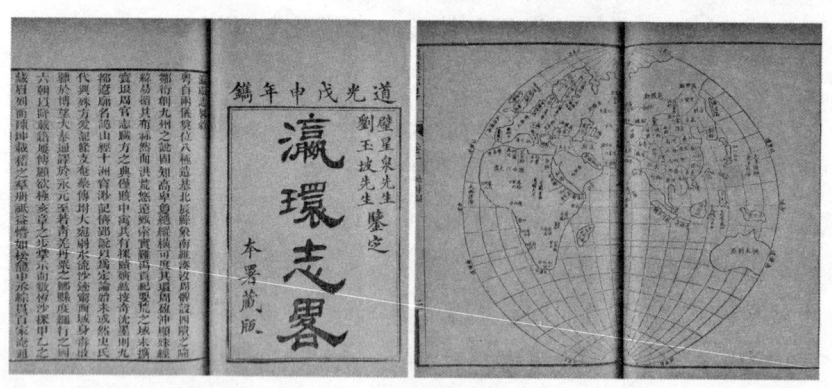

"世界"概念

---

① 参见邹振环:《晚清西方地理学在中国》第 239 页,上海古籍出版社 2000 年版。
② 邹振环:《晚清西方地理学在中国》第 244 页,上海古籍出版社 2000 年版。

成为近现代中国基本用语的过程,也是中国知识分子认知现实的基本框架——地理空间观念发生巨大改变的过程。

中国知识界在近代的一切思想的变迁都可以追溯到鸦片战争的失败,而鸦片战争的失败带给中国知识分子的最直接的冲击就表现在地理空间观念上。失败将一个残酷的事实呈现了出来,即我们所生存的这个世界并非如我们想象的那样以中国为中心。南中国海上射来的西洋炮弹击碎了我们原有的浑然完满的地理空间观感,世界由此破裂开来。正如王富仁先生所分析的那样:"这是中国知识分子的一个'地理大发现',但这个'地理大发现'却不同于西方人发现了美洲新大陆,也不同于中国古代的张骞通使西域、玄奘西天取经、三宝太监下西洋。这些发现都没有改变发现者本人的关于世界统一性的观念,都没有造成他们本人空间的分裂和破碎感。而中国知识分子的'地理大发现',发现的却是一个无法统一起来的世界,一个造成了空间割裂感的事实。"[①]如果说,明末清初的传教士们第一次为我们带来世界地理知识的时候,遭遇的是中国知识界的普遍抵触与抗拒,[②]那么,由中国人今天在枪林弹雨中所目睹的这一次的"地理分裂"的事实却让所有的中国中心论者都哑然无语了。

从魏源旁征博引编撰《海国图志》到梁启超及更年轻的中国学子奔走东瀛、苦读日文,中国知识分子的世界地理知识第一次从想象的构图演变为切实的生存感受,从少数人经由特殊机缘而来的见识发展成为大规模的群体共识,这真是一个极具历史意义的事件。据统计,从1819到1897年,中国出版的西方地理学译著单行本共51种,年平

---

① 王富仁:《时间·空间·人》,《鲁迅研究月刊》2000年第1期。
② 梁启超《中国近三百年学术史》:"言世界地理者,始于晚明利玛窦之《坤舆图说》,艾儒略之《职方外纪》。清初有南怀仁、蒋友仁之《地球全图》。然乾嘉学者视同邹衍谈天,目笑存之而已。"(见《饮冰室合集》专集第17册第323页,中华书局2015年)

均只有0.65种；但从1898至1911年，在这短短的13年间，同类译著就多达157种，年平均为12.1种。1898年前的著作多出之于传教士之手，1898年以后的大部分译著都来自日本，绝大多数又是由留日学生译出，一些译著还直接由留日机构印刷出版，以后，这些留日学生归国成立的出版机构中，也不断推出据日文翻译的西方地理学著作。①留日学生在中国地理学的近现代转换中起着至关重要的作用，这也是因为他们有着比一般的国内知识分子更直接的空间生存的体验。

  留日中国知识分子在最直接的生存意义上感悟地理空间，这首先体现在他们升起的"乡土关怀"中。十分有趣，当这些负笈东渡的游子决意"别求新声于异邦"的时候，他们迅疾产生的却是编织乡情的愿望，"同乡会"似乎就是彼此心灵慰藉的很好的形式。"在这一阶段的留学团体中，各同乡会相继产生和发展，比较活跃的有云南、湖南、湖北、浙江、福建、山西、四川、广东等同乡会。"②除同乡会外，尚有不少建立在乡土因缘上的社团组织，如广东的广东独立协会，湖南的土曜会，长江流域的共进会，两湖的铁路协会等等，正如有人所描述的那样："留学界势力方兴，多有地域之见，兴中会看来很像广东人的组织，外省人参加者不多。""光复会既成立，与会者独浙皖两省志士，而他省不与焉。"③

  我们千万不能仅仅停留在人际关系的表层来读解这样的现象。这些同乡会组织的建立，除了人与人之间本能的互助互慰外，其文化的意蕴实在值得我们玩味、咀嚼。因为，在"乡土中国"，虽然小农经

---

① 统计材料分别见邹振环《晚清西方地理学在中国》第140、164、168页，上海古籍出版社2000年。

② 沈殿成主编：《中国人留学日本百年史》上册第158页，辽宁教育出版社1997年版。

③ 分别见张玉法《清季的革命团体》第173页，冯自由《革命逸史》第5集第55页，这里均转引自李细珠《辛亥时期留日学生的乡土情结与爱国主义》，载《求索》1994年第3期。

济将人们牢牢地分割在各自的"乡土"里,但究其实质来说,血缘才是这一社会的稳定性力量。"在稳定的社会中,地缘不过是血缘的投影","空间本身是混然的,但是我们却用了血缘的坐标把空间划分了方向和位置"。相反,"地缘是从商业里发展出来的社会关系。血缘是身份社会的基础,而地缘却是契约社会的基础"。"从血缘结合转变到地缘结合是社会性质的转变,也是社会史上的一个大转变。"①也就是说,恰恰是在游学日本、挣脱血缘束缚的新生活里,当这些来自"乡土中国"的青年知识分子需要以某种方式达成社会性的组合的时候,他们便选择了最简单的联结纽带——地缘。在这个意义上讲,人们借助于地缘关系重返自己最原初的地理空间——乡土,这并不仅仅是一种自我卫护的本能,它更可能成为自我的试探性展开的起点。

由此,我们就不难理解,在一代留日中国学人的乡土感怀中,其实已经没有了传统士人的缠绵乡愁,倒是充满了重审乡土空间的冷峻、重估乡土价值的理性以及突破既有空间束缚的激情,而且,狭小的乡土空间的感念又往往扩展而为宏大的中国空间的体悟。这些都可以说是关于地理空间的现代体验的必然要求。

在20世纪初叶的留日同乡会杂志上,我们随处可以读到这样一些既流连固有乡土又力图突破其束缚的心灵悸动。

《湖北学生界》《直说》《浙江潮》《江苏》《洞庭波》《鹃声》《豫报》《云南》《晋乘》《关陇》《江西》《四川》《滇话》《河南》……当留日中国知识分子纷纷选择这些地域性的名目作为自己的文字空间之时,我们所看到的分明是一次次的精神的"还乡"。他们在精神上重返自己原初的生存世界,以新的目光审视它,以新的理性剖析它,又以新的热情激活它,他们在这一原初的地理空间中积蓄着自己的生命能量,为以后跨上坚实的人生之旅准备好思想的内容与思维的形式。

---

① 费孝通:《乡土中国》第72、73页,三联书店1985年版。

为什么要重返乡土呢?《江苏》杂志上关于江苏同乡会的"创始记事"明确指出:"爱国必自爱乡始。无他,事之由小以成大,自迩而及远,亦必至之势,无可如何者也。"①在作为创刊号的这一期杂志上,江苏留日学生精神还乡的激情与理性都淋漓尽致地表现在了它的《发刊词》里:"美哉,我江苏之人民!美哉,我江苏之人民如我支那!我支那之人民以薄弱闻于世界,我江苏之人民又以薄弱闻于支那。""或曰美哉,我江苏安乐地,或曰美哉,我江苏文学薮。呜呼是益,咒骂我江苏也是益。陷溺我江苏也,是犹以我支那之安乐文学夸示于世界也。我爱支那者,请得而大声呼曰:我支那无所有,所有者惟腐败!我爱江苏者更请得而垂涕道曰:我江苏无所有,所有者惟腐败!且更纵言以明之曰:我江苏者,我支那之支那,而腐败者,我江苏之特色!"这里的激情在于他们对于自己原初生存空间的深深的依恋,而理性则体现为一种清醒的自我反省精神,一种严峻的地域批判意识,一种在民族生存的困境中发现乡土的困境、又将乡土的体验连接到民族整体的思维方式。激情与理性的复杂纠缠,乡土与国土的相互连接,这就是20世纪中国正在生长着的地域空间意识。类似的双重复杂意识可以说是构成了留日同乡会杂志的"基调"。

湖南留学生爱抚着自己的锦绣山川与璀璨文明,豪情满怀:"粥熊子孙从皆拿破仑,湘中城池处处号圣彼得。纵横上下,不可一世。以湖南比近世之帝国,一日耳曼二十五联邦中之德意志也;以湖南比世界之共和国,一美国十三州中华盛顿也。"然而,在奔向现代的征途中,谁也无法回避其中的昏聩与惑乱:"维新一派,锁国一派,天下孰不曰:湖南者,支那商业中之杂货也。时而赞成,时而反对。天下孰不曰:湖南者,20世纪上之大怪物也。""哀湖南者莫不曰:

---

① 《江苏同乡会创始记事》,《江苏》创刊号。

湖南在今日将为天下第二之印度、犹太也。"①

这样爱怨交织的地域感受在浙江人那里则激荡成了声势浩大的"浙江潮":"其势力大,其气魄大,其声誉大,且带有一段极悲愤极奇异之历史,令人歌,令人泣,令人纪念。"浙江留学生对"浙江潮"的体悟还带有十分明确的文化地理学观念:"抑吾闻之,地理与人物有直接之关系在焉。近于山者,其人质而强;近于水者,其人文以弱。地理之移人,盖如是。其甚也,可爱哉浙江潮。可爱哉,浙江潮,挟其万马奔腾、排山倒海之力气,以日日激刺于吾国民之脑,以发其雄心,以养其气魄。"②

奇谲诡异的蜀中山川也布满了 20 世纪的危机,所谓"雷霆鞠盇,飞电环身,山岳崩颓,流石逼体",所谓"剑关析断""瞿塘怒鸣",四川留日学生发出了"警告全蜀"的呐喊。③

至于"平原无垠、泉甘草肥"、文明悠久的中州大地,也在走向现代的岁月里日渐困顿,"溯诸秦汉以上,则不知其退化几千亿万级","旅东同胞有慨于斯,组织《豫报》以作先导",发出了振聋发聩的"乡音":"自今而后,吾河南文者忆过去之腐败,当激其耻心;睹现在之危险,当兴其心;更虑及将来之苦痛而矢其奋心。而父诏其子,兄勉其弟,促黄河流域一部开化最早之民族雄飞于世界,不至与尼罗河流域之哈米低克族、印度河流域之阿利安种徒为后人所凭吊。"④

几乎每一份当时出版的以地域命名的同乡会杂志都以"发刊词""弁言"之类的形式表达了留日中国学生的强烈的空间意识:对自己原初生存环境的关切和同样强烈的忧患促使他们常常"精神还乡",从最

---

① 铁郎:《20 世纪之湖南》,《洞庭波》创刊号。
② 《浙江潮发刊词》,《浙江潮》创刊号。
③ 分别见《发刊词》、东门大卫《祝四川杂志发刊词》、铁崖《警告全蜀》,载《四川》第 1 号。
④ 《豫报弁言》,《豫报》第 1 号。

熟悉的地方解读危机,同时也设法汲取力量。在他们看来,正是这种"具体而微"的空间组成了当代中国最基本的生存环境,而所有这些来自于具体生存环境的真实最终决定了我们的命运与选择。

下面这个统计大约可以见出当时留日学界杂志对于各自地域的重视。①

刊物	地方风物与人物图画(幅)	地域时政报告(篇)	地方文学栏目	重要论著列举
《湖北学生界》（《汉声》）（1—8期）	1	3	开设"楚风集"栏目	李步青《中国地理与世界之关系》（1期）、《黄河》（2期）以及《扬子江》（5期）、《地理与国民性格之关系》（3期）等
《直说》（1—2期）	3	1		《十九世纪亚洲地理之变迁》（1期）
《浙江潮》（1—12期）	53	59	有"小说""文苑"等栏目,多刊登本省籍人士的作品,时有吟咏本省风物之作	文诡《浙声》（1期）、公猛《浙江文明之概观》（1期）、匪石《浙风篇》（4、5期）、壮夫《地人学》（4、5期）、索子《中国地质略论》（8期）等
《江苏》（1—12期）	10	52	有"文苑"等栏目,多刊登本省籍人士的作品,时有吟咏本省风物之作	铁声《江苏改革之方针》（1期）、侯生《哀江南》（1期）、吴民《江苏与汉族之关系》（6期）、《江苏人之道德问题》（9—12期）、《江苏人信息》（9、10期）
《第一晋话报》（仅据3、4、6、7期）			10	有"小说""诗歌""词曲"等栏目,特别发表过《读晋话报谣》等	痛生《地理略说》（3期）、竹崖《危乎山西之矿》（4期）、湖海风苹《山西劳动者之将来》（6、7期）

---

① 本表由笔者根据北京图书馆、北京师范大学图书馆所存留日学生刊物及上海人民出版社《中国近代期刊篇目汇录》、人民出版社《辛亥革命时期期刊介绍》、三联书店《辛亥革命前十年间时论选集》等资料编订。

续表

刊物	地方风物与人物图画（幅）	地域时政报告（篇）	地方文学栏目	重要论著列举
《鹃声》（仅统计1、2期及再兴1号）	1	9	有"小说""文苑"等栏目	山河子弟《说鹃声》（1期）、《20世纪之怪物：旧四川与新四川之现象》（1期）
《云南》（1—20号）	22	134	有"小说""诗选""文苑"等栏目，推出过"云南诗话""滇南诗话""云南杂事诗""滇中近事感赋"等作品	迤南少年生《爱滇篇》（1号）、侠少《云南之将来》（2号）、无已《论云南对于中国之地位》（5号）、崇实《论云南积弱之源》（5号）、渺小丈夫《云南人之自觉心》（6号）、崇实《云南之民气》（7号）、义侠《云南存亡之视云南人责任心之有无》（20号）
《洞庭波》（仅据第1期）		6	"文苑"发表有湘籍学生的诗作	铁郎《20世纪之湖南》（1期）
《豫报》（1—6号）	3	38	"文苑"发表本省籍学生诗作，有涉及本省时事	补天《豫报弁言》（1号）、仗剑《豫报之原因及宗旨》（1号）、蓼红生《河南地理上将来之配置》（3号）、《20世纪之河南》（5号）、《河南之前途》（5、6号）
《秦陇报》（仅据第1号）	1	36	"文苑"共发表作品一篇，即啸秋《吊秦陇》	子遗《论关陇腐败之原因及其补救之法》（1号）
《关陇》（1—3号）	7	19		六郡莽男儿《论关陇社会之危机》（1、2号）、渔江《筹西北边防以保存关陇说》（1、2号）、渔隐《论陕甘利权存亡与人民之关系》（1号）、剑精《关陇现今所立之地位及其将来》（2、3号）、回天《新关陇》（2、3号）

049

续表

刊物	地方风物与人物图画（幅）	地域时政报告（篇）	地方文学栏目	重要论著列举
《夏声》（1—9号）	10	70	"文艺"多发表陕甘籍学生作品	曫空《敬告陕甘父老》（1号）、子夏《论陕西人对于国家之责任》（1、2号）、思艰《陕甘山川险要及古今攻守得失论》（4、7号）、钝觉《论政府之对待陕甘与陕甘人之自觉新心》（8号）
《晋乘》（仅据第1号）	1	3	有诗、词、联等发表	大招《晋乘说》
《粤西》（1—4号）	10	44	有"小说""文苑""选诗"等栏目，发表过"粤西诗话"等	老农《广西之去病复元论》（1号）、谭白《我广西》（1号）、臆《辩蛮》（2号）
《河南》（1—9期）	11	30	有"文苑""小说"等栏目，其中多有吟咏地方风物之作	悲谷《20世纪之黄河》（1、2、6期）、《论豫省古今地势之变迁》（2期）、《豫省语言变迁考》（2、4期）、《豫省近世学派考》（2期）、《论二程学派与豫省学风之关系》（3期）、《豫省民族迁徙考》（4期）
《滇话报》（1—6号）		10	有"小说""戏曲"等栏目，发表过《新滇志》等地方色彩浓郁的作品	磨厉《云南与中国的关系》（2号）、漱泉《说滇人迷信鬼神之非》（2号）
《四川》（1—3号）	4	11	有"文苑""小说"等栏目发表了大量川籍人士作品，多有鲜明的"四川主题"	铁崖《警告全蜀》（1、2号）、金沙《过去之四川》（1号）、铁泸《招蜀魂》（2号）

续表

刊物	地方风物与人物图画（幅）	地域时政报告（篇）	地方文学栏目	重要论著列举
《江西》（1—4号）	5	59	有"文苑"等栏目	憨生《警告全赣书》（1号）、飞飞《20世纪之江西》（1–3号）、天笑《论江西人之民气》（1号）、晦鸣《论江西人之放弃责任》（1号）、运江《江西人其兴起》（1号）、公勇《江西少年之前途》（4号）、奚生生《贺江西欤抑吊江西欤》（4号）

从以上这个表格的统计我们大体上可以一睹当时"乡土关切"的"盛况"：在大量的本省时政报告（以批评暴露为主）的烘托中，是一篇又一篇措辞激烈的"社说""时论"，它们悲怆地追忆地域的历史与过去的荣光，痛陈现实的腐败与晦暗；它们煽动衰歇的"民气"，召唤飘失的"魂灵"。散布于其中的那些关于地理与文明的理性思考似乎是凝聚和升华这些激越情绪的力量，它提示我们在一个新的理论平台上建构地域与民族的未来，而那些由本省籍学人创作的大量诗文则营造出一个更加富有情绪色彩的世界，吟古咏今，直抒胸臆，这正是激情泻导与乡土认同的基本方式，甚至包括人们在那时所大量使用的笔名，如壮夫、公猛、公勇、六郡莽男儿、铁声、铁崖、铁郎、磨厉、侠少、义侠、悲谷、痛生、晦鸣、思艰、孑遗、回天、补天……这里既有深刻的忧患，也有奋发崛起的勃勃雄心。需要说明的是，在当时其他大量的非同乡会刊物中，同样也发表了为数可观的乡土、地域感慨，尚不在我们的统计之列。

除了这些同乡会杂志上的乡土感慨之外，留日学生也出版了一些倡导各省"自立"、激发乡土空间活力的著作，如《新广东》《新湖南》等。用当时一位广东留日学生的话来说，就是在偌大的"中国"范围内谈论救亡难免空疏,"泛而不切",所谓"见小者不可以语大,见近者不可以语远","夫治公事者不如治私事之勇,救他人者不如救其家人亲戚之急,爱中国者不如爱其所生省份之亲,人情所趋,未如何也。故窥视现今之大势,莫如各省先行自图自立,有一省为之倡,则其余各省,争相发愤,不能不图自立"。"吾广东人,请言自立自广东始。姑名是议曰'新广东',以念我广东人欲享新国之福分者。"[①] 我们注意到,同一时期的国内出版界,也出现了一些由各省士绅创办的以地域命名的报章杂志,如重庆的《渝报》(1897年),成都的《蜀学报》(1898年)、《蜀报》旬刊(1903年)、《蜀报》半月刊(1910年),西安的《陕西》(1909年),长沙的《湘学报》(1897年)、《湘报》(1898年)等。在批评社会时弊、宣传维新变法这方面,这些杂志与留日学界的出版物有共同的指向,都代表了中国近现代报刊的发展方向。不过,真正与留日学界这些由"图画""记事""时评""文苑"及各种"社说""论述"所组成的声势浩大的地域氛围相比较,我们就会清楚地发现,来自国内出版界的声音分明要平和、矜持得多,而声色俱厉地痛斥现实、满怀忧愤地注目于乡土,处处以"警告""危机""痛吊""招魂"之语击楫中流,作黄钟大吕之声的还都是留日学界的出版物。而且后者的忧愤也更多地转换成了对各地域"民气""民性"及原有生命潜力的开掘和呼唤,这在国内的那些乡土根据地倒并不多见。这个有趣的对比是不是正好说明,真正现代意义的地理空间意识的产生恰恰需要我们走出乡土的束缚,在更广大的空间世界里获得体会与认知,也只有在与其他地理空间的比照性体验中,我们才有可能更加切实地发觉自我生存环境的局限和困顿,同时也才更自觉地进行精神的返照,努力开掘自我空间的生命潜力。

出现在中国留日学界里的这一地理空间体验的追求在一些杰出的

[①] 太平洋客:《新广东》,1902年横滨新民丛报社印。见《辛亥革命前十年间时论选集》第一卷上册第269、270页,三联书店1960年版。)

思想家那里更是结出了宝贵的智慧之果。1902年,梁启超在《新民丛报》上连续发表了《亚洲地理大势论》《中国地理大势论》《欧洲地理大势论》《地理与文明之关系》《论中国学术思想变迁大势》等重要论述,成为留日中国学界中最早系统阐述文化地理学思想、并以此展开对中国文化地域性研究的第一人。后来出现在各同乡会杂志上的文化地理学论述,都明显地保留着梁启超这些主要观点的痕迹。梁启超的这些研讨既不同于中国古代从《禹贡》到《史记·货殖列传》的自我疆域检阅,也不同于近世魏源《海国图志》一类的对纯地理意义的异域空间的发觉。梁启超第一次将对异域空间的认知纳入到世界意义的地理分割当中,即中国不再是世界地理的中心,中国以外的世界也不是浑然的一体而是各不相同的地理空间的组合;这种地理的分割不仅具有物理的意义,而且更具有文化的意义,中国文化与西方文化在一系列的精神气质上都呈现出了巨大的差异,而西方文明内部的民族精神也各有不同;这种种的差异又都可以从"地理"的角度寻找到解释,这也就是文化地理学的研究方法。梁启超还将这样的研究方法加以系统地总结,并运用到对中国内部各地域文化的分析、思考中。

梁启超这一代留日学人的文化地理学思想一方面固然有来自西方和日本的影响,但我以为,更重要的恐怕还在于中国知识分子越来越清楚地发觉了自我生存空间的有限性以及外来强势力量的威逼与挤压。所谓"浑圆球上六大洲中,其五已入欧人之怀,所余者惟亚细亚而已"。而"亚细亚洲面积十分之五有奇,人口十分之四有奇,既已落欧人掌握中矣"。①正是这样的危机启发梁启超格外关注地理空间与人的生存发展的关系,并尝试从地理的角度重新解读中国文化。

由梁启超所开启的这一现代中国的文化地理学思潮以后在章太炎、

---

① 梁启超:《亚洲地理大势论》,《饮冰室合集》文集第4册第930、931页,中华书局2015年。

刘师培等人的著述中也多有体现,而章、刘二人又都曾东渡,在日本游学或讲学。所有这一切,都同样深深地联系着鲁迅这一代中国留日学生的人生体验:他们也同样经受了这样的地理分裂与空间挤压,并且置身于由各种同乡会刊物所营造出来的浓郁的乡土关怀、生存反思的氛围之中,这,不能不在他们的感受方式与思维方式中打下烙印,并最后体现为一系列的文学的选择。

"天下万事万物,皆在空间,又在时间。"① 中国留日知识分子所经历的生存空间的震荡,又刺激他们发现和接受了新的计时方式,这就是众所周知的进化论学说。在过去一个相当长的时期内,我们似乎都较多地讨论着对作为时间意识的进化思想自身的意义,其实,没有特定的地理空间意识也不会有与此相适应的时间意识,这正如当代科学巨匠史蒂芬·霍金所指出的那样:"相对论迫使我们从根本上改变了对时间和空间的观念。我们必须接受的观念是:时间不能完全脱离和独立于空间,而必须和空间结合在一起形成所谓的时空的客体。"② 正是鸦片战争所产生的"地理破裂"开启了另外的时间观念,因为"破裂"开去的世界的另外一部分,不仅与我们大相径庭,而且它充满了我们所不曾见过的新奇、魅力与恐惧——所谓"进化论"也就是从另一个地理空间中传过来的思想,或者说是当我们这个空间的生存直接承受了来自另外一个空间的挤压和威胁之时,我们才被"挤"出了"物竞天择,适者生存"的悸动。这样的进化思想和其中所包含的时间体验归根结底都来自于我们刚刚产生的一种空间的新体验:破裂、挤压和自我的生存恐慌。

今天,人们谈到进化论这一对于中国近现代思想影响深远的理论都得追溯到严复和他翻译的《天演论》(1898),而早在进化论通过

---

① 梁启超:《新史学》,《饮冰室合集》文集第 4 册第 757 页。
② 史蒂芬·霍金:《时间简史》第 21 页,湖南科学技术出版社 2002 年版。

严复进入中国之前的明治十年（1877）左右，它就已经传入了日本，并在日本构成了影响中国留日知识分子的思想氛围。中国人后来译 evolution 为"进化"而非严复的"天演"，也是取法日本的结果。

流亡日本的梁启超很快就通过他自创的"和文汉读"法对流行于日本的西方思想学说与语汇方式熟悉起来，在《论支那宗教改革》（1899）、《中国人种之将来》（1899）、《论爱国》（1903）等文章里，梁启超已经自觉地运用了"进化论"，也包括这一日文的词语本身。据有的学者统计，在20世纪前后短短的几年间，由中国留日学生翻译出版的进化论书籍就多达11种，[①] 在《清议报》《新民丛报》《译书汇编》《民报》《湖北学生界》《浙江潮》《江苏》《河南》等刊物上，也都发表了许多充满进化论思想的著作。鲁迅早在南京矿路学堂读书的时候就读到了严复所译的《天演论》，但"《天演论》原只是赫胥黎的一篇论文，题目是《伦理与进化论》，（或者是《进化论与伦理》也未可知）并不是专谈进化论的，所以说得并不清楚，鲁迅看了赫胥黎的《天演论》，是在南京，但是一直到了东京，学了日本文之后，这才懂得了达尔文的进化论。因为鲁迅看到丘浅治郎的《进化论讲话》，于是明白进化学说到底是怎么一回事"[②]。

从康有为用他的"三世说"附会进化论，第一次提出"历史进化"的思想到严复试图将进化论视作近代科学意义的世界观，从梁启超对于进化思想全面而系统地阐发与运用到"国粹派"以进化论的自然观与社会观寻找真正的融通中外的"国粹"，影响中国未来一个世纪文化与文学的思想得以确立。"就近代中国历史而言，还不曾有任何一

---

① 王中江：《进化论在中国的传播与日本的中介作用》，《中国青年政治学院学报》1995年3期。
② 周作人：《鲁迅的国学与西学》，《鲁迅的青年时代》第45、46页，河北教育出版社2002年版。

种学说像进化论那样富有魅力。"①这可以说已经成为了学界的共识。在我看来,包括当时留日学界在内的这些较早接受西方进化论思想的中国知识分子,有两个值得注意的倾向。

其一,在他们对进化论的理解当中,已经表现出了与西方知识分子的重要差异,这或许也可以被视作是中国的进化论思想的民族特色。"进化"在西方首先是一种生物学范畴的学术观点,它对主流知识界的世界认知方式的影响也基本上属于"形而上学"的信仰的意义,至于社会历史发展状态是不是也可以认定为进化,那却是一个需要用大量事实来加以证明的东西,所以在西方学界历来争议很大,尽管出现了像斯宾塞这样的社会达尔文主义者,但从总体上看,却并不能说已经形成了一种公认的进化的社会历史观,严复译《天演论》的原作者赫胥黎其实就是反对将生物进化与社会伦理问题混为一谈的,在20世纪英国著名的历史学家柯林武德看来,斯宾塞式的社会"进化史观"实在是"得自进化的自然主义并被时代倾向强加给历史学"的武断之辞。②然而,在鸦片战争之后的中国,最触目惊心的却是中国社会与欧美文明发展之间的"时代落差",正是这样的落差带给了我们无数的失败和耻辱,而失败和耻辱又反反复复地提示着这种落差的存在。于是,严复便在明明知道"赫胥黎此书之旨,本以救斯宾塞任天为治之末流"的情况下,依然"扬弃"了赫胥黎局限于自然范畴的进化观,将"天演公例"从"宇宙过程"推广到了"伦理过程",③同时对斯宾塞大加褒扬:"天演公例,自草木虫鱼,以至人类,所随地可察者,斯宾氏之说,岂不然哉?"④"斯宾塞氏之学实乃大人物之学也。"⑤以后,

---

① 郑师渠:《晚清国粹派文化思想研究》第61页,北京师范大学出版社1997年版。
② R·G·柯林武德:《历史的观念》第164页,中国社会科学出版社1986年版。
③ 见严复《天演论》自序,商务印书馆1981年版。
④ 严复译《天演论》导言十五"最旨"按语,商务印书馆1981年版。
⑤ 严复译《天演论》导言十三"制私"按语,商务印书馆1981年版。

在最切实地"镶嵌"在这种民族间的落差中的留学生群体那里,在中国第一批的进化论的阐发者那里,社会发展的问题都是最需要关注的东西,而"物竞天择,适者生存"的社会达尔文主义似乎正好可以用着对中国落后现状的说明,同时也不失为一种相当有效的自我警醒与自我激励的方式。就这样,社会历史的进化观反而成了中国知识分子的一种最有代表性的思想倾向,"竞争为进化之母","夫列国并立,不竞争则无以自存"。①适应这一"进化"的迫切形势所要求的"竞争"意识成为了中华民族洗心革面、自强不息、忍辱负重的口号和旗帜。一代中国知识分子对"历史进化"的确信最终也使得我们真正走出了传统"如环无端""五德始终"的循环论的历史观,在指向未来、关注未来的新的时间意识中思考我们的现实和过去。

当然,作为弱势地位的中国知识分子倾心于社会达尔文主义,其初衷还在以其"物竞"的景观为自我的动力,而绝非为了寻找自我贬损、妄自菲薄的借口,所以严复在激赏斯宾塞的"大人物之学"时,是有意回避了他弱肉强食、任天为治的主张,从严复到流亡日本的梁启超以及整个的留日知识分子,不仅不会"任天",而且还在竭力"与天争胜",以自己的奋发图强来改变现实,并且也格外相信进化的前景便是由弱趋强、后胜于今,这一乐观的"直进"式社会历史理念对整个20世纪的中国都产生了深远的影响。

其二,我们也必须注意到那一代中国知识分子在接受和理解"进化论"思想中的复杂性。一方面,这里有以梁启超为代表的主流认识方式:有选择的社会达尔文思想,对"竞争"的认同和对未来"直进"的信心。但另外一方面,却也有过章太炎这样的独立思考。章太炎在1899至1906年间先后三次东渡日本,而三次的日本之行也都推动了他对于进化论的认识和思考。1899年,第一次赴日的章太炎在横滨《清

---

① 梁启超:《新民说》,《饮冰室合集》专集第3册第5038页,中华书局2015年。

议报》上发表《菌说》，从生物进化的角度阐述物种的繁衍。1902年8月，章太炎第二次赴日刚刚归来就推出了由他翻译的日人著作《社会学》（岸本能武太著），在这本书的《自序》里，他既言及了当时对国人影响甚大的斯宾塞，又介绍了与斯宾塞观点相左的美国社会学家吉丁斯，并认为"其于斯氏优矣"。这里已经可以看出他具有与一般知识分子所不同的独立见识。1906年章太炎第三次东渡，9月5日，他在自己接编的第一期《民报》（总第七号）上推出了异乎寻常的《俱分进化论》。在当时积极思考中国文化前途的知识分子当中，章太炎第一个表达了对于历史"直进""进步"等观念的怀疑，他以自己"善恶兼进"、进化与退化并存的思想提出了一个重新认识人类社会与人类历史的思路。值得注意的在于，章太炎的这一新鲜见解乃是得之于他对国际社会特别是中国历史的独立观察与体会。实际的历史告诉他："如欧洲各国，自斯巴达、雅典时代，以至今日，贵族平民之阶级，君臣男女之崇卑，日渐划削，则人人皆有平等之观，此诚社会道德之进善者。然以物质文明之故，人所尊崇，不在爵位，而在货殖……此非其进于恶邪？"实际的体验提醒他："中国自宋以后，有退化而无进化。"很明显，与当时许多介绍进化思想的中国知识分子不同，章太炎更看重的不是其在西方的理论逻辑，而是自己的观察与体验。重视自己的实际体验甚于重视其他的理论形式，也许这样的知识分子姿态在当时的中国不能说有多大的普遍性，但却的确为我们展示了一种新的选择的可能。以后，在章太炎的弟子鲁迅那里，这样的独立姿态更深刻地体现为对于简单"进化"与简单"退化"的双重怀疑中，鲁迅的怀疑（包括对于作为"师长"的章太炎的"俱分进化"之说的怀疑）同样是他独立体验的结果。[1]

---

[1] 众所周知，鲁迅认定太炎先生的业绩"留在革命史上的，实在比在学术史上还要大"，并且明确表示当年自己在留日期间爱看《民报》"并非"是因为他的"俱分进化"之说。（见鲁迅《关于太炎先生二三事》，《鲁迅全集》第6卷第545、546页）

三、"新民"理想与"心力"追求

留日中国知识分子以"天演公例"为警觉,激发自己在"列国竞争"时代的进取之心,探寻着一种更符合时代要求也更具有普遍意义的国民精神。其中,影响巨大的就是梁启超的"新民说"。

1902年,流亡日本的梁启超在横滨创办了《新民丛报》,首次标举起"新民"的旗帜。创刊伊始,即以"中国之新民"为名连续发表了《新民说》《新民议》《论民族竞争之大势》《论中国国民之品格》等重要论著,系统阐述了他在"列国竞争"时代重塑民族性格的主要思想。这些论著皆以严峻的世界形势分析为依据,在强烈的危机氛围中提出应对之策,因而自有一种动人心魄的力量。"余为新民说,欲以探求我国民腐败堕落之根原,而以他国所以发达进步者比较之,使国民知受病所在,以自警厉自策进。"①"吾今欲极言新民为当务之急,其立论之根柢有二:一曰关于内治者,二曰关于外交者。"②梁启超的论述洋洋十数万言,涉及个人道德、国民公德、个人权利与自由、人伦关系、人格气质、社群与国家等众多的内容,系严复提出"开民智、鼓民力、新民德"之后最系统最完整全面的"新民"理论阐述,在当时的留日学界影响甚大。《江苏》《湖北学生界》《浙江潮》

《新民丛报》

---

① 《新民议》,《饮冰室合集》文集第3册第681页,中华书局2015年。
② 《新民说》,《饮冰室合集》专集第3册第4984页,中华书局2015年。

等留日学生刊物都不时刊出有关国民性格讨论的论述,以后章太炎、邹容、陈天华等也在各自的文章中反省着中国国民性问题。章太炎《驳康有为论革命书》中提出要坚决消除作为革命障碍的民族性格,如怯弱、浮华、诈伪以及畏死心、拜金心、奴隶心、退却心等等,陈天华《警世钟》痛陈中国人"奸盗诈伪,无所不为"等劣迹,邹容在《革命军》中呼唤要"拔去奴隶之根性","除奴隶而为主人",《革命军》还多次摘引《新民说》的文字。可以说,正是从梁启超《新民说》的宏大论述开始,中国近现代思想史与文学史上源流

邹容与《革命军》

深长的"改造国民性"思潮才构建起了一个完整的理性形态,并在很大意义上成了以后人们进入这一问题的起点。梁启超提出的一系列有关国民精神与国民生存的词语如"破身奴""破心奴""依附人格""独立人格""国民""自由""权利"等等在以后的思想与文学实践中都获得了越来越广泛的阐发。郭沫若在五四以后回忆梁启超思想的影响时说:"二十年前的青少年——换句话说:就是当时的有产阶级的弟子——无论是赞成或反对,可以说没有一个没有受过他的思想或文字的洗礼的。"[1]以"新民说"为代表的改造国民性思潮之所以能够在留日知识界发生广泛深远的影响,自然也与日本明治时期思想界的现代民族国家理论有关。"'国民性'一词(或译为民族性或国民的品格等),最早来自日本明治时期的现代民族国家理论,是英语或日译,正如现代汉语中的其他许多复合词来自明治维新之后的日语一样。"[2]

---

[1] 郭沫若:《少年时代》,《郭沫若全集》第11卷第121页,人民文学出版社1992年版。
[2] 刘禾:《跨语际实践》第76页,三联书店2002年版。

但与其说是中国的思想家们在崇洋心理下"翻译"了西方的国民性理论,还不如说是一种共同的民族危机意识让他们"发现"了中国的国民性问题。

不过,需要我们注意的是,"新民说"的核心是"群"。在梁启超的文章中,"群"是一个使用率最高的关键词,具有道德、政治与民族国家等多方面的指向,合群救国才是新民说的根本目的。"欲其国之安富尊荣,则新民之道不可不讲。""夫吾国言新法数十年而效不睹者,何也?则于新民之道未有留意焉者也。"① 也就是说,梁启超提出改造国民性还是为了国家、民族、社会的整体利益,而非个人的存在与发展。在梁启超看来,"群"才是人之为人的根本标志。"人也者,善群之动物也。""人而不群,禽兽奚择?"② 他集中讨论了"公德""私德"的问题,但却赋予"公德"以更高的地位:"报群报国之义务,有血气者所同具也。苟放弃此责任者,无论其私德上为善人为恶人,而皆为群与国之蟊贼。"③ 他郑重其事地提出了人的自由问题,但却明确表示:"自由云者,团体之自由,非个人之自由也。野蛮时代,个人之自由胜而团体之自由亡;文明时代,团体之自由强,而个人之自由减。"④ 从这个意义上看,尽管一般学术界认为梁启超《新民说》的理论依据与斯宾塞"社会有机体论"这样的西方思想有关,但是,追根溯源,我们仍然会发现其中所包含的传统儒家精神:以群体需要而不是以个体需要为本来阐发人的伦理修养问题,这正是儒家文化的本质特征。"新民"一词本身就始见于《尚书·康诰》,又是《大学》"三纲领"之一,所谓"大学之道,在明明德,在新民,在止于至善"。梁启超也公开告白:"本报取大学新民主义,以为欲新吾国,

---

① 梁启超:《饮冰室合集》专集第 3 册第 4983、4984 页,中华书局 2015 年。
② 梁启超:《饮冰室合集》专集第 3 册第 4994 页,中华书局 2015 年。
③ 梁启超:《饮冰室合集》专集第 3 册第 4996 页,中华书局 2015 年。
④ 梁启超:《饮冰室合集》专集第 3 册第 5026、5027 页,中华书局 2015 年。

当先维新吾民。"① 甚至，颇具有近代西方文化色彩的"自由"一语也被梁启超读解作"克己复礼为仁"了："孔子曰，克己复礼为仁。己者，对于众生称为己，亦即对于本心而称为物者也。所克者己，而克之者又一己，以己克己，谓之自胜，自胜之谓强。自胜焉，强焉，其自由何如也！"②

梁启超重视现代国家建设与现代人精神改造的诸多问题，也就不得不涉及一系列在西方现代化实践中具核心地位的思想文化问题，也无法回避在这些问题中所包含的西方式的个人主义思想，例如人的权利与人的自由。然而他谈论这些问题的立场却是"群"，却是与儒家传统思维不无关系的国家群体，这就使得他的《新民说》事实上成了一个充满矛盾的文本。当然，矛盾本身也就意味着多种可能性的存在，人们既可以在梁启超所开辟的这一块宽敞的话语空间中继续现代民族国家建设的思考，也完全可能沿着其中的矛盾的缝隙曲折前行，最终找到自己的新的立场。例如，梁启超刚刚连载完他的《新民说》数月之后，飞生就在《浙江潮》杂志连续发表长文《近时二大学说之评论》。文章站在国民人权的立场上，批评梁启超的立场为"倒果为因之弊"："中国之亡其罪万不能不归于政府，国民之不责政府国民之罪也。归亡国之罪于国民，而又劝其不责政府，则又何说焉！"③

在梁启超等近代思想先驱引入西方近现代思想以及其他留日青年知识分子接受或离弃梁启超学说的过程中，浮动着另外一个关键词：心力。心力（还有同义的"意志""意力"等）这一词语背后的意志主义哲学在中国思想的现代转换中产生了重大的影响，并且在 20 世纪初叶的留日中国知识界那里获得进一步的发展。

---

① 《本报告白》，原载《新民丛报》1902 年 1 号。
② 梁启超：《饮冰室合集》专集 3 册第 5032 页，中华书局 2015 年。
③ 见《浙江潮》1903 年第 8、9 期。

对于广大的青年知识分子而言，积弱积贫而又体制臃肿的中国社会在近代集中体现为一个人生出路的问题。臃肿、陈腐而低效的国家体制直接剥夺了个人进取的机会，导致了从龚自珍到谭嗣同这样一些怀才不遇的知识分子不得不在质疑、否定传统中提出自己的人生见解，以强化自我观念与自我精神力量的方式来激发生存的勇气。经由龚自珍的大力提倡，"心力"作为对于人的内在动力的描述成了近代中国知识界的流行概念。所谓"报大仇，医大病，解大难，谋大事，学大道，皆以心之力"①。又有言："天地，人所造，众人自造，非圣人所造。""众人之宰，非道非极，自名曰我。我光造日月，我力造山川，我变造毛羽肖翘，我理造文字言语，我气造天地，我天地又造人，我分别造伦纪。"②到后来，"光绪间所谓新学家者，大率人人皆经过崇拜龚氏之一时期"③。谭嗣同继续以"心力"对抗传统的"天命"："人所以灵者，以心也。人力或做不到，心当无有做不到者。""心之力量虽天地不能比拟，虽天地之大可以由心成之毁之，改造之，无不如意。"④

以梁启超为代表的留日中国知识分子的努力是突出了"心力"与西方意志主义思想的联系。梁启超流亡日本期间大力介绍西方近现代哲学，并且不无误读地将培根的"经验"与 的"理性"统一于"我"和"精神"，⑤又认为康德"以自由之发源全归于良心（即真我）"。⑥尤其重要的是1902年，梁启超在《新民丛报》发表的《进化论革命者

---

① 《龚自珍全集》第15、16页，上海人民出版社1975年。
② 《龚自珍全集》第12、13页，上海人民出版社1975年。
③ 梁启超：《清代学术概论》，见《饮冰室合集》专集第9册第6820页，中华书局2015年。
④ 谭嗣同：《谭嗣同全集》第460页，中华书局1981年版。
⑤ 参阅梁启超《近世文明初祖二大家之学说》，见《饮冰室合集》文集第5册，中华书局2015年。
⑥ 参阅梁启超《近世第一大哲康德之学说》，《饮冰室合集》文集第5册第1180页，中华书局2015年。

颉德之学说》一文,首次将标志着西方唯意志论思想成熟的尼采介绍给了中国人:"今之德国有最占势力之二大思想,一曰麦喀士之社会主义,二曰尼志埃之个人主义。麦喀士谓今日社会之弊在多数之弱者为少数之强者所压伏;尼志埃谓今日社会之弊,在少数之优者为多数之劣者所钳制。"①这里的尼至埃即尼采。到后来,梁启超还很推崇占晤士(詹姆士)的"人格的唯心论",并从社会人格与个人人格的相互作用中领悟着"意力和环境提携便成进化的道理";他也欣赏伯格森的学说:"说宇宙一切现象,都是意识流转所构成,方生已灭,方灭已生,生灭相衔,便成进化。这些生灭,都是人类自由意志发动的结果。"②1906年章太炎出狱后东渡日本,"旁览彼士所译希腊、德意志哲人之书,时有概述"③。对康德、叔本华、尼采的哲学中的"意志"论颇多注意,最后在"以新知附益旧学"中形成了著名的意志论主张:依自不依他。章太炎这里的"自"指的不是人的肉身而是自由意志与独立人格。他将尼采的"超人"意志与王阳明的"心学"相联系,用以说明自己的主张:"然所谓我见者,是自信,而非利己,犹有厚自尊贵之风,尼采所谓超人,庶几相近,排除生死,旁若无人,布衣麻鞋,径行独往。"④留日的鲁迅很早就注意到了西方19世纪以来倡导主观精神、推崇个人意志的思潮,他购读了有关尼采、叔本华、施蒂纳、克尔凯郭尔等人的传记,注意到了当时日本学界对尼采的介绍,在1908年的《文化偏至论》中,鲁迅四次提到尼采及其"超人"学说,认为超人就是"大士天才",就是"意力绝世,几近神明"之人,就是不与"庸众"同流合污且对抗"众数"的个性主义者,就是"力

---

① 梁启超:《进化论革命者颉德之学说》,《饮冰室合集》文集第5册第1118页,中华书局2015年。
② 梁启超:《欧游心影录》,《饮冰室合集》专集第5册第5704页,中华书局2015年。
③ 章太炎:《菿汉微言》,《章太炎政论选集》第735页,中华书局1977年。
④ 章太炎:《章太炎全集》第4集第374、375页,上海人民出版社1982年版。

抗时俗、示主观倾向之极致"的主观主义者,又将上述这些重主观意志、重个人精神反抗的思想家连同文学家易卜生等一起称之为"新神思宗",他充满激情地写道:"十九世纪文明一面之通弊,盖如此矣。时乃有新神思宗徒出,或崇奉主观,或张皇意力,匡纠流俗,厉如电霆,使天下群伦,为闻声而摇荡。"①

较之于"新民"这一概念,"心力"(以及"意力""意志"等)这样的语汇更具有近代文化的意义。虽然中国古人也有过"尽心力"这样的说法,②但它基本上就"是指心思与才力的合称"。③从龚自珍开始,后来又以留日中国知识分子为代表的"心力"说显然主要是对人的精神内驱力的描述,它常常表现为人能动的、持续的、执著的实践力量,往往又与人内在的某种主观精神信仰相联系。从这个意义上看,常常表现出"无特操、无信仰"的传统中国人恐怕在总体上离"心力"的境界甚远,传统中国文化的一些描述人主观世界的常用概念如"理""情""志"等似乎都不能准确地传达出这一概念所指的精神内在的"执著"。到后来,像梁启超和鲁迅这样熟悉西学的知识分子更倾向于使用"意力"与"意志",一个"意"字似乎更能说明人的主观精神所产生的能量,更能传达出人对自身理想的某种坚持。而这一"意"语的背后就是源远流长的西方思想的意志论传统。

西方哲学对作为主体精神结构重要组成部分的"意志"一向关注。"意志"这一概念早在古希腊哲学家赫拉克利特那里就已经出现。后来柏拉图将人的灵魂分为理性、意志和欲望三个部分,意志正处于理性与欲望之间,是灵魂用以发起行动的部分,当它坚定不移地执行理性的命令,帮助理性控制欲望时,灵魂就有了勇敢的德性,所以意志

---

① 鲁迅:《文化偏至论》,《鲁迅全集》第1卷第53页。
② 如《左传·昭公十九年》有云"尽心力以事君"。
③ 参见张锡勤:《对近代"心力"说的再评价》,《哲学研究》2000年3期。

是勇敢的基础，勇敢是意志的美德。与柏拉图眼里如此"忠于职守"的意志不同，亚里士多德提出了意志的选择作用，以此说明了人的善恶与人自己行动的直接关系。这给了后人许多的启发，以后的哲学家都十分强调意志的自由选择性。认为"意志"与"自由"密不可分，甚至"自由"就是"意志"的代名词。在经过中世纪"意志"异化为上帝的特征之后，重新回到人自己的"意志"在理性主义哲学的奠基人笛卡儿那里得到了充分的肯定：正是自由意志决定了人的行为的后果。意志是否是任意的自由选择的行动，笛卡儿与斯宾诺沙、霍布斯等存在着分歧，以后的西方哲学中也一直争论不休，康德试图以区别现象界和物自体的方式来调和这种分歧。到叔本华出现，则一反传统思路，以非理性的意志来统摄理性，将非理性对人的行为的支配作用绝对化，生命意志、生存意志在此构成了世界的本质。尼采又改变了叔本华将非理性"意志"的悲观主义思路，把生存意志发展而为权力意志，认为生命的目的就在于生命力的发挥，即促使生命向更强大、更旺盛、更有活力的方向发展。

  不管西方哲学对意志与理性的关系、意志的内在构成以及它对于人类行为的意义的看法有多少不同，但有一点却是肯定的，那就是他们都把意志与人的现实的行为选择相联系，用以说明人的行为选择的目的性、自觉性、坚韧性、果敢性、自制性等特征。就在近代中国知识分子需要"自觉、坚韧、果敢"而目的明确地选择自己的现代化走向时，强化自我意志的要求也就浮出水面了，于是，借助于西方意志论思潮特别是西方19世纪以后的唯意志论思想也就成了应有之义。当然，所有的这些"借助"都是为了最终解决中国人自己在一个"生存竞争"时代的难题，因而所有的"借助"也仅仅是"借助"，中国知识分子是从西方知识分子的意志力量中汲取自我生命的能量，并最后用之于现实中国的行为选择中。中国近代知识分子从不认为自己就是某一西方思想的东方代表，所以他们总是努力调动古今中外的诸多理论资源来说明自己新的追求。从一直在国内的龚自珍、谭嗣同到留滞日本的梁启超、章太炎、鲁迅等，王守仁的心学或传统的佛学都曾是他们阐发"心力"与"意志"的思想资源。自然，中国近代知识分子的意志主义追求的这种复杂性也决定了他们在"自我意志"问题上的微妙的差异，决定了他们在发掘和坚守自我意志的道路上保持了彼此的距离。

四、"个人"的理念与"自我"的意识

从"民族"的觉悟中产生"革命"的需要，从"世界"的震撼中读解"进化"的意义，从"新民"理想的确立到"心力"意义的发掘，在这些全新的语言方式的生长中，留日中国知识分子建立起来的是现代中国人自己的感受、知识与价值。较之于其他林林总总的语言，对于整个现代中国文学乃至文化价值观念影响甚巨的是关于人安身立命的新的立场——个人，以及与"个人"这一词语紧密相关的"自我"的概念。

今天，我们对"个人""自我"这样的概念的讨论必须置放在现代知识的视野之中，因为，仅仅就汉语词汇本身来说，它们都如同"世界""革命"之类的说法一样"古已有之"，但是真正的具有现代文化意义的所指却是近代的日本"发明"的。中国知识界在引进这样的日本"发明"的背后是风起云涌的思想流变。

在中国传统的价值系统中，整体的社会和谐关系始终是儒家文化追求的目标，这里缺乏对个人立场的认定，也没有对个人意义的首肯；道家文化包含着对个人身体与精神自由的关怀，然而这样的关怀却是以人对于社会现实的退出为前提，因而也完全缺少对个人社会权利与现实意义的思考，佛家文化对于"我执"的破除，对于"无我"的体认更使得现实生存意义的"个人"遭遇到了彻底的否定。已经有学者

从语言学角度考证，"个人"一词在古代文献中，仅限于指称某个特定的个体，而不具有"作为权利主体的个人"和"社会组织的基本单位"之类的含义，同样，中国古代"我""吾"之类词语的含义首先也是与自己归属的族群相联系的。[①] 孔子的关于"己"的言说涉及的总是个人的修养问题。

几千年的风霜雨雪之后，传统中国的主流伦理也步入了它的"末法"时期，古老的价值框架逐渐无法承受这个巨大帝国的蹒跚的身躯。接着，被动卷入资本主义扩张时代的中国，其面临的第一个选择也就是如何跳出农业文明的狭小的生存空间，在广泛的世界性的联系中重新处理人与社会、人与国家、人与人以及国与国的关系。这里的新"关系"的复杂性已经不再是儒家文化的设计所能够解决的了，因为这个世界的其他部分对于人的生存的定位与我们迥然有别，无法与我们通过简单的对接实现顺利的交往和对话。在全球化的生存竞争当中，道家文化、佛家文化对现实生存的否定性思维虽然自有他的理由，但却很难再成为主导性的文化观念。随着传统中国的关于人的定位方式的逐步解体，新的思想与新语汇都有了萌生的可能。

在中国国内，古老价值体系的皲裂与外来文化的渗透都在发生。有感于"末法"时期世风颓丧，道德空洞的沉沦现实，龚自珍以对"自我"和"心力"的推崇，反驳了程朱理学对人的基本需求的彻底扭曲；融合了部分"泰西之言"的康有为在19世纪80年代也展开了对"三纲五常"进行了批评，他在《康子内外篇》《人类公理》（《实理公法全书》）《大同书》等重要著作中提出"人有自主之权"，甚至"人人独立，人人平等，人人自主，人人不相侵犯"等见识。不过，无论他们是否从刚刚传入的西学中吸取资源，其总体的思想结构却都还是依附于传统中国文化的逻辑，这样，其新锐思想蓬勃生长，并最终获

---

① 廖贞：《论中国传统文化中的自我意识》，《青海民族学院学报》2005年4期。

得全新独立的思想体系的可能性也就有限了。

与中国传统文化的价值体系所不一样的正是我们并不熟悉的自古希腊发展而来的西方文化体系。个人主义（individualism）的传统恰恰是西方文明中的一条源远流长的思想线索，到近现代以后，更发展成为了社会的主导价值观念。据有学者考证，individualism 源头可追溯到古希腊、罗马的古典哲学以及希腊的城邦政治、贸易经济、法律等因素，例如罗素就认为 individualism 源于犬儒学派和斯多葛派。[①] 以后，在基督教思想中也可以说包含了对"个人"的某些基本保证（如"上帝面前人人平等"，还有"灵魂不朽"观念所暗含的人在精神上的平等性及独特性等等），中世纪的唯名论中包容了对个人存在意义的某些思想。到了全面关注人的世俗生活与现实人性的宗教改革——文艺复兴时期，对个人本位的公开宣扬便大行其道了。当时的人文主义者在其思想、作品乃至个人生活中都表现出明确的个人主义倾向。从这个时候开始，"个人"概念首先是在一种政治哲学与社会哲学的意义上被人们充分地意识和维护着，因为它涉及的是对人的社会契约关系问题，诸如权利、义务与自由等等，作为一种道德的总原则，"个人主义"意味着的就是这个社会建立在什么样的一种价值基础之上：是个人成为某个群体与组织的依附还是任何群体与组织的存在都必须以尊重和维护个人的权利与自由为基础？"'个人'意味着单个人。每个人都是一个个体，这一术语强调了这样一个事实，即，他或她是他或她，而不是别的什么东西或别的什么人。因此，它着重强调每个人独一无二的品质，这种品质将一个人与另一个人分别开来，而不涉及他们之间的共同之处。""自由个人主义既是本体论意义上的又是伦理意义上的术语。这涉及到将个人看成是第一位的，是比人类社会及其制度和结构更为'真实'或根本的存在。也涉及到将更高的价值隶属于个人而非社会

---

① 罗素：《西方哲学史》下卷第 126 页，商务印书馆，1982 年版。

或集体性团体。以这种思维方式而论,个人在任何意义上都先于社会而存在。他比社会更真实。"①

个人主义的原则就是从价值的基本"立场"上确立个人的权利与自由的原则,虽然它本身也可能出现霍布斯笔下占有性、侵略性的倾向,在不同的时期或不同的民族也曾经引起这样或那样的争议,②不过,在推进西方近现代文明形成自己的"以人为本"的核心价值方面,却无疑产生了建设性的作用,其作为对人的社会性存在的本体论意义的追求,也不能简单地等同于具体人际关系中无视他人利益的极端利己主义行为。③反映在西方思想史上,启蒙思想家洛克、霍布斯等人的社会契约论和"人赋人权"说,便将个人的独立和自由预设为自己的理论前提,在此基础上,西方思想家进一步建立了比较系统的民主政治的理论。此外,从休谟和亚当·斯密等人分别以人的不完善性和方法论个人主义为自由秩序所作的辩护,到笛卡儿的"我思故我在"命题的提出,再到莱布尼茨将个体的独立、自足与自主当作自己的哲学思考的中心,一直到卢梭对人的尊严和权利的论述与康德"所有人本身都应该作为绝对的目的",西方思想史上"个人主义"核心理念渐趋成熟,它有效地参与了对现代个人乃至社会秩序和组织架构的塑造,成为现代人作为独立个体形成的精神条件,也构成了西方现代社会生活模式和组织架构的指导思想。正如哈耶克所说,个人主义传统创造了西方

---

① 安东尼·阿巴拉斯特:《西方自由主义的兴衰》第8页、18页,曹海军等译,吉林人民出版社2004年。
② 参见史蒂文·卢克斯:《个人主义》有关章节,阎克文译,江苏人民出版社2001年。
③ 在西方语汇中,利己主义egoism与个人主义是根本不同的两个词语。如早在19世纪中叶,法国哲学家阿列克西·德·托克维尔就在他的名著《论美国的民主》中将两者作了严格的区分,他认为自私自利是一种强烈而夸张的自爱,它使一个人把每件事都和自己联系起来,要把自己放在世上每件事之上;而个人主义则是"一种成熟而镇静的感情"。"个人主义是一种新的观念创造出来的一个新词,我们的祖先只知道利己主义"(见托克维尔《论美国的民主》第625页,商务印书馆1988年)。

文明。①

　　西方思想系统中的"个人主义"又可以说是一个庞大的思想集合，其中包含了或者说关涉了诸多的概念与思想，如自由主义、人权、民主、人道主义、个性与自我等等，其中，纯粹哲学意义上的"自我"（ego, self）概念的探讨具有特别的意义，因为，正是在"自我"（以及相关"自我意识"等）意义的郑重追问中，"个人主义"问题才从政治哲学与社会哲学的层面进入到了对个人的内部精神形态的考察，"自我"实际上才是"个人"的内核。从笛卡儿、洛克、贝克莱、休谟到康德、黑格尔，所有哲学家对于"个人"的讨论都会落实为对"自我""自我意识"的讨论，德国古典哲学是人类精神史上真正的关于自我与自我意识的哲学。如果说"个人"在政治哲学与社会哲学的层面上主要体现为一个现实权利与自由的问题，那么在深入到"自我"与"自我意识"的近代主体性哲学，则集中思考着我与世界、主体与客体的精神关系问题，康德有力地告诉我们，不是主体（自我）"反映"着客体，而根本就是客体围绕主体运转。"自我俨如一洪炉，一烈火，吞并销熔一切散漫杂多的感官材料把它们归结为统一体。"② 自然，这是对"人"的意义的根本的确立——不仅确立了人的现实权利的绝对性，而且确立了人在世界感受之形成与万物法则之形成当中的绝对性。当然，德国古典哲学对人的主体价值、自我的根本确立又都无法避免一系列的二元分立的前提：人与世界、灵与肉、主体与客体……德国古典哲学终结以后，一些现代西方哲学家，如尼采、胡塞尔、弗洛伊德等人，又开始了新的探询，他们通过各自的思路努力克服这样的二元分立，或引向权力意志，或归结为"纯粹意识"，或下沉到潜意识的大海，"自我"与"自我意识"又呈现出了更加丰富和复杂的状态。

---

① 哈耶克：《通向奴役之路》第27页，中国社会科学出版社1997年。
② 参见黑格尔：《小逻辑》第122页，贺麟译，商务印书馆1980年。

在古老价值体系已经清晰可辨的皲裂声中，中国知识分子开始从刚刚输入的外来学说中寻觅新的伦理资源，并尝试新的"命名"。就这样，与我们命运相似的日本成为了最切近最有说服力的参考。前面几节中我们已经讨论过的新语汇都莫不来自于日本"东学"，关于"个人"与"自我"的知识也是这样。

梁启超、严复是最早引入这一"东学"的人，不过，他们的"个人"观却未得异域的神髓。

梁启超在1902年发表的《中国之旧史学》《进化论革命者颉德之学说》中分别使用了"个人"一词，不过前文主要指个别的人，与这一词语的传统含义近似，后文介绍尼采（尼至埃）的思想，有"个人主义"的概括，与西方思想动向紧密联系的新的"个人"含义就此诞生了。次年严复也通过日本的"东学"注意到了西方individual，当然也注意到了日本式的翻译——个人，有意思的是他的译述却无意搬用"个人"，而是另取一中国特色的名词——小己：

> 东学以一民而对于社会者称个人，社会有社会之天职，个人有个人之天职。或谓个人名义不经见，可知中国言治之偏于国家，而不恤个人之私利，此其言似矣。然仆观太史公言《小雅》讥小己之得失，其流及上。所谓小己，即个人也。①

严复以"小己"指代individual始于J.S.Mill（穆勒）On Liberty（《群己权界论》）的翻译，"个人"之摈弃是否也就意味着"人"的概念并没有进入关注和讨论的视野？因为，与"己"相对举的是"群"，努力实现与"群"的整合中谈论"己"，这是严复的思维，显然它的思路并没有脱离于致力于整体社会和谐的传统儒家文化。出于美国式

---

① 严复：《译〈群学肄言〉译余赘语》，《严复集》第一册第126页，中华书局1986年。

的个人自由观,美国汉学家史华兹曾对严复翻译的《群己权界论》作过相当著名的"文本"分析,他的结论是,严复所翻译的穆勒的自由思想(即严译汉语的穆勒的自由主义思想)和穆勒本身的自由思想(即原语的穆勒的自由主义思想)具有实质性的差别:"假如说穆勒常以个人自由作为目的本身,那么,严复则把个人自由变成一个促进'民智民德'以及达到国家目的的手段。"①

就像他将严复的"新民"与"群"论发扬光大一样,梁启超也在思想启蒙的意义上广泛地谈论着"个人""我"的地位和价值。身居日本的梁启超似乎更愿意使用"个人"这一东学的语汇。梁启超意识到,启蒙的重点应该是个人的独立:"今日欲言独立,当先言个人之独立,乃能言全体之独立","为我也,利己也,私也,中国古义以为恶德者也。是果恶德乎?""天下之道德法律,未有不自利己而立者也……故人而无利己之思想者,则必放弃其权利,弛掷其责任,而终至于无以自立。""盖西国政治之基础在于民权,而民权之巩固,由于国民竞争权利,寸步不肯稍让。即以人人不拔一毫之心以自利者利天下。观于此,然后知中国人号称利己心重者,实则非真利己也。苟其真利己,何以他人剥夺己之权利,握制己之生命,而恬然安之,恬然让之,曾不以为意也。"②身居东瀛的多方位"体验"让梁启超对西方的政治哲学与社会哲学都有了比较充分的认识,关于"个人"与"我"的阐述也就具有了相当明显的社会法律意识:"一部分之权利,合之即为全体之权利;一私人之权利思想,积之即为一国家之权利思想。故欲

---

① 本杰明·史华兹:《寻求富强:严复与西方》第133页,江苏人民出版社1995年,近年来,也有学者为史华兹的这一观点"指谬",即认为穆勒的个人自由主张本身就带有很强的社会功利性,严复的翻译算不得怎样的误解。不过,在我看来,严复选择具有"很强的社会功利性"的思想学说进行翻译本身也正说明了他的文化取向。
② 梁启超:《十种德性相反相成义》,《饮冰室合集》文集第2册第428、432、433页,中华书局2015年。

养成此思想，必自个人始。人之皆不肯损一毫，则亦谁复敢撄他人之锋而损其一毫者，故曰天下治矣，非虚言也。"①梁启超是大力倡导个人主义的，为此，还不惜从中国古代思想中寻找支持，他找到了杨朱哲学中"昔中国杨朱以为我立教，曰：'人人不拔一毫，人人不利天下，天下治矣。'吾昔甚疑其言，甚恶其言，及解英德诸国哲学大家之书，其所标名义与杨朱吻合者，不一而足"。②

不过，就如同梁启超发扬严复的"新民"之说以重塑国民性格一样，对"个人"独立的推崇其实也是治国安邦的宏大计划的组成部分，维护个人权利依然是手段而不是目的。在改良派梁启超与革命派的孙中山等人那里，"个人"都没有成为西方式的"主义"，它只是实现国家民族整体目标的一种途径，所以他十分明确地指出："个人不可离群以独立者也。必自固其群，然后个人乃有所附丽。""各割其私人一部分之自由，贡献于团体之中，以为全体自由之保障，然后团体之自由始张，然后个人之自由始固。"③这几个关键性的限定语——不可、必、然后、乃——从维护群体利益的立场分别限制了实现"个人"需求的程度与次序，形成了现代中国一种具有典型意义的影响深远的理论思维模式：对个人需求的满足不能以"个人"的本身为目的，而必须是在更大的群体关系中加以限制，而群体才是它最终的意义所在。无疑，日本语汇中转译西学的"个人"话语在急于救亡的留日知识分子笔下中发生了重要的变易。变易既反映了一部分中国知识分子的主观认识，也让这一西方思想资源作为"主义"的本体意义常常不能更充分地在中国展开。

---

① 梁启超：《饮冰室合集》专集第3册第5018页，中华书局2015年。
② 梁启超：《十种德性相反相成义》，《饮冰室合集》文集第2册第433页，中华书局2015年。
③ 梁启超：《服从释义》，《饮冰室合集》文集第5册第1220、1219页，中华书局2015年。

只有能够从急于"用事"的功利主义的需要中解脱出来,才有可能出现对这一语汇意义的深入的体察和把握。在这方面,章太炎、鲁迅等极少数留日知识分子的理解值得我们加以注意。

作为救亡图存的知识分子之一员,应当说章太炎的思想与严复、梁启超等人曾有当然的通约性,这在论述"大独必群"的《明独》等文章中可以看得很清楚,不过,1906年出狱东渡日本之后,章太炎的思想却发生了很大的变化。①

我以为,像章太炎这样的一个平民知识分子的监狱之难对他的思想冲击是绝对不能低估的,因为这样的遭遇对于一个追求独立思考、试图以自身的知识与智慧承担社会责任的人而言真正是一次重要的人生的转折与教训,它至少能够体会到这个他试图为之倾尽心力的国家与政府其实根本就不需要他的存在,甚至还以自己的法律形式实施对他的压制、打击和迫害,那么,作为知识分子,他的人生与思想的目标又该是什么?难道不应当跳出先前的逻辑寻找新的答案吗?在这种前提下,异域日本的体验就自然不会与梁启超等失势的官僚知识分子相同,对于梁启超,国家体制的理想并没有消失,反而可能在壮志未酬的情绪中变得更加激烈和执着了,他一定会以其他的方式(比如学术与文学)努力推进那未曾实现的国家抱负,日本体验的所有内容都会转化为有利于这一抱负实现的手段(包括"个人"权利与自由问题);对于章太炎来说,则根本不是这样,他的人生挫折不是某种特权的旁落而是他作为普通人权利与自由本身的丧失,他以后的新的思考都不能不以这样的普通"个人"所面临的挑战为基础,不得不将任意践踏"个

---

① 章太炎自述说:"既东游日本,提倡改革,人事繁多。而暇辄读藏经,又取魏译《楞珈》及《密严》诵之,参以近代康德、萧宾诃尔之书。"(章太炎:《章太炎生平与学术自述》第72页,江苏人民出版社1999年)"既出狱,东走日本,尽瘁光复之业,鞅掌余闲,旁览彼土所译希腊、德意志哲人之书。"(姚奠中、董国炎:《章太炎学术年谱》第252页,山西古籍出版社1996年)

人"的国家之"群"作为重新拷问的对象,他在日本的异域体验也便有可能在区别于梁启超等官僚知识分子的普通"个人"的立场上展开。于是,我们便不难理解正是章太炎在融合了西方哲学思想与东方佛学精神之后,开始以"自性"批判"公理",强调"个人之自主"的意义,并与严复、梁启超等人的"群论""新民论"根本上划分开来。"若其以世界为本根,以陵藉个人之自主,其束缚人亦言天理者相若。""非为世界而生,非为社会而生,非为国家而生,非互为他人而生。故人之对于世界、社会、国家,与其对于他人,本无责任。"① 当然,这不是章太炎到了日本才重新拥有的,而是他多年广涉中外文化的结果,但是我们却也不能不说是日本这一全新的异域环境给了他重新组合、重新分析和自我调整的机会。今天有学者论及到了章太炎思想本身的复杂与矛盾,比如他的"自性"学取之于佛教唯识学,但以对"自性"之"自我"的推崇反对"公理""国家""政府"等"幻有",本身却又是与佛学之"无我"相抵牾的。在这里,我暂时不打算展开对这一矛盾现象的讨论,但是却想提醒大家注意到这样一种有意思的联想:日本文化恰恰是以多种元素的混合并置而著称的,这在开放国门、引进西学的明治时代十分突出,在某种程度上,我们是否也可以推测东渡的章太炎从中所受的影响呢?

较之于严复、梁启超更多地从政治哲学的意义上谈论"个人",章太炎从个人生命体验出发的"个人"更具有哲学本体论的色彩,在这个逻辑上看,就像德国古典哲学一样,也正是到了章太炎,"个人"的问题才紧密地联系到了"自我"的反思,"自我"("我")作为一个重要的论述内容与词语开始大量出现了。

日本时期的鲁迅深受章太炎的影响,对"个人"本位与"自我"的推崇是他区别于其他留日青年知识分子的重要表现。如果说章太炎

---

① 章太炎:《四惑论》,《章太炎全集》第 4 卷第 444 页,上海人民出版社 1984 年。

的"个人"与"自我"论述更具有哲学的意义，那么作为章门弟子的鲁迅则更倾向于从文学的感性的角度对"个人主义"大唱赞歌。① 为了澄清原义，鲁迅以理直气壮的口吻讲述了这样的"事实"："个人一语，入中国未三四年，号称识时之士，多引以为大诟，苟被其谥，与民贼同。意者未遑深知明察，而迷误为害人利己主义也欤？夷考其实，至不然矣。"② 这不是小心翼翼的"知识考古"而是充满激情的赞颂和陈述，正是这样的激情让鲁迅无所顾忌地遍寻西方历史，从哲学史到文学史甚至文学作品的人物画廊，凡他认为的"个人主义"追随者，便信手拈来，自由使用：尼采、施蒂纳、叔本华、契开迦尔、易卜生、拜伦、雪莱、密茨凯维支以及文学作品中的人物康拉德、莱拉、曼弗雷德、卢息弗等等。在鲁迅看来，这些都是追求个人尊严的典范。

有人说鲁迅未曾考虑过西方诸多个人主义者的实际差异，我倒认为这恰恰是作为文学家的鲁迅的特别的思维方式：像《摩罗诗力说》这样的文学的表达式，本身就不是哲学的严密推理，而是生命激情的自由宣泄，在这个时候，任何有助于心灵真实的人物、符号与概念都可以成为作家自我表述的材料。文学家鲁迅的激情颂扬，预演了未来以"个人主义"为旗帜的五四新文学运动这幕大戏。正如后来的周作人将五四新文学的本质界定为"人的文学"，他提出："这文学是人类的，也是个人的；却不是种族的，国家的，乡土及家族的。""个人的色彩"是文艺进化的结果，也是新文学与原始文学的不同之处。③ 郁达夫也有著名的概括："五四运动的最大的成功，第一要算'个人'

---

① 许寿裳先生有过一段回忆：在章太炎他们授课之时，鲁迅曾对太炎先生有关文学的界说提出了不同意见，鲁迅认为，"文学与学说不同，学说所以启人思，文学所以增人感"。章太炎则提出，兴感怡情非为文学所专有，学说同样可以包含兴感怡情的力量，但并不因此就使学说改变性质。
② 鲁迅：《坟·文化偏至论》，《鲁迅全集》第1卷第50页，人民文学出版社1981年。
③ 周作人：《新文学的要求——1920年1月6日在北平少年学会讲演》，《周作人自编文集·艺术与生活》，第19、20页，河北教育出版社2002年版。

的发见。从前的人是为君而存在，为道而存在，为父母而存在的，现在的人才晓得为自我而存在了。"①

虽然鲁迅留日时期的文言论文的确预构了未来五四新文学运动的基本价值观念，然而我们却不能就此认为这一思想就是五四新文学的唯一组成，因为最终影响了五四新文学面貌的除了鲁迅这样的"先觉者"外，还有数量更多的来自不同教育环境与文化遭遇中的新文学作家，仅仅就同样经历过"日本体验"的中国作家而论，除了鲁迅、周作人兄弟一代外，尚有在"文学革命第二期"异军突起的创造社青年，后者创造新文学的愿望丝毫不逊色于任何一位五四白话文学的倡导者，同样也高高举起了"个人主义"的大旗，甚至其崇尚自我、表现自我的激情更加一览无余，然而与鲁迅兄弟比较，他们究竟是并不相同的一代。

如果说文学家的鲁迅已经以文学的建设作为自己的基本目标，从而与章太炎一代人的"个人主义"追问有所区别，不过从另外一面来看，他又赋予了这样的文学以思想家的品格和色彩，较之于年轻一代的文学家来说，理性的追问和反思依然是他文学写作的基本特征，不仅留日时期的文言论文如此，以后的小说、杂文创作其实也如此。鲁迅式的文学理性包含着他从"个人"与"自我"的生命体验出发对历史与现实的新的承担，虽然这里的承担已经与梁启超的国家主义意识有了根本的不同，承担归根结底还就是个人的一种生命选择，不过鲁迅又从来都不是单纯的个人性情抒写者，他的个人追求意志总是与现实的责任意识交织在一起，他的自我实现总是与对自我的反思和质疑相互联系。日本学者伊藤虎丸借助日本明治时期的"政治青年"与大正时期的"文学青年"这一代际的差异来描述鲁迅一代与创造社一代的重要区别。他指出，关于"自我"与"个人"，"鲁迅的认识与所说的'政

---

① 郁达夫：《中国新文学大系·散文二集·导言》，原上海良友图书公司1935年版，见《郁达夫文集》第6卷第261页，花城出版社、三联书店香港分店1982年。

治青年'的认识有相近的地方。他们所理解的'自我'是与封建的奴隶性相区别,具有独立意志的自主的近代精神的人。而创造社的理解和这样的理解不同,他们理解的是感性的近代的自我,是与落后的农村人的共同体意识相对立的,都市人的近代式的感觉"[1]。的确,鲁迅式的"个人"更显示了摆脱依附、恢复主体意识的强烈要求,他的"自我"诉求常常与中国人的"奴才"性格相对立,这一切都来自于他关于中国历史与现实的深入思考;而创造社的"个人"与"自我"直接来自当时西方文学与日本文学的思潮与动向,如西方浪漫主义文学以及日本的崇尚个性与自我表现的自然主义文学,他们的"个人"与"自我"更仿佛是一种个性化的才智与本领,常常与对"天才"的崇尚与标榜联系在一起,在本质上属于一种感性的抒情方式,诸如这样的表达:

郭沫若认为,"自我"不再是"自然的孙子""自然的儿子",而是"自然的老子"。[2]

郁达夫引用马克斯·史特纳的话说:"自我是一切,一切是自我""我是唯一的,我之外什么也没有。"[3]他还阐述的"天才观"是:"文艺是天才的创造物,不可以规矩来测量的","世人的才智,大约都在水平线以下,或与水平线齐头的"。[4]在描述个性主义者卢梭之时,郁达夫几乎就是忘情地自我投入:"法国也许会灭亡,拉丁民族的文明、言语和世界,也许会同归于尽,可是卢骚的著作,直到了世界的末日,创造者再来审判活人死人的时候止,才能放尽它的光辉。"[5]

在这些中国留日学生的"个人"与"自我"意识的上升历程中,

---

[1] 伊藤虎丸:《鲁迅、创造社与日本文学》第204页,北京大学出版社1995年。
[2] 郭沫若:《我怎样开始了文艺生活》,原载《文艺生活》海外版1948年第6期。
[3] 郁达夫:《中国新文学大系·散文二集·导言》,上海良友图书公司1935年版。
[4] 郁达夫:《艺文私见》,原载《创造季刊》1922年3月1卷1期,《郁达夫文集》5卷第117、118页。
[5] 郁达夫:《卢骚传》,《郁达夫文集》6卷第1页。

日本"尼采热"所产生的推波助澜的作用不可忽视。不过,两代留学生对此的理解却大相径庭。鲁迅、周作人一代更重视的是尼采的思想启示——鲁迅从中获得了"意志"的力量,周作人从中获得了历史轮回的知识以及生活艺术化的审美态度;而创造社的文学青年则不约而同地关注他身上的"浪漫激情",郭沫若除了肯定尼采"以个人为本位而力求积极发展"外,① 更强调发扬尼采所提倡的内心的创造精神,这一点他和田汉是完全一致的。郭沫若、郁达夫又都对尼采的孤愤心境大加渲染,常常有借他人酒杯浇心中块垒之嫌。郭沫若称尼采是"一生渴求知己,而知己渺不可得。于孤独的悲哀与疾病的困厄中乃凝聚其心血于雅言"②。郁达夫心中的尼采更与惠特曼、托尔斯泰等文学家并列,属于"新浪漫派",③ 他评价尼采的名著《查拉图斯特拉如是说》:"这虽是疯狂哲学家的一部像呓语似的杰作,然而神妙飘逸,有类于我国的楚辞,真是一卷绝好的散文诗。"④

感性的文学总是充满流动性的,这在不断变换的创造社青年后来的文学道路上有充分的表现,犹如他们的"个人""自我"这些追求,犹如对尼采的评价也会随风摇摆一样,然而,在思想者鲁迅那里,却终其一生地保持着对尼采的积极认识。留日时期所铭记的尼采,一直伴随鲁迅终生,《鲁迅全集》22次提到尼采,不仅在早年,也包括鲁迅思想发展的所谓"后期"。例如1929年在《致〈近代美术史潮论〉的读者诸君》中,他把尼采和歌德、马克思并提,称他们为伟大人物;1930年,在《硬译及文学的阶级性》一文中,他又因尼采的著作只有

---

① 郭沫若:《论中德文化书》,见《创造周报》第5号,《郭沫若全集》文学编第15卷第157页,人民文学出版社1990年。
② 郭沫若:《雅言与自力——告读(查拉图司屈拉)的友人》,《郭沫若全集》文学编第15卷第189页。
③ 郁达夫:《文学概说》,《郁达夫文集》第5卷第94页。
④ 郁达夫:《歌德以后的德国文学举目》,《郁达夫文集》第6卷第91页。

半部中文译本而深感遗憾;1933年在《由聋而哑》中,鲁迅就运用尼采的"末人"这个概念来说明当局对青年的愚弱化:"要掩住青年的耳朵,使之由聋而哑,枯涸渺小,成为末人。"1934年11月,在内山书店里,鲁迅对郑伯奇、赵家璧有过一番谈话,鲁迅认为像尼采这样的19世纪的重要思想家,把他的主要作品翻译出版还是有必要的,不能仅从原作对我们今天革命事业是否直接有利作抉择的标准。鲁迅那天还对我们中国至今没有一本尼采译作出版表示遗憾。① 在这里,我们似乎可以洞察到"思想"的坚守之于中国新文学建设的持续性努力。

在以后的新文学道路上,这同样来自"日本体验"但具体内容却并不相同的两代作家终究产生了比较严重的分歧和冲突,进一步影响到了中国新文学的基本面貌。关于这方面的内容,我们还将在本书的第三章与第五章中继续讨论。

五、菊花与刀:词语与文化遭遇的个体差异

通过前面的具体分析,我们不难获得这样的结论:任何跨文化的词语遭遇与文化遭遇都不可能是"统一"的结果,因为遭遇就是体验,而体验的基点就是彼此很难替代的个体。在这里,体验对象的复杂性"诱导"着个体的差异性,个体体验的差异性也强化了对象的复杂性。在体验的世界里,传递式的简单的文化交流模式其实是靠不住的。

前面所述的一系列词语与思想文化观念都因个体理解的不同而与其"原产地"大异其趣,何况什么是"原产",什么又是"转手",似乎也在历史的演变中由无数个体"译读"弄得模糊不清了,在这时,重要的已经不是"原产"或者"转手",而是个体体验者究竟在其中读解到了什么。事物发展的最终的意义往往并不在它的源头与起点,

---

① 赵家璧:《编辑生涯忆鲁迅》第40页,河北教育出版社,2000年。

过程其实比什么都重要,彼此颇有差异的个体在"过程"中的整合就是意义本身。20世纪90年代的中国"后学"热衷于清算中国文化"现代性"追求的西方来源,似乎找到了来源,就找到了当今种种"问题"的答案,殊不知这只能是更严重地脱离了历史的事实。

日本文化本身的复杂性与多层次性与中国留日知识分子丰富的个体差异相结合,影响着中国现代文化与文学的发生"实况"。

日本文化本身的复杂性是无法回避的,留日中国知识分子的复杂心态也是无法回避的。在这方面,我们最容易发现到的现象就是一系列矛盾丛生的事实。一方面,流行的说法是:"我们在日本留学,读的是西洋书,受的是东洋气。"① "中国到日本的留学生,回国以后,对中国是成功的,对日本却不成功。中国到英美的留学生回国以后,对中国是不成功的,而对英美是成功的。"② 言下之意,"受尽东洋气"的中国留日学生对日本社会与文化充满了憎恶。但另一方面的事实也十分明显:中国人恰恰是通过进入日本社会与日本文化才大规模地了解了西方与西方文化,就是前述几个方面的思想趋向也与日本社会的思想流动密切相关。这样一种矛盾丛生的现象很容易让我们想起美国学者本尼迪克特对日本文化的著名比喻——菊花与刀:"所有这些矛盾的说法正是叙述日本的书籍的经纬。它们是真实的。菊花和刀两者都是这两幅画中的一部分。日本

本尼迪克特

---

① 郭沫若:《三叶集·郭沫若致宗白华》,《郭沫若全集》文学编第15卷第140页,人民文学出版社1990年版。
② 周幼海:《我与日本》,《日本研究》1943年1卷1期。

人既好斗又和善,既尚武又爱美,既蛮横又文雅,既刻板又富有适应性,既顺从又不甘任人摆布,既忠诚不二又会背信弃义,既勇敢又胆怯,既保守又善于接受新事物,而且这一切相互矛盾的气质都是在最高的程度上表现出来的。"[1] 难道中国留日知识分子受之于日本文化的影响也呈现了这样的"菊花与刀"模式?

的确,日本文化的多重性特征已经成了学术界的普遍共识。据说,无论是原始日本人兼有的多重身份(农民与牧民、山民与征服者)还是古老的黄教的宽容性,都奠定了日本文化的多种因素——所谓的菊花与刀杂陈的基础。"日本在接受佛教、道教、儒教、兰学、基督教、现代科学、技术、政治制度等各种不同的外来宗教、意识形态和社会制度时,都怀着贪婪的好奇心,但并没有因此抛弃传统的东西,而是把新吸收的东西溶合进来,让它重叠在过去的传统之中。"[2] 就是在对待中国留学生的态度方面,日本人也似乎充满着这样的多重性。日本学者实藤惠秀分析说:"千多年来,日本在思想、文化、制度,以及衣、食、住等日常生活上,都深受中国影响。日本人因而对中国敬仰有加,直到德川时代(1600—1867)末年,崇尚中华文物的风尚依然热烈。""踏入明治时代(1868—1912),日本急剧地吸取西洋文化,对中国文化的关心渐趋淡漠,但对中国尚未采取轻视态度。不过,从明治初年起,日本步西洋列强后尘,开始在亚洲大陆蠢蠢欲动。在中日甲午战争(1894—1895)中,日本赌以国运,诚惶诚恐地悉力以赴,结果大获全胜。从此,日本人对中国的态度为之一变。"这个时候,虽然也有一些民众对中国人示好,以"酬往昔师导之恩义",但从总体上讲,"不论在政治上、经济上或文化上都轻视中国,并侮辱中国人为'清国奴'(chankoro)"。"从甲午战争到1945年日本战败投

---

[1] 〔美〕本尼迪克特:《菊花与刀》第2页,浙江人民出版社1987年。
[2] 〔日〕鹤见和子:《好奇心与日本人》第20页,西安交通大学出版社1986年版。

降的五十年,是中日关系最恶劣的时代。"① 在"清国奴"的侮蔑中,留日中国学生对日本文化的整体反感与抗拒也就是可想而知的了。

然而,即使是这样,日本文化在广大的中国留学生眼里也依然不断显示出其"多重性"结构中的其他一些魅力,特别是它在译介和引入西方文化方面的果敢与气魄。对于长期在近代化道路上步履蹒跚的中国而言,日本的文化姿态本身就是一种鞭策、一种激励,同时更是一次自我发展的机遇:已经畅通无阻进入日本的西方文化又正好可供留日求学的中国人就便取材,即时选择。在这个意义上,惯于多重文化并存的日本无疑就成了中国知识分子在向西方开放中自我发展的桥梁与"触媒"。换句话说,不仅是日本这个"容器"所盛载的西方思想文化成了中国知识分子取法的资源,而且日本当时对待这些西方思想文化的姿态本身也会给留日中国知识分子的选择方式形成重要的影响。

例如,在西方学术著作翻译方面,从张之洞到梁启超都一再论及翻译日文书籍的好处,这从根本上影响了留日中国学界的译述活动,并最终决定了20世纪初中外文化的交流格局——据统计,20世纪初叶,中国译自日文的书籍已经占到全部译著的60%以上。②

再如,日本在近现代化的过程之中与德国文化结下的不解之缘也为德国文化影响留日中国学界产生了决定性的意义。众所周知,在日本的近现代历程中,先是以荷兰所传的"兰学"为基础接受西方文化,接着又在19世纪80年代通过著名的"岩仓使节团"对欧洲的实地考察,认定德国由弱小而迅速崛起的经验更值得借鉴,从此,对德国政治制

---

① 〔日〕实藤惠秀《中国人留学日本史》原序,第11页,三联书店1983年版。
② 见沈殿成主编《中国人留学日本百年史》上册第281页,辽宁教育出版社1997年版。

度和思想文化的重视成为了日本的主流。日本教育对德语的重视和日本文化界对德国思想与文学的相应关注都直接影响了鲁迅、周作人对尼采思想、对欧洲弱小民族文学的兴趣。对此，更年轻一代的郭沫若与郁达夫也是深有体会的。郭沫若将这一过程描述得很清楚：

> 准备学医的人，第一外国语是德语。日本人教语学的先生又多是一些文学士，用的书大多是外国的文学名著。例如我们在高等学校第三年级上所读的德文便是歌德的自叙传《创作与真实》（《Dichtung und Wahrheit》），梅里克 (Morike) 的小说《向卜拉格旅行途上的穆查特》（《Mozart auf Reise nach Prague》）。这些语学功课的副作用又把我用力克服的文学倾向助长了起来。我和德国文学，特别是歌德和海涅的诗歌接近了，便是在这个时期。①

在留日中国学生中盛行一时的俄苏文艺思潮也与日本知识界的介绍密切相关。胡秋原说得好："中国近年汹涌澎湃的革命文学潮流，那源流并不是从北方俄罗斯来的，而是从同文的日本来的。……在中国忽然勃兴的革命文艺，那模特儿完全是日本，所以实际说起来，可以看作日本无产阶级文学的一个支流。这固然是因为中国的革命文学大将全是日本留学生（这恰和日本士官学校创造了中国革命的军事领袖是一样的），就是从普罗利特利亚意德沃罗基的口号和理论，以及创作的形式和内容上，也可以看出来的。"②

就这样，留日中国知识分子在抗拒中接受着日本文化的影响，对这些中国留学生来说，日本文化的多重特征又正好成了他们拒绝日本

---

① 郭沫若：《创造十年》，《郭沫若全集》文学编第 12 卷第 66 页，人民文学出版社 1992 年版。
② 转引自梁若容：《日本文学对中国文学的影响》，《中日文化交流史论》，商务印书馆 1985 年版。

文化整体，从而按照自己的情感需要自由选择或认同其某些部分的可能。例如20世纪初年的许多留日青年学生都激赏过日本的"尚武"精神，鲁迅赞叹过日本民族的"认真"，郁达夫对日本"刻苦精进"又"不喜铺张，无伤大体"的"文化生活"颇多感触，[1]而周作人则因为个人境遇的顺遂而对日本的生活与文化都说了一大堆的好话，这在当年的留日学生中也并不多见："老实说，我在东京的这几年的留学生活，是过得颇为愉快的，既没有遇见公寓老板或是警察的欺侮，或是更大的国际事件，如鲁迅所碰到的日俄战争中杀中国侦探的刺激，而且向初的几年差不多对外交涉都由鲁迅替我代办的，所以更是平稳无事。这是我对于日本生活所以印象很好的理由了。"[2]他甚至说："我在东京只继续住过六年，但是我爱好那个地方，有第二故乡之感。"[3]从日本少女的"天足"到"清洁，有礼，洒脱"的生活习俗，从"简素适用"的日式住宅到无拘无束的和服再到江户时代的文化，周作人均把玩不已。看得出来，较之同时代的留日学生更多地注意于日本文化的奋斗进取之一面——仿佛就是本尼迪克特所说的"刀"的精神，周作人陶醉的确实是日本的素朴与古雅，仿佛就是本尼迪克特所谓的"菊花"的一面。菊花与刀的繁复并存，这就是留日中国知识分子受之于日本的复杂性。在以后我们读到的中国现代文学史上，中国的留日作家所呈现出来的不是简单的群体相似而是内部的繁复与多样，这里有相同中的差异，又有差异中的相通。

---

[1] 郁达夫：《日本人的文化生活》，《郁达夫文集》第4卷第157页，花城出版社、三联书店香港分店1982年版。
[2] 周作人：《知堂回想录》上册第220页，河北教育出版社2002年版。
[3] 周作人：《怀东京》，见《瓜豆集》第61页，河北教育出版社2002年版。

第二章　初识日本与中国文学的"新路"

日本直接联系着中国文学的近现代嬗变，影响了中国文学走出数千年的循环、转向现代性的发展旅程。如果说，生存体验的改变是中国文学近现代嬗变的起点，那么，日本则首先改变了一大批中国作家生存体验的空间环境。我认为，正是19世纪中叶以后中国知识分子在日本生存的"初识"，从根本上启发、推动着中国文学迈向了现代性的"新路"。

只是，这一"新路"在一个相当长的时间里却未能表现为一系列知名作家的文学整体意识，也就是说，因为作家本人对不同文学文体的理解差异，他汲取异域体验，对不同文体的推动（力量与方式）有着很大的差别，所以我们较难从总结作家个体的日本体验出发来梳理文学总体发展轨迹，中国文学近现代嬗变的"新"首先需要在不同的文体中加以阐释。

一、生存实感的引入与中国"新"诗

中国文学的"新路"是从诗歌开始的。

从历史史实来看，中国近现代作家因为日本的"体验"而改变中国文学的发展道路,这在一开始就主要不是受哺于日本文学的结果,而是这些中国作家自身生存实感的重要变化所致。黄遵宪就是从日本迈出中国诗歌近现代变革第一步的诗人,从他那里,我们可以清清楚楚地看到这样的情形。

在滞留日本的过程中,黄遵宪并不是一位向邻邦讨教文学的"学生",在当时崇信汉学的日本知识分子心目中,黄遵宪倒是有着泰山北斗般的地位。① "文学"的修养上,他显然比那些登门拜望的日本汉学家更自信,日本给予这位中国诗人的主要是一种生存环境的体认。

1877年(光绪三年),30岁的黄遵宪受命担任驻日使馆参赞,到1882年(光绪八年)赴美就任驻旧金山领事为止,他在日本待了整整五年。其间,他步履匆匆,目不暇接:"走上州,过北海,抵箱馆,他日归途,更由陆达西京,经南海诸国,访熊本城,问鹿儿岛而后还。"②"旅复仆被独行,镰仓之江岛,豆州之热海,皆勾留半月而后归。归席未暖,又于富冈观制丝场,于甲斐观造酒所,于王子村观抄纸部。"③真是"见所未见,颇觉胸中尘闷为之尽洗"。④此时此刻的日本,不仅以"中华以外天"的异域风情让人备感新奇,而且作为明治维新的成果,其蓬勃发展的动人景象更有一种催人奋发的力量。除了"采书至二百余种"、历经近十年编撰而成的中国第一部日本史著作——《日本国志》外,记录黄遵宪这些新鲜感受的便是他著名的《日本杂事诗》。

在黄遵宪的笔下,日本不再是中国古人眼中的"东夷",而是独立于世界的文明之邦:

---

① 王韬在《日本杂事诗序》中描述了黄遵宪与日本文人的交游:"日本人士耳其名,仰之如泰山北斗,执贽求见者户外屦满。而君为之提唱风雅,于所呈诗文,率悉心指其疵谬所在。每一篇出,群奉为金科玉律,此日本开国以来所未有也。"
② 《黄遵宪文集》第152页,日本东京株式会社中文出版社1991年。
③ 《黄遵宪文集》第153页。
④ 《黄遵宪文集》第154页。

> 立国扶桑近日边，外称帝国内称天，
> 纵横八十三州地，上下二千五百年。

这是《日本杂事诗》的第一首，黄遵宪以他对日本地理空间的体认作为全部创作的开篇，生动地表现了这异域的空间存在所给予他的心灵的冲击。当一位中国知识分子开始正视这异域的文明形式，而不再仅仅以夷狄目之，那么，最终被改变的就不只是日本的形象，重要的是自我空间意识的变化，重要的是自我与世界的"关系"的调整。跨出国门、进入国际空间的实感击碎了一位传统文人的"天朝上国"梦幻，异域他乡同样威仪的文明秩序令人不得不接受国家民族的平等观念，在另一个活生生的世界里，那些使人已经无法拒绝的万千新奇都在改变着诗人的知识结构与价值取向。山川地理、异域风光、民风民俗、朝纲礼仪、典章制度凡"耳目所历，皆笔而书之"。其中，最引人注目的就是诗人对出现于日本的近现代事物的吟咏，它开启了所谓"新题诗"创作的先河。

鲁迅说过："我以为一切好诗，到唐已被做完。"[①] 的确，伴随着中国古代社会走向了自己繁荣的顶点，表达着中国人思想感受的诗歌艺术也似乎在成熟中完成了自我的封锁：在一个缺少本质性变动的农业社会里，诗材被大规模的创作不断耗尽，"雅言"一经释放完毕"雅"的魅力，其有限的"言"的选择就会极大地限制着诗人的话语自由，而情感的重复与模式的固定则成为以后一代又一代的诗人们所无法逃离的可怕梦魇。在这个意义上，黄遵宪将他在日本的真实见闻引入创作，为我们带来了诗歌的"新题"，实在是突破封闭的雅言传统、扩大诗歌选材、为中国诗歌发展探寻新路的重要努力。医院、博物馆、学校、

---

① 鲁迅：《书信·致杨霁云（341220）》，《鲁迅全集》第12卷第612页，人民文学出版社1981年版。

报纸、博览会、警察乃至在民间畅行的日本假名文字等等前所未有的事物都进入了黄遵宪的视野。例如口语体的假名文字的方便就给了黄遵宪深刻的印象:

> 不难三岁识之无,学语牙牙便学书。
> 春蚓秋蛇纷满纸,问娘眠食近何如。

黄遵宪对言文关系的新的认识就来自于这样的"实感"。

另外,像这首有名的关于消防局救火的诗歌在当时泛滥到无味的风花雪月传统中自然新鲜非常了:

> 照海红光烛四围,弥天白雨挟龙飞。
> 才惊警枕钟声到,已报驰车救火归。

不仅有吟咏,黄遵宪还继续以作注的方式描述着他在日本的这一新奇的见闻:"常患火灾,近用西法,设消防局,专司救火。火作,即敲钟传警,以钟声点数,定街道方向。车如游龙,击毂驰集。有革者以引汲,有木梯以振难。此外则陈畚者、负罂者、毁墙者,皆一呼四集。顷刻毕事。"[①]

其实艺术的新路在本质上就来自于这样的感觉的新鲜。黄遵宪以后沿着他的日本经验在异域寻找"新鲜"题材,写出了《今别离》《伦敦大雾行》《吴太夫人寿诗》《海行杂感》等一系列的"古人未有之物、未辟之境"的"新题诗",迈出了中国诗歌现代嬗变的第一步。黄遵宪一生,长期担任驻外使节,足迹遍及美国、英国与新加坡诸国,

---

[①] 钱仲联《人境庐诗草笺注》后附录本《日本杂事诗》第1110页,上海古籍出版社1981年版。

但值得注意的是，对他影响最深的恐怕还是日本，这里既凝聚了他初次踏出国门的那种文化的冲击体验，也包含了某种"同种同文"意识下的强烈对比。在以后的人生岁月中，他都常常以日本的体验作为思考与选择的主要参照。例如 1895 年以后黄遵宪协助陈宝箴在湖南推行新政，日本的经验是他主要的借鉴资源。① 到了晚年，他在家乡兴办教育，其动力和目标都还是"日本经验"："日本之所以爱国心团结力摧克大敌也，专以普及教育为目的，既发端于一乡并欲运动大吏、使普及全省，虽责效过缓，然窃谓此乃救中国之不二法门也。"为了他所创办的东山初级师范学堂，黄遵宪多次派人去日本考察学习，进行师资培训，甚至还亲自去信叮嘱"就所见所闻，札记于簿"②。在回顾他的日本题材诗作之时，黄遵宪所告诉我们的是他长期以来最为珍视的日本体验：

> 新旧同异之见，时露于诗中，及阅历日深，闻见日拓，颇悉穷变通久之理；
> 乃信其改从西法，革故取新，卓然能自树立。③

可以看出，黄遵宪不仅珍视这些日本体验，而且还结合自己人生历程，不断反顾，不断咀嚼、不断开掘其中的深意。这就难怪他对自己的《日本杂事诗》一再"点窜增损，时有改正"，而且修改的总体思路是从侧重于古代事物的感兴转向为对维新时代的认知，不仅涉及诗歌作品本身的增删改动，而且还包括了对于注释的内容的众多调整与斟酌。

---

① 参见《剑桥中国晚清史》下册第 353 页，中国社会科学出版社 1992 年版。
② 转引自邱菊贤《黄遵宪评传》，《中南民族学院学报》1994 年 5 期。
③ 钱仲联《人境庐诗草笺注》后附录本《日本杂事诗》第 1095 页，上海古籍出版社 1981 年版。

黄遵宪手迹

黄遵宪将自己的诗作称为"新派诗"①。过去我们的文学史描述，常常是将"新派诗"与另一类的诗歌探索——新学诗相提并论，共同作为近代"诗界革命"的具体形式，其实，这样的叙述很可能会掩盖文学史发展的一些决定性的环节，忽略掉文学的嬗变必须从作家生存的实感开始这一重要的事实。

就在黄遵宪从日本等异域他乡寻找"新题"的时候，当时尚在北京的梁启超与夏曾佑、谭嗣同等人也不时聚首探讨"新学"，并由谈

---

① "新派诗"是黄遵宪 1897 年在《酬曾重伯编修》其二中对自己创作的称谓，见《人境庐诗草笺注》第 762 页，上海古籍出版社 1981 年版。

"新学"而发展到以"学"入"诗",是谓"新诗",又称"新学诗"。所谓"新学"其实就是佛、孔、耶三教经典中的生僻词语与西方名词的音译,十分晦涩难懂。对于像"有人雄起琉璃海,兽魄蛙魂龙所徙"这样充斥着读者很难猜测的"新学典故"的诗句,梁、夏本人后来也深有反省,所以当以后梁启超提出"诗界革命"的设想时,实际上是更加倾向于黄遵宪"新题材"与"新境界"的追求。显然,虽然同样是为了突破古典诗歌"雅言"传统的束缚,仅仅是从书面典籍中搜索"新词"是远远不够的,更重要的还是从实际的生存中汲取丰富的"实感",黄遵宪诗歌的日本题材就是这样的"实感"的产物,因而在中国诗歌的现代嬗变之中,黄遵宪的意义格外地引人注目。梁启超评论说:"公度之诗,独辟境界,协然自立于20世纪诗界中,群推为大家。"[①] 丘逢甲认为他是"茫茫诗海,手辟新洲,此诗世界之哥伦布。"(《人境庐诗草跋》)陈三立赞其创作"驰域外之观,写心上之语,才思横轶,风格浑转。"(《人境庐诗草跋》)这是来自不同诗歌阵营的激赏之辞,从中我们也不难见出黄遵宪"新派"诗歌在当时诗坛所产生的广泛影响。

　　同样,当戊戌变法失败,梁启超等中国知识分子流亡日本,他们也如黄遵宪一般获得了富有"质地"的新的生存感受,于是,在这个时候来反观中国诗歌的变革之路,认真总结以黄遵宪为代表的"新派"创作成就也就成为了可能。在梁启超创办的《清议报》《新民丛报》《新小说》等杂志上,连续推出"诗文辞随录""诗界潮音集""杂歌谣"等栏目,先后为这几个栏目撰稿的诗人在100人以上,这些诗歌的作者,其重要人物都曾流亡日本,如康有为、蒋智由、高旭、杨度、获葆贤、麦孟华等,可以说正是异域生存的新感受在不知不觉中改变了他们诗歌的内容与形式。康有为一生创作诗歌凡1500余首,但最能体现中国诗歌革新精神的"新派"诗还是他流亡日本与海外的作品。是日本和

---

① 梁启超:《诗话》,见《饮冰室合集》文集第16册第4400页,中华书局2015年。

其他海外国家给了他新的诗材与诗情,这才有所谓"新世瑰奇异境生,更搜欧亚造新声""意境几于无李杜,目中何处着元明"①这一情形,连"同光"诗人陈衍也看在眼里了。他说:"自古诗人足迹所至,往往穷荒绝域,山川因而生色。更千百年成为胜迹,表著不衰。……中国与欧美诸洲交通以来,持英荡与敦盘者不绝于道。而能以诗名者,惟黄公度。其关于外邦名迹之作,颇为夥颐。而南海康长素先生以逋臣流寓海外十余年,更多可传之作。"②梁启超本人也是如此,用他自己的话来说就是"余向不能为诗,自戊戌东徂以来,始强学耳。"③当然这里的"强"并不是什么"勉强",而可以说是扑面而来的新异体验使得他已经无法拒绝了。1899年末,流寓日本的梁启超第一次离日赴美,他在新世纪即将到来的夜半,写下了《20世纪太平洋歌》:

> 亚洲大陆有一士,自名任公其姓梁,尽瘁国事不得志,断发胡服走扶桑。
>
> 扶桑之居读书尚友既一载,耳目神气颇发皇,少年悬弧四方志,未敢久恋蓬莱乡,誓将适彼世界共和政体之祖国,问政求学观其光。④

这真是一个令人百感交集的开头。他生动地传达了梁启超自己的身世、际遇与志向。其中,生存空间转换的意义是显而易见的:是迈出国门,远涉他乡的过程让他无比清醒地体会到了自己曾经居处的空间位置——亚洲大陆,我们在前文所述的近代中国文化人的地理空间

---

① 康有为:《与菽园论诗兼寄任公、儒博、曼宣》。
② 陈衍:《石遗室诗话》卷九,转引自郭延礼:《中国近代文学史》第833页,山东教育出版社1991年版。
③ 梁启超:《诗话》,见《饮冰室合集》文集第16册4422页,中华书局2015年。
④ 《20世纪太平洋歌》,见《饮冰室合集》文集第16册第4525页,中华书局2015年版。

意识就是在这样具体的生存变换之中格外凸现出来的。作为"亚洲大陆"的中国不仅不再是世界的中心,甚至也不再是让人自得其乐、享受人生的温柔之乡,它竟然驱赶忠心耿耿的臣民,迫使我们的诗人不得不"断发胡服",改换生存的方式,而日本这样一个飘浮的岛国却成了诗人走投无路之际的生存之所,同时更给了他"神气发皇"的新的生命体验。[①] 可以说,正是这样的"再生"般的激动重新唤起了他"问政求学"的雄心壮志,这才有了横渡大洋、远赴美洲之行,这才有了在太平洋上迎接这一世纪交替的机会,此时此刻,梁启超获得的时间与空间体验在千年中国诗史上是绝无仅有的。较之于黄遵宪,梁启超在这里关于日本的总体体验更动情也更深刻,从黄遵宪、梁启超到后来的鲁迅,中国现代作家在逐渐深化对日本的生存体验之中也不断深化了对中国自己的生存观感,进而反思和体察着中国本土的生存方式的实际含义——那是一种为传统中国文学所未能发现和体察的含义。

就是在这一次的行程中,梁启超提出了著名的"诗界革命"的主张。抚今追昔,梁启超深刻地总结了北京"新学诗"时代仅仅着眼于新名词的弊端,他更加重视的是以异域新体验为基础的诗歌"新境界"的营造。梁启超指出,中国诗歌的"境界被千余年来鹦鹉名士(余尝戏名词章家为鹦鹉名士)占尽矣。虽有佳章佳句,一读之,似在某集中曾相见者,是最可恨也。故今日不作诗则已,若作诗,必为诗界之哥伦布、玛赛郎(即麦哲伦)然后可。犹欧洲之地力已尽,生产过度,不能不求新地于阿米利加及太平洋沿岸也"。当中国这块古老的土地已经因为"生产过度"而再难激荡起诗歌的创造力时,异域他乡的体

[①] 梁启超在《夏威夷游记》中说:"吾于日本,真有第二个故乡之感。盖故乡云者,不必其生长之地为然耳。生长之地,所以为故乡者何?以其于己身有密切之关系,有许多之习惯,印于脑中,欲忘而不能忘者也。然则凡地之于己身有密切之关系,有许多之习惯印于脑中,欲忘而不能忘者,皆可作故乡观也。"
(见《饮冰室合集》专集第 5 册第 5664 页,中华书局 2015 年版)

验就不失为一种激活自我的方式,这就是"诗界革命",中国的诗人欲求创作上的"革命""不可不求之于欧洲。欧洲之意境语句,甚繁富而玮异。得之可以陵轹千古涵盖一切"。① 而作为欧洲文化在中国最近之展示,日本则成为了中国诗人首选的"阿米利加及太平洋沿岸"。

除了个人的体验,梁启超这一"诗界革命"的主张当然也是对他创办的诗歌栏目事迹的理论小结。在梁启超的有力推动下,此时此刻的日本在事实上已经成为了传播和探索中国"新派诗"的中心阵地,正是《清议报》《新民丛报》等所营造的热烈氛围鼓励梁启超提出了"诗界革命"的主张。近年来,一些近代文学研究者都注意到了这样一个事实,即"诗界革命"的范围似乎不应当仅仅划定在以梁启超、黄遵宪为代表的所谓"维新派"知识分子之中,其实包括一些南社革命派在内的同时代人(尤其是具有留日经历的),他们也不时表现着类似的创作倾向——如自由、民主、平等、主权、文明、进化、冒险之类的主题,如对《民约》、卢梭等新名词的自然运用,这都符合梁启超"以旧风格含新意境""熔铸新理想以入旧风格"的设想。我以为,这一现象所告诉我们的是一个重要的事实:由生存体验的新变所引发的诗歌"革命"在当时的创作界是较为普遍的。因为,对于诗歌艺术的变迁,具有更大意义的并不是诗人的政治态度而是其生存环境。当生存环境发生了重大的改变(例如留学日本),那么诗人的生存体验和情感方式也会有所不同,作为这种体验与情感直接载体的诗歌自然便会有所呈示。也就是说,无论是维新派的梁启超、黄遵宪,革命派的高旭、马君武,还是其他留日的青年学生,除了政治的理想之外,在诗歌艺术中,他们都不得不面对着共同的问题,即中国诗歌的过去的辉煌似乎已经成了不可逾越的高峰,今天,能够证明诗人自身价值的"新意"只能从生存的体验中再寻找,再提炼。在这个时候,有没有人出来标

---

① 梁启超:《夏威夷游记》,见《饮冰室合集》专集第5册第5667页,中华书局2015年。

举"旗帜"是另一回事,而刻意的"推陈出新"却是大势所趋。同样的留日经历,如果有人因为政治理想的差异而拒绝表达自己亲身感受的"人生新意",那倒真是不可思议的了。

相反,"同光体"诗人之所以表现出了对于"诗界革命"的保守趋势,这也并不是因为柳亚子所痛斥的"为盗臣民贼之功狗",而是他们自己失去了在如日本这样的新的环境里汲取人生"兴味"的机会。"同光体"诗人并非不想"翻新",只是他们的"新"失去了真切的人生体验的支撑,所以也只能继续在词语、典故的挑选上挖空心思,致力走"点铁成金"的宋诗的老路。这倒多少令人想起到达新的生存环境之前的梁启超,想起他与谭嗣同、夏曾佑所探索过的同样佶屈聱牙的"新学诗"。一为新学,一为旧学,但都是在未能获得人生新体验之时纯文字纯学问的操作——归根结底,能够决定诗歌的创造性价值的还是诗人的实际生存体验。

我们返回中国诗人的"生存改变"的原点,以此为基点去追溯他们开启的中国诗歌现代嬗变的故事,这也许正是重新解释中国近现代文学发展的一条思路,而我要特别指出的是,在这一"生存改变"的程序中,我们必须充分注意"初识日本"的重要意义。

对于梁启超、黄遵宪一代知识分子来说,日本的意义除了生存的异域体验外,还包括了他们在当时日本生存的过程所目睹的一些文化现象。例如在关于诗歌"革命"的取向上,中国诗人也注意到了当时日本文学"言文一致"的重要动向。只不过,在这里,我们仍然需要注意的是,并不是日本文学"给了"留日中国作家什么东西,而是中国作家"在日本"的生活中自然"发现"和"理解"了这种动向,就是说,一种自然而然的生活实践让他们从内心"生长"出了同样的文学运动的"需要"。在这个时候,长期浸润于日本生存体验所形成的生活逻辑仍然是最重要的。1868年,黄遵宪在他的《杂感》其二中首次提出了被胡适称为"诗界革命的一种宣言"[①]的著名设想:"我手写我口,古岂能拘牵?"不过,与其说此时的他已经具有了明确的言文一致的打算还不如说是更多地表达了一种对于当时俗儒崇古的反感,事实上在此后一个相当长的时间里,黄遵宪本人并没有创作出多少的口语化诗歌,正如钱仲联先生所说:"公度诗正以使事用典擅长,其以流俗入诗者,殊不多见也。"[②]相对来说,黄遵宪对言文关系的深入认识也是到了日本以后,在目睹了日本的"言文一致"运动之后,他关于"言文一致"的理性设想才与生活的感性体验结合在了一起。已经有学者指出:"到黄遵宪离开日本的1882年,日本文学言文一致运动已初具规模,取得了很大的成绩。黄遵宪正是在这种背景下,倡言改变中国言文不合的状况,提出语言通俗化的主张的。""显而易见,黄遵宪言文复合的通俗化理论,是从日本的言文一致运动引进的。"[③]在《日本杂事诗》第六十六首中,他对日本言文分离的问题深有感触:"难得华同是语言,几经重译几分门。字须丁尾行间满,世世仍凭洛诵孙。"诗后的自注里,黄遵宪特别介绍了日本推行言文一致的背景与过程。《日本国志·学术志》中,黄遵宪更是详细地分析了中国所存在的言文不合的实际,提出了汉字从简、言文复合的见解:"盖语言与文字离,则通文者少;语言与文字合,则通文者多;其势然也。""泰西论者谓:五部洲中以中国文字为最古,学中国文字为最难,亦谓语言文字不相合也。然中国自鱼虫云鸟,屡变其体,而后为隶书为草书。余乌知夫他日者不有变一字体,为愈趋于简,愈趋于便乎?"正是这一理性的认识对梁启超及戊戌维新中的白话文运动产生了重要的影响。1896年,梁启超在《沈氏音书序》里探讨了中国文

[①] 见胡适:《五十年来之中国文学》,《胡适文集》第4卷第353页,人民文学出版社1998年版。
[②] 钱仲联:《人境庐诗草笺注·发凡》,上海古籍出版社1981年版。
[③] 何德功:《中日启蒙文学论》第101页,东方出版社1995年版。

字脱离于语言变化所带来的严重问题,其中,黄遵宪一年多以前出版的《日本国志》引起了他高度重视,并引用了上述关于言文复合的观点。① 据说,黄著与梁文都在戊戌维新时期风行一时,并催生了裘庭梁的著名论文《论白话为维新之根本》,在维新时期的白话文运动中,此文可谓是纲领性的文件,文中"崇白话而废文言"的主张可谓是振聋发聩。接着,便是全国范围内的白话报刊竞相面世,持续不衰,据蔡乐苏统计,从 1897 到 1918 年,创刊的白话报刊竟达 170 种,② 留日学界也办起了《新白话报》《白话》等刊物。

对于中国文学特别是中国诗歌语言形式的思考,黄遵宪从未停止过。尽管梁启超有过"革命者,当革其精神,非革其形式"的看法,但作为诗歌变革最积极的实践者,黄遵宪却深知语言形式的问题是无法回避的,所以说已经不在日本的他,却一直关注着当时成为了"诗界革命"传播中心的日本,阅读着来自日本的中国学界的刊物,发表作品,与这一传播中心人物的梁启超保持了密切的联系。可以这样认为,在这个时候,保存了日本记忆的黄遵宪与那些正在生发着日本体验的中国新派诗人形成了一种"合力",他们在共同的文化体验的基础上交换和分享着彼此的思想艺术成果。1902 年 9 月,黄遵宪致信梁启超,提出了建设以弹词、粤讴形式为基础的"杂歌谣"的设想。③ 梁启超很是赞赏,随即在《新小说》上开辟了"杂歌谣"一栏,专门发表这类借鉴民间歌谣形式的"新体诗"。以后,黄遵宪、梁启超都有这方面的作品。

---

① 《日本国志》注明由广州富文斋 1890 年出版,据有学者考证,其实出版当在 1894 或 1895 年。
② 蔡乐苏:《清末民初的一百七十余部白话报刊》,《辛亥革命时期期刊介绍》第五集,人民出版社 1987 年版。
③ 参见黄遵宪《致梁启超书》(1902 年 9 月 23 日),载《中国哲学》第八辑,三联书店 1982 年版。

二、生存实感的规避与"小说界革命"的曲折

中国作家获取日本文学经验的更自觉的努力是在小说创作之中，但日本之于"小说界革命"的意义却与"诗界革命"有了很大的不同。

如果说"诗界革命"主要是在摄取异域生存实感的基础上迈出了自我嬗变的坚实的一步，那么"小说界革命"却刚好相反，正是因为对异域生存实感的规避，中国小说的现代嬗变出现了诸多的曲折。与留日的中国诗人不同，在中国小说家"初识日本"的过程中，的确是较多地注意了日本文学本身的启示，然而，脱离了自我生存体验的单纯的文学模仿却实在不足以产生太大的颠覆力量。"小说界革命"的曲折历程似乎正好是从另一个角度证明了主体精神的全面"体验"（而非单纯的"文学交流"）之于现代中国文学发展的不容替代的价值。

仅仅从知识的角度关注和了解异域文学的动向本来就是可以在"远距离"进行的。我们知道，中国的维新派知识分子很早就注意到了日本明治维新期间小说地位的变化，而日本小说观念的这种变化也的确早早地就对我们产生了"启示"。

日本江户时代的"文学"曾经是一个包罗万象的概念，它既包括有经世济民的思想性而乏虚构性的"上头的文学"，又容纳了有虚构性而乏思想性的"下头的文学"，[①] 在这样的一个格局中，恰恰是具有了虚构性而思想性不足的小说是没有地位的。到了明治维新时期，当有着日本"启蒙运动"之称的自由民权运动兴起，日本的启蒙思想家试图通过小说这一通俗的方式来宣传自己的政治纲领之时，小说的地位便在"尽使一国人心随其手腕意志之行进"中大受重视了。先是有西方文学（小说）的翻译热潮，然后就是长达20年的政治小说的创作（直至20世纪初）。这些现象都引起了命运相似的晚清维新派知识分子的

---

① 参见王晓平：《近代中日文学交流史稿》第175页，湖南文艺出版社1987年版。

相当的注意。因为，在传统的中国观念之中，"小说家者流，盖出于稗官，街谈巷语，道听途说者之所造也。""虽小道必有可观者也，致远恐泥，是以君子弗为也。"① 而在传统纲常废弛，新学正需要借助某种通俗的方式广泛传播的时候，日本的小说发展现状无疑是鼓舞人心的。1897年康有为刊印了自编的《日本书目志》，他根据自己阅读和收藏的日本书籍，加以分类介绍，其中，"小说"便赫然列为一大类，并认为日本维新之成果就归结于它；康有为甚至引申道："故六经不能教，当以小说教之；正史不能入，当以小说入之；语录不能喻，当以小说喻之；律例不能治，当以小说治之。"② 接着，梁启超在《变法通议》中也产生了改良小说的想法，同年，在为《蒙学报》《演义报》的所作序言中，梁启超再次论及日本变法"赖俚歌与小说之力"。③

以梁启超为代表的维新派知识分子流亡日本，扩大了近代中国小说汲取日本文学经验的可能。与日本近代小说的发展相类似，我们进入了从翻译到创作的近代小说的发展历史，并且"政治小说"概念的引入也成了这一嬗变的主要标志。中国最早的文学翻译，是鸦片战争以后由传教士在他们创办的报纸上所翻译的圣经故事及短小的寓言等，后来也只有王韬、董恂等零星的译作。中国大规模的翻译潮出现在20世纪初的几年中，较日本晚了20多年。梁启超在东渡日本的船上，读到了日本柴四郎的政治小说《佳人奇遇》，便尝试着翻译，由此开始了一个介绍日本小说的时代。在日本，他又撰写了《译印日本小说序》④，阐述翻译小说的重要性，"彼英、美、德、法、奥、意、日本各国政

---

① 班固：《汉书·艺文志·诸子略》。
② 康有为：《日本书目志·识语》，陈平原、夏晓虹编《20世纪中国小说理论资料》第1卷第14页，北京大学出版社1989年版。
③ 梁启超：《蒙学报演义报合叙》，原载《时务报》第44册，引自《饮冰室合集》文集第2册第188页，中华书局2015年。
④ 刊于1898年12月23日《清议报》。

治之日进,则政治小说为最高功焉。"在中国文学史上,这是第一次提出了"政治小说"的概念,第一次专论政治小说的重要作用。在日本的留日知识分子中,先后出现了一批重要的翻译家,除梁启超本人外,尚有罗普、戢翼翚、马君武、苏曼殊以及后来的周氏弟兄等。留日知识界的译介活动直接带动了中国国内的知识分子,据阿英统计,中国晚清的翻译小说占到当时全部小说的三分之二。在这些翻译作品中,既有由日译本转译的西方小说,也有日本的政治小说。日本政治小说中最有名的作品如矢野龙溪的《经国美谈》、柴四郎的《佳人奇遇》、末广铁肠的《雪中梅》等都翻译成了中文。总之,日本的特殊意义获得了比较充分的发掘。作为这一发掘活动的中心人物,梁启超对日本近代小说从翻译到创作的嬗变过程应当说还是有相当清晰的把握的。这样的介绍基本上反映了日本自由民权思想家的文学创作,即所谓"启蒙文学"的发展实情:

> 于日本维新之运有大功者,小说亦其一端也。明治十五六年间,民权自由之声,遍满国中。于是西洋小说中言法国罗马革命之事者,陆续译出,有题为《自由》者,有题为《自由之灯》者,次第登于新报中。自是译泰西小说者日新月盛,其最著者①则织田纯一郎氏之《花柳春话》、关直彦氏之《春莺啭》、藤田鸣鹤氏之《系思谈》《春窗绮话》《梅蕾余薰》《经世伟观》等,其原书多英国近代历史小说家之作也。翻译既盛,而政治小说之著述亦渐起,如柴东海之《佳人奇遇》、末广铁肠之《花间莺》《雪中梅》,藤田鸣鹤之《文明东渐史》,矢野龙溪之《经国美谈》等。②

---

① 梁启超:《传播文明之三利器》,原载《清议报》第 25 册(1899 年),引自《饮冰室合集》专集第 2 册第 4807、4808 页,中华书局 2015 年。
② 参见王晓平:《近代中日文学交流史稿》第 244 页,夏晓虹《晚清社会与文化》第 75 页至 87 页。

梁启超接下来的小说活动显然与他对日本文学界的把握密切相关。1902年,梁启超在日本横滨创办《新小说》杂志,刊名即取自日本春阳堂1889、1896年两次刊行的同名杂志。创刊号上,他发表了著名论文《论小说与群治之关系》,文章将小说奉为"文学之最上乘",具有"熏""浸""刺""提"四种神奇的力量。在中国自己的"新小说"尚孕育于襁褓的当时,梁启超的这篇被称作"小说界革命"纲领的文件显然是主要来自于对日本小说界近代经验的观感。正是梁启超他们所推动的这一"日本取向",使得近代中国"新小说"的写作在一开始就表现出了相当的"日本色彩"。例如已经有学者发现,作为近代中国的第一部政治小说,梁启超的《新中国未来记》明显与当时日本文坛大量盛行以"未来记"、以"新"命名的作品有关。① 甚至当时一些中国小说家为自己所取的笔名也颇具日本风味,如徐枕亚取名东海三郎,黄小配取名禹山世次郎,徐念慈取名东海觉我,此外还有藤谷古香、大桥式羽、福田少藤郎、诸夏三郎、八宝王郎、井山郎、亚东一郎、漱六山房等等。郑权自己创作了《瓜分惨祸预言记》,却偏偏要主动放弃著作权,宣称此书为"日本女士中江笃济藏本,中国男儿轩辕正裔译述"。

　　梁启超及20世纪初叶中国作家从理论和实践上所尝试的"小说界革命"的确极大地提高了这一文体在读者与作者心目中的地位,从而在整体上开始了中国文学格局的大调整。但是,从国内的维新派知识分子到留日的梁启超等人,他们对日本小说的注意一开始就立足于"外部观察"的立场,这里的"外"有几重含义,一是日本社会实感之"外",二是自我生存的体验之"外"。他们更多地看到了日本小说蓬勃发展、"启蒙"民智的"成果",而缺乏自我投入、设身处地的实感。于是,

---

① 王向远:《中日启蒙主义文学思潮与"政治小说"比较论》,载《外国文学评论》1995年3期。

在他们的"外部观察"中，包含了许多不容忽视的"误读"。例如当梁启超将日本维新变法之功归结于小说创作，这就明显属于倒果为因了。事实上，并不是日本政治小说的兴盛决定了明治维新的成功，恰恰是明治维新所带来的自由民权运动催生了日本的政治小说创作。在当时的日本，"小说自然也被当作一种宣传手段应之而生。但用小说做政治宣传始终是次要的。从时间上看，政治小说的产生大大地晚于自由民权运动的兴起"。①在梁启超这一"误读"的背后，我以为体现了一位失败的政治家所具有的深刻的焦虑。当我们的政治家将这样的焦虑转移至文学领域，他是如此急切地希望找到一条足以解决现实政治难题的万全之策。于是，他已经"来不及"将自我投入到对于日本生存事实的深入体察当中，几乎就是本能地忽略了日本维新的细致过程，而仅仅着眼其"可观"的成果；他也会充满想象地有意放大其中的某些因素——例如小说创作。在这样的放大之中，目的总是第一位的，而逻辑总是第二位的；"外部的观察"是第一位的，而实际的生存体验则是第二位的。难怪我们一些"挑剔"的当代学人从中读出了"逻辑混乱、论证匮乏"。②

缺乏自我体验投入的"观察"还有更加不幸的后果。

我以为，在中国近代小说的革新史上，重要的还不在像梁启超这样的维新派以有意无意的"误读"拔高了这一文体在政治生活中的实际价值，而关键之处是，如此急切的功用心态，如此难以平息的焦虑最后将直接影响到作家创作心境的稳定，妨碍着他对实际人生的细细品味、体验与倾情投入，最终，付出代价的还是小说本身的深度与广度，还是艺术作品本身的价值。在这一方面，小说创作对投入实际人生的"从

---

① 王向远：《中日启蒙主义文学思潮与"政治小说"比较论》，载《外国文学评论》1995年3期。
② 参见刘纳《嬗变》第58页，中国社会科学出版社1998年版。

容度"的要求甚至超过了诗歌——归根结底,诗歌毕竟属于情绪与思绪的艺术,它所要求的往往就是诗人在一瞬间心灵向世界敞开的能力,就在这一瞬间,他凭借着自己的直觉与悟性捕捉世界的新异信息,并直接呈示在词语的镜像之中。所以在诗歌艺术领域里,总是对诗人的直觉与悟性有着特别的强调和依赖。法国当代著名美学家雅克·马利坦对诗歌中的"创造性直觉"有过十分准确的分析:"很明显,诗性直觉中充满了诗人的主观性和被把握的事物,因为,被把握的事物和(诗人的)主观性是在同一种模糊的经验中被认识的,因为被把握的事物之被把握只是通过它在主观性中的感情回响和它与主观性的契合。"也就是说,对于诗歌而言,"被把握"的事物与世界的意义恰恰就在诗人的"主观性"之中,甚至就在诗人的"误读"之中。① 我们说黄遵宪等"新派诗"诗人的确在日本的异域生存中捕捉了新的艺术信息,是因为在一些成功的"新派诗"那里,诗人的"主观性"的确嵌入了新世界的信息,最终,这些诗人又勉力利用他所寻觅的词语作了力所能及的呈示,虽然成绩有限却毕竟在这有限的空间中揭开了富有艺术启发的一页。而小说呢?它所要求的除了直觉与悟性等特质外,更重要的还有作家"进入"世界、"梳理"世界以至"再构"世界的毅力与耐心;小说最终要呈现的也不仅是心灵顿悟的原生形式,而是包含了顿悟与理解的"人造世界"。在小说语词的背后,是更为广大的人生新义的叙述,是浓郁的现实生活场景的创造。正如美国现代小说家亨利·詹姆斯所概括的那样:

> 现实的空气(典型化的真实)是小说的最大的优点,是无条件地、郑重其事地建立在小说的一切其他优点(其中包括百桑特先生说的自觉的道德思想)之上的优点。如果没有这个优点——

---

① 雅克·马利坦:《艺术与诗中的直觉》,中译本第103页,三联书店1991年版。

其他的优点也都不存在了,因为其他优点有赖于作者成功地创造出生活的幻觉,才能收其效果。据我看来,领会经验的才能、研究存在的细微过程,才是小说家艺术的开端与结束。这是他的灵感、失望、奖赏、痛苦、快乐。正是在这儿,当他展示出自己反映现实——现实的意义、色彩、凹凸、性格——人类存在的全部本质的方法时,他才真正地同生活展开竞赛,同他的画家兄弟们展开竞赛。①

为了"成功地创造出生活的幻觉",就需要小说家"领会经验的才能、研究存在的细微过程",那么,当时正处于政治问题焦虑中的知识分子能够保持这份潜入人生的从容吗?这的确是一个很大的难题。从近代中国小说的革新历程来看,翻译小说的历史意义要大于一些创作小说,而以后立足于本土发展起来的谴责小说的艺术成就也要明显高于直接表现"日本经验"的早期政治小说的艺术成就。谴责小说从早期政治小说的异域观念中获取了眼光,用之于周遭世界的阅读与观察,因为没有了时政表述的急切,所以它们反倒多了许多的从容与深入。

在初识日本小说经验的人们那里,我们看到的情况是——

与黄遵宪为代表的"新派诗"不同,作为"小说界革命"的直接产物又源于"日本文学经验"的近代政治小说恰恰没有充分地利用异域题材,竭力开掘异域生存体验。梁启超《新中国未来记》、张肇桐《自由结婚》、陈天华《狮子吼》、郑权《瓜分惨祸预言记》等虽然涉及"留学"等内容,但所有这些情节不过都是作者议论时政的辅助工具,正如《新小说》在《新民丛报》上所刊登的广告云:"政治小说者,著者欲借以吐露其所怀抱之政治思想也。其立论皆以中国为主,事实全由于幻

---

① 亨利·詹姆斯:《小说的艺术》,见《美国作家论文学》第47页,三联书店1984年版。

想。"① 罗普（岭南羽衣女士）根据日本翻译的有关俄国虚无党的作品创作了《东欧女豪杰》，虽然本身就是异域题材，但像苏菲亚这位"彼得大皇帝所出的支裔"也作如此的中国化"处理"，其中的"异域风貌"与"异域体验"也就可想而知了：

> 菲亚生时，白鹤舞庭，幽香满室，母亲李氏心知有异，十分疼爱。菲亚长来，果然秀慧无伦，两岁便能识字，五岁便会吟诗，到了八岁的时候，跟着母亲在格里米亚地方上学，真是过目不忘，闻一知十，乐得他的师友，无不把他敬重。不上几年，在寻常中学校领了优等卒业的证书，又再进那高等中学校。到一千八百六十九年，青春十六，正长得不丰不瘦，不短不长，红颜夺花，素手欺玉，腰纤纤而若折，眼炯炯而多情，举止则凤舞鸾翔，谈笑则兰芳蕙馥。
>
> 《东欧女豪杰》第二回

与日本"启蒙文学"思潮中的政治小说将政治与私情相加，力图于载道与游戏间寻找调和相比较，中国当时的政治小说完全摈弃了个人私情的存在，梁启超译完日本柴四郎《佳人奇遇》就立即与之"划清界线"："从今不慕柴东海，枉被多情惹薄情"。张肇桐的《自由结婚》从书名看应该是一部青年男女的爱情婚姻故事，但奇怪的是，我们的男女主人公（绝世英雄黄祸与绝代佳人关关）仅仅就是为了国家民族的利益才走到了一起，他们丝毫也不涉及两情相悦、君子好逑之类的经历，此"关关"不是"在河之洲"的"雎鸠"的婉转啼鸣，而是志士仁人的慷慨陈词："一生不嫁人，只愿把此身嫁与爱国。"

---

① 《中国唯一之文学报〈新小说〉》，原载《新民丛报》第14号。

《新小说》杂志也明确宣布:"本报宗旨,专在借小说家言,以发起国民政治思想,鼓励其爱国精神。一切淫猥鄙野之言,有伤道德者,在所必摈。"① 好一个"淫猥鄙野之言",又好一个"有伤道德"!人类最富有质感的生存现象,不就常常包孕其中?当这一切连同"私情"一起都被列入了"必摈"之列,那么,我们的政治小说也就只剩下干枯的说教了,虽然这些说教本身还是颇有社会价值的。

中国小说在现代性道路上大踏步地前进还必须有更丰富的人生景观的摄取,还需要我们作家对人生世界的倾情拥抱,而这一目标的实现只能交给更年轻的一代中国留日学生了。

三、日本艺术资源与中国戏剧改革

中国戏剧改革的命运与"小说界革命"既有相似之处,也有更多的不同。

相似大约来自于它们共有的"叙事"功能,"故事"的生动所带来的某种通俗性与大众性使得戏剧也和小说一样有利于宣传新的政治理想,而叙事的"虚构"则似乎给人们提供了超越生活寻求"文学依赖"的可能。于是,与中国小说的历史性过渡类似,戏剧也被一批有志于中国社会改革的知识分子视作了启蒙民众的工具,并且又是在日本寻找到了推动变革的艺术启示。

留日中国知识分子对民众启蒙、社会改革的热望让他们力图利用戏剧艺术"易风移俗"的力量,这就是中国戏剧变革的思想动力。最早的还是梁启超,他在1902年发表的新传奇剧本《劫灰梦》中借剧中人之口高度赞扬了福禄特儿(即伏尔泰)利用小说戏剧唤起国人之功,②

---

① 《中国唯一之文学报〈新小说〉》,原载《新民丛报》第14号。
② 发表于1902年《新民丛报》第2号。

梁启超创作的新传奇剧本如《劫灰梦》《新罗马》《侠情记》等首开以中国传统戏曲表现异域题材之风,尽管这些创作都还不是真正的近代戏剧。1904年,留日归国的陈独秀在刚刚创办的《安徽俗话报》上撰文认为:"做小说,开报馆,容易开人智慧,但是认不得字的人,还是得不着益处。我看惟有戏曲改良,多唱些暗对时事,开通风气的新戏,无论高下三等人,看看都可以感动,便是聋子也看得见,瞎子也听得见,这不是开

《安徽俗话报》

通风气第一方便的法门吗?""唱戏一事,与一国的风俗教化,大有关系,万不得不当一件正经事做。"① 梁启超、陈独秀等都十分关注当时国内的戏剧改良运动,并及时给予了高度的评价。特别是1904年陈去病、柳亚子、汪笑侬等在上海创办戏剧专门杂志《20世纪大舞台》,以"唤起国家思想为唯一目的",梁启超、陈独秀等都予以充分的注意并给予了高度的评价。② 陈独秀更是由此得出结论:"戏园者,实普天下人之大学堂也;优伶者,实普天下人之大教师也。"③ 以后春柳社在日本首先上演真正的近代戏剧,也多以民族主义或民主革命的时代情绪为依托。

然而,我们所谓戏剧与小说的"相似"这也仅仅只是针对其文学性的"脚本"而言,在实际的操作中,戏剧却又远非一个文学的脚本所能概括的,从根本上讲,戏剧更依赖的是舞台艺术的实践,我认为,

---

① 陈独秀:《开办安徽俗话报的缘故》,原载1904年《安徽俗话报》第1期。
② 见梁启超《诗话》、三爱《论戏曲》等,梁启超《诗话》见《饮冰室合集》文集第16册第4464页,中华书局2015年。
③ 三爱:《论戏曲》,原载1904年9月10日《安徽俗话报》第11期。

正是从这一点出发,中国戏剧近现代改革便与"小说界革命"有了很大的差别,中国戏剧家日本体验的深度也与小说家颇为不同了。

如果说"小说界革命"更多的是基于对日本文学的"外部观察","外"既脱离了日本生存发展的实际,也规避了作家自己的人生体验,那么在戏剧这里,纯粹的"外部观察"却失去了可能。戏剧艺术本身的实践性决定了中国的戏剧家不可能"置身世外"作纯文字的陶醉,艺术的实践过程必然让他们更多地"进入"到日本当下的生存状态。与他们频繁交往的编导、演员与观众都是具体的人,频繁而广泛的人际交往令他们深入地体察到了生存与心灵的细微意义,对于当下生存与人类(观众)精神需要的准确把握才是戏剧艺术成功的保证,这一切都构成了留日中国戏剧家重要的戏剧资源,较之于小说家的纯文学吸取,为日本戏剧资源所包裹的中国戏剧家有了更为深刻的生存体验。

中国留日学生就是从当时日本新派剧探索的热烈氛围中真正体验着近代戏剧的形态与魅力,寻找着建设中国近代戏剧的范本,当然,更重要的是"深入"了由当下社会生存与心理需要所构成的"日本戏剧资源"当中。20世纪初是日本新派剧的全盛时期,这个时候,也正是中国留日学生人数最多的时候。[①]日本新派剧是明治维新以后吸取西方近代戏剧而出现的一种艺术形式,本身经过了明治前期的壮士剧、书生剧到明治中后期的欧美"翻案剧"(即改编剧)的发展过程。日本新派剧对传统的歌舞伎演剧形式作了相当的改造,如取消了三味线的伴奏和舞蹈,由过去一律使用男性演员而为男女并用,剧本多用当时的流行小说改编,或充满时代政治色彩或更接近实际的生活,降低或否定了传统歌舞伎表演中的程式化、虚拟化特征。后来成为中国近代戏剧主要骨干的曾孝谷、李叔同、黄二难、欧阳予倩、李涛痕、吴我尊、谢杭白、陆镜若、马绛士(以上属于春柳社)、王钟声(属于

---

① 黄爱华:《中国早期话剧与日本》第25页,岳麓书社2001年版。

春阳社)①、任天知(属于进化团)、郑正秋(属于新民社)、苏寄生、史海啸(属于开明社)等等都浸润于其中,当时的一位中国留学生曾这样描述了他在剧场内的观感:

> 日本人且看且泪下,且握拳透爪,且以手加额,且大声疾呼,且私相耳语,莫不曰:"我辈得有今日,皆先辈烈士为国牺牲之赐,不可不使日本为世界之日本以报之。"记者旁坐默默而心相语曰:为此戏者,其激发国民爱国之精神,胜于千万演说台多矣!胜于千万报章多矣,乃如斯其速哉?②

这显然是一位具有强烈民族启蒙意识的留学生在满怀主观情绪地"观戏",也在充满主观意念地"说戏",但不管怎样,我们却可以从中读出日本新派剧演出对当时关怀民族问题的中国学人的那种非同一般的感染力。这样感人至深、引人入戏的戏剧样式显然与中国国内出现在教会学校的那些时事新戏的即兴式演出拉开了距离,真正体现了具有现实感染力的近代新剧的独特魅力。于是,"他们爱好戏剧的热情,从事戏剧的愿望,已经像心血来潮似的从内心逼迫出来"③。当中国留日学生带着自己的人生体验"投入"戏剧演出与创作且如此的动情之时,戏剧所要"激发国民爱国之精神"的目标也就不再像小说一样的空洞了,中国戏剧对日本资源的汲取也不再是观念与知识的输入,汲取本身就成了自我"体验"的一部分。

---

① 据学者黄爱华考证,王钟声自德国留学归来后也曾留学日本。见黄爱华:《中国早期话剧与日本》第226页,岳麓书社2001年版。
② 佚名:《观戏记》,见《中国历代文论选》第四册第352页,上海古籍出版社1980年版。
③ 李芳远:《春柳时代的李哀先生》,见林子青《弘一大师年谱》第25页,杂华精舍1945年10月第2版。

戏剧艺术的实践性还使得留日中国戏剧家较多地融入了日本的戏剧演艺界。日本近代戏剧业已成熟的演艺哺育了第一代的中国演员，直接指导和训练他们走上了舞台。众所周知，日本著名新派剧演员、戏剧教育家藤泽浅二郎与曾孝谷、李叔同、欧阳予倩、陆镜若等都关系密切，其中陆镜若更是在他的帮助下求学于"东京俳优养成所"，甚至还获得了参与日本戏剧演出的机会。春柳社1907年春节前后推出首场中国近代戏剧《茶花女》，同年初夏排演《黑奴吁天录》，1909年演出《热泪》，这几场在中国戏剧史上具有划时代意义的演出从排演到剧务联系，都得到了藤泽浅二郎的大力支持，剧作家、戏剧评论家松居松叶亲自观看了《茶花女》并撰文对表演尤其是李叔同的演技以高度评价。此外，在陆镜若之于伊井蓉峰，曾孝谷之于木村操，李涛痕之于藤井六辅，欧阳予倩之于河合武雄，马绛士之于木下吉之助、喜多村绿郎，吴我尊之于佐藤岁三，我们都可以发现其演技上的学习、师承关系。①

戏剧也是一门需要观众参与与呼应的艺术。在这方面，以春柳社为代表的中国近代戏剧的最初实践是在日本进行，这或许正是一种幸运，因为他们得天独厚地获得了当时日本良好的戏剧氛围与热情的观众的支持。据历史资料记载，春柳社的《黑奴吁天录》演出之时，偌大的东京本乡座大剧场座无虚席，中外观众济济一堂，反响热烈，演出结束以后，日本许多报刊都发表文章对中国留学生的演出予以高度评价。这一空前的盛况传回中国本土，直接鼓励了也有过日本新派剧体验的王钟声，并促成了春阳社1907年10月首次在上海也是首次在中国公演《黑奴吁天录》这一同样具有历史意义的戏剧事件。

日本新派剧的戏剧资源还由留日中国学生运返中国，继续发挥其在中国戏剧嬗变中的重要作用。据有学者统计，春柳社同人回国后，

---

① 参见黄爱华：《中国早期话剧与日本》第183—188页。

在他们的上海"春柳剧场"及国内城市的巡回演出时期,还在继续使用着10余部的日本新派剧或根据它的改编剧目。任天知的进化团演出过《血蓑衣》与《鬼士官》(后者由日本小说改编),日本新派剧式的艺术经验(包括编剧、导演、舞美、化装与演员训练等等)在中国人自己的舞台上得以表现和传扬,给中国本土的广大作家与观众以新的直接的艺术启示。以后,又出现了留日戏剧家刘艺舟二度返日,联合开明社在日本公演"中华木铎新剧"的盛况,这是不是说明,当时受哺于日本新派剧的中国戏剧家还是相当看重日本这一戏剧园地的,他们愿意与之进行艺术的对话与交流。

与尚可"自言自语"的小说不同,戏剧必须与现场观众人生体验进行即时性对话的这一特点注定了它不会沿着简单政治说教的道路走得太远,承担了更多政治说教任务的壮士剧与书生剧都只是日本新派剧发展的初期形态,其成熟的形态还是明治中后期出现的接受西方浪漫主义戏剧影响的剧目,即便是革命,也运用着"革命+爱情"的模式,涉及了较多的人际关系与日常生活场景。这一特点也为中国戏剧的早期嬗变所吸取,从而与作为中国小说嬗变早期代表的政治小说有所不同:中国近代的政治小说缺少的是艺术的魅力,相对而言,以春柳社、春阳社为代表的艺术家们,以《茶花女》《黑奴吁天录》《热泪》《迦因小传》等为代表的最早的中国话剧,其中更体现了一种艺术探求的执著与热忱。

当然,戏剧必须与现场观众人生体验进行即时性对话的这一特点也似乎注定了中国话剧的全面成熟必须开掘和表现更多的中国社会的实际,在中国戏剧的现代之途上,不仅需要有深刻的"日本体验",也需要有进一步的"本土体验"。换句话说,以日本经验与欧洲浪漫主义戏剧故事为根据的戏剧究竟能够走多远,这依然是一个不容回避的问题。我们看到,在经过了新式戏剧演出的初期的新鲜之后,中国近代戏剧进入了笼罩在"甲寅中兴"这种虚假的商业繁盛之中的本质的疲软状态，此时，就是继续追求着日本艺术经验的春柳同人与进化团同人也无济于事了。进化团受哺于日本壮士剧的政治说教已经远离了观众，而春柳同人们所热衷的日本式悲剧营造也还不能为中国观众的传统审美习惯所适应，在既有艺术的严肃又更容易与他们人生经验对话的新的样式出现之前，中国的戏剧观众还是更愿意顺应其心理的传统惯性，去接受那些容纳了"新鲜"艺术手段却又轻松（甚至是无聊）的场景，满足这一需要的当然也就不是什么艺术的执著而是更多的商业操作了。这说明，中国现代话剧的全面成熟还需要在挣脱日本单向经验的束缚，更充分地运用多方面的艺术资源，同时立足于实际的人生体验作深入开掘。到了"五四"时期，是易卜生"社会问题剧"的引入带来了中国现代话剧的诞生和第一次繁荣。在"五四"，易卜生的意义与其说是单纯异域文化的输入还不如说是中国戏剧家在其启发下学会了看取"人生"，发现"问题"，他们是在开掘中国实际人生问题的基础上与中国观众实现了比庸俗的文明戏更高级也更有艺术价值的对话。对话让他们赢得了观众，也最终深入了人生，提升了艺术。

尽管如此，我们还是必须承认，在中国戏剧的近现代嬗变过程之中，即便是在庸俗的文明戏泛滥成灾的时期，还是像春柳同人这样的艺术家们秉承着日本新派剧的经验，苦苦挣扎，为荒芜的中国舞台，保存了唯一的艺术严肃。从这个意义上说，"日本资源"虽然并不足以完全支撑中国戏剧的革新，但毕竟是它点燃了我们的第一束近代艺术的火把，毕竟是它在戏剧的昏暗时代还保存了一星艺术的火种。这样的历史意义，当由我们来加以认真地铭记。

四、中国散文新貌：本土需要与日本经验的契合

可以说中国近现代所有文学文体的发展都存在一个"本土体验"与"异域体验"的关系问题。在中国文学的现代发展中，往往是本土

生存的困顿产生了异域（日本）体验的必要，又是留外的中国作家的异域（日本）体验洞开了我们体验"当下"生存的道路，正是这一道路引领我们反过来加深了对本土的生存体验。本土与异域（日本）就是这样的互为支持，协同发展着。只是，不同的作家出于对文体的不同的理解，其具体处理这两种体验的方式也各有差异。在"五四"以前，中国诗歌与中国戏剧都在不同的程度上较好地发掘和利用了"日本体验"的意义，但又都在返回"本土体验"的环节上踯躅不前了，所以中国诗歌与中国戏剧可谓是有较好的近代演化，但真正的"现代形态"却是在"五四"以后才出现的。中国小说则是将时代变革的要求仅仅读解为一系列建功立业的慷慨陈辞，于是，它既规避了中国本土的人生体验，也始终浮动在日本体验的表层——仅仅是认同了文学的功利性目标。中国的小说家似乎就认定了这是一个王纲解纽、大厦将倾的时代，他们是一批力图挽狂澜于既倒的知识分子，急需发言、急需辩驳、急需建功立业，在这个时候，再要求自己默默地潜入人生，符合叙事文学的从容与稳健，这谈何容易？在对"小说"这一文体意义的认定，在对文学创作如何有效调用"本土"与"日本"体验的问题上，中国作家一时间竟陷入了困境。

中国作家在小说创作中所遭遇的困难似乎在另一种文体——散文这里获得了很好的解决。这种解决是在两个意义上进行的：作为满足一个时代知识分子慷慨陈辞的特殊文体需要，同时也恰到好处地实现了本土体验与异域体验的契合。

散文家李广田对小说与散文曾经有一个恰当的分析比较，他说："小说家宜作客观的描写，即使是第一人称的小说，那写法也还是比较客观的；散文则宜于作主观的抒写，即使是写客观的事物，也每带主观的看法。""写散文，实在很近于自己在心里说自家事，或对着自己人说人家的事情一样,常是随随便便,并不怎么装模作样。"① 的确,作为一种抒发个人见解、记述即时性见闻与思想的"自由"的文体,散文既拥有诗歌的快捷记录当下思绪的特长,同时也以自己便于叙述、便于议论的语言方式让我们的知识分子超越诗歌固定模式的限制,更自如地表达自己对当下见闻的记述,对社会政治问题的思考,于是,我们发现,在中国文学的现代性嬗变之中,是散文与作家的典型心态构成了最大程度的契合,是散文取得了最扎实的实绩,也是散文对于后来的五四新文学的出现作了最充分的准备,完成了中国文学史最顺利的文体过渡。

不仅如此,在本土体验与异域经验的连接与契合上,中国散文也颇多成功之处。如果说中国近代小说的变革呈现出了脱离生存体验(从异域生存的深层到本土体验的真实)的弊端,那么散文的现代嬗变则恰恰是生动地反映了中国作家在自己生存体验的支持下不断丰富和发展这一文体的全过程,这里有源自本土的需要,有从本土需要出发吸纳异域资源,也有异域体验反过来对自我认识的推动与深化,总之,日本体验绝不意味着被动的"学习"与"模仿",本土也并非就是异域的简单对立,本土的体验与日本的经验形成了自然融会的逻辑。在中国散文的现代取向上,仅仅将"文化交流"视作某种信息的"输入"过程将被证明离历史的事实最远。

在最"自我"最富有抒情性的游记与日记里,日本体验与自我发展的心声相互缠绕,形成了中国散文史上前所未有的精神世界,也推动了散文文体形式的革新。游记与日记的写作在近代知识分子中蔚然成风,其中不断为我们传达新鲜见闻的是那些关于域外记游的篇章。在流行于世的各种境外"日记""游记""杂录"与"私记"中,几

---

① 李广田:《谈散文》,见《20世纪中国文论精华·散文卷》174、175页,河北教育出版社2000年版。

部涉及日本的作品因为包含着我们近邻的社会现代化过程,自然也就具有了某种自我比较的特别意味,而文化比较意识的产生则是中国人精神发展历程中的一件大事。中国商人罗森1854年随美国舰队访问日本,他为我们留下了《日本日记》,《日记》生动地见证了日本如何由"锁国"走向开放的重要过程。以后,更有何如璋《使东述略》、李筱圃《日本纪游》、傅云龙《游历日本图经》、黄庆澄《东游日记》与王韬《扶桑游记》等为我们提供了有关日本历史、地理、社会、民俗尤其是当时明治维新"易朝服,改仪制"的丰富图景。如果说中国传统的地理游记,大多呈现的是中国知识分子寄情山水、率性而行的遗世情怀;那么正是这些别一样的文明之邦促使中国作家将异域风光与世俗关怀融为了一体,将心灵的感悟与理性的思考相交织。在黄庆澄1893年的《东游日记》里,我们读到了这样前所未有的中日文化比较之论:

> 夫予之东游,虽为时未久,然尝细察其人情,微勘其风俗,大致较中国为朴古。而喜动不喜静,喜新不喜故;有振作之象,无坚忍之气。日人之短处在此,而彼君若相得以奏其维新之功者亦在此。若夫中国之人,除闽粤及通商各口岸外,其缙绅先生则喜谈经史而厌外事,其百姓则各务本业而不出里间。窃尝综而论之:中国之士之识则太狭;中国之官之力则太单;中国之民之气,如湖南一带坚如铁桶、遇事阻挠者,虽可嫌,实可取。为今日中国计,一切大经大法无可更改,亦无能更改;但望当轴者取泰西格致之学、兵家之学、天文地理之学、理财之学及彼国一切政治之足以矫吾弊者,及早而毅然行之,竭力扩充;勿以难能而馁其气,勿以小挫而失其机,勿以空言而贻迂执者以口实,勿以轻信而假浮躁者以事权。①

---

① 钟叔河编:《甲午以前日本游记五种》第338页,岳麓书社1985年版。

由中日的比较联系到"泰西"之学,又谈及对中国变革的启发,从游记引入政论,这样的内容是对传统游记散文模式的突破。至于王韬1879年《扶桑游记》所记录的中日文化交流以及对明治维新的深刻理解等等,也自然一贯被视作是中国散文流变中的经典。对此,郭延礼先生在他的《中国近代文学发展史》中有过中肯的评价:"由于多是写外国题材的,因此在形式上较之传统的中国游记也有所变化。一般说,篇幅较长,内容充实,与古典散文中空灵飘逸的山水小品有明显不同;另方面,作品描写成分显著增多,语言趋向通俗化与自由化,并杂有许多新名词,都表现出了散文新变的迹象。"①

集中体现中国近代散文创作成就的是那些政论性的散文。中国近代政论散文的发展历程充分体现了本土体验与日本经验的良性互动。

政论就是对当前社会政治问题的发言。鸦片战争以后中国所卷入的国际危机,为我们培养了一批忧心如焚的知识分子,正是他们急于就当前的社会政治问题发言,正是他们需要利用散文这一自由传达心声的文体慷慨陈词。但是,在当时,业已存在的可供他们选择的散文形式是什么呢?是桐城派古文与俪偶骈文。而这两个文类品种,似乎都不那么得心应手。在这些传统的散文形式与忧心如焚的中国文人之间,至少存在这样一系列的分歧:

桐城派古文讲求"阐道翼教",方苞有"非阐道翼教,有关人伦风化者不苟作"之谓,姚鼐有"明道义,维风俗"之谓。但问题是近代中国社会所面临的种种危机,尤其是国际性的生存危机显然已经不是传统的"道"与"教"所能解释的了,这是一个"经世致用观念之复活,炎炎不可抑"的时代,②一切空洞的"道统"都失去了其曾经有

---

① 郭延礼:《中国近代文学发展史》第2册第1109页,山东教育出版社1991年版。
② 梁启超:《清代学术概论》,《饮冰室合集》专集第9册第6818页,中华书局2015年。

过的魅力,中国文人最需要表达的忧患与迷茫恰恰来自那些传统"道"与"理"的失效。

"义法"是桐城派对于古文创作的基本要求,在实践过程中,"义法"在语言上的体现就是"雅洁",即是不得"放恣,或杂小说"以及"入语录中,魏晋六朝藻丽俳语,汉赋中板重字法,诗歌中隽语,《南北史》佻巧语"。[①] 规矩这么多,中国近代知识分子又如何才能纵横挥洒地发表政见呢!的确,这些规矩铸就了桐城派古文剪裁干净、文辞简洁,尚能完成某些精短的叙事记人之特点,但与之同时,其较唐宋古文更为严厉的约束也决定了这一文体很不利于个人思想的舒张与辩驳,何况桐城派"义法"坚持"与其伤洁,毋宁失真",这就更与当时一些知识分子的现实关怀相背离了,因为在关注当前国家政治的人看来,正视"真实"的现实危机恰恰才是最重要的。

至于当时与桐城派古文相抗衡的俪偶骈文,力图用种种的对仗声律之法表现文章的修辞之美,然而过多地醉心于字眼句调的安排,其浮华空洞、以辞害意的弊陋也是显而易见的,用后来的新文化健将傅斯年的话来说就是:"此种文章,实难能而不可贵,又不适用于社会。"

总之,盛行于当时的传统散文品种——无论是"载道"的桐城派古文还是"修辞"的俪偶骈文都已经无法传达中国文人的现实忧患,中国近代文人需要"政论",需要在"政论"中发声,这也就意味着他们将拒绝这些散文模式,为自己的慷慨陈词寻找新的言说形式。

近代中国文人首先是在中国本土寻找改革文体的资源。随着近代报刊诞生而出现的报刊政论,还有作为戊戌变法成果之一的科举应试文体的改革就是中国本土所提供的两大散文嬗变的重要资源。

龚自珍、魏源首开"以经术作政论"的文风,成为近代文学经世

---

① 沈廷芳:《书方先生传后》,转引自郭预衡《中国散文史》下册第496页,上海古籍出版社2000年版。

致用追求的起点。"光绪间所谓新学者,大率人人皆经过崇拜龚氏之一时期。初读《定庵文集》,若受电然。"①魏源采集国外报刊文章编辑《圣武记》,这对近代散文变革亦具有特别的标志性意义,因为,此后王韬、郑观应、康有为、梁启超等人的贡献,都是建立在报刊文体的写作上。

  报纸特别是非官方的报纸的问世,一般被视作是消解传统专制权威,建立现代社会所需要的公共空间的重要方式。在这个意义上,报纸常常充当着公共利益的监察者,而报刊言论也自然反映了社会公众的权利与意愿。报刊文体的写作既不是为了"上书",也主要不是为了文人间的学问交谊,它第一次使得我们的文章必须面对普通的读者,这样的写作必然是"务实"的,也必然是表述自然而有说服力的。《东西洋考每月统记传》是中国境内出版的最早的一份近代中文期刊,其"报道新闻,犹如说书,娓娓道来"②。创办于1872年的《申报》系近现代中国一份影响深远的日报,其创刊号上的"本馆告白"就已经明确宣布:"凡国家之政治,风俗之变迁,中外交涉之要务,商贾贸易之利弊,与夫一切可惊可喜之事足以新人听闻者,靡不毕载。务求其真实无妄。使观者明白易晓。"③在中国近代报刊发展史上,最值得注意的就是其中的政论文体的出现和流传。从王韬主持并主笔的香港《循环日报》(创刊于1873年)到李提摩太(Richard Timothy)任主笔的《天津时报》(创刊于1886年11月),当时关注中国社会文化并且有志于思想传播的中外知识分子都在充分使用"论说"这一栏目。此外,如澳门《镜海丛报》(创刊于1893年7月),上海广学会改刊的《万国公报》(1874年9月改刊)、创办的《大同报》(创刊于1904年),北京维新派的

---

① 梁启超:《清代学术概论》,《饮冰室合集》专集第9册第6820页,中华书局2015年。
② 熊月之:《西学东渐与晚清社会》第111页,上海人民出版社1994年版。
③ 转引自叶再生:《中国近现代出版通史》第1卷第212、213页,华文出版社2002年版。

《万国公报》(创刊于1895年8月,后又改名为《中外纪闻》),上海强学会《强学报》(创刊于1896年1月)、《时务报》(创刊于1896年8月),澳门《知新报》(创刊于1896年,初名《广时务报》),天津《直报》(创刊于1895年)、《国闻报》(创刊于1897年10月),长沙《湘学报》(初又名《湘学新报》,创刊于1897年4月)、《湘报》(创刊于1898年3月),上海《苏报》(创刊于1896年6月),上海《时务日报》(创刊于1898年5月,后改名为《中外日报》)等等,都曾推出过影响很大的"论说"专栏。中国传统的任何一种文体,都不及这一新兴的文体便于议论时政、自由表达与辩驳自如。所以梁启超在《中国各报存佚表》中有言:"自报章兴,吾国之文体为之一变,汪洋恣肆,畅所欲言,所谓宗法家法,无复问者。"可以说,从龚自珍、魏源放言倡论、干预时政,中间经过冯桂芬对"义法"的公开抨击,发展到以王韬这一代知识分子为代表的报章政论的出现,有利于与读者对话,有利于切合读者关注时政需要的"自抒胸臆""不尚虚文"的新的散文追求已经为广大的中国读者所接受了。梁启超回忆说:"《时务报》起,一时风靡海内,数月之间,销行至万余份,为中国有报以来所未有,举国趋之,如饮狂泉。"①

维新变法运动之中,维新派知识分子与洋务派官吏对传统科举考试的不满之声日益高涨,从严复、康有为、梁启超到张之洞都对八股取士多有批判,于是,1898年,光绪帝召见康有为之后即诏令废止八股,"一律改试策论",由此为现代散文的嬗变扫清了道路。姚公鹤《中国报纸小史》记载说:"当戊戌四五月间,朝旨废八股,改试经义策论,士子多自琢磨。虽在穷乡僻壤,亦订结数人合阅沪报一份。所谓时务策论,主试者以报纸为蓝本,而命题不外乎是。应试者亦以报纸为兔

---

① 梁启超:《清议报一百册祝辞并论报馆之责任及本馆之经历》,《饮冰室合集》文集第3册第512页,中华书局2015年。

园册子，而服习不外乎是。"

然而，随着"百日维新"的失败，八股取士的传统又死灰复燃了。特别应该指出的是，直到以梁启超为代表的中国知识分子留日以前，这种以本土报刊为依托的政论新体都还是将自己约束在了一个无形的囹圄之内，即依然以文言文为主要的语言形式，虽然已经向着通俗化的方向发展，但从语法、词汇等方面都没有本质性的变异；尽管倡言革新，思想丰富，但亦未脱一代朝臣的身份限制。

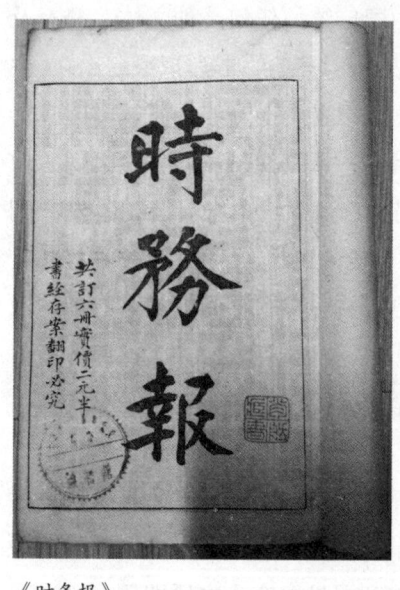

《时务报》

再次为中国散文变革提供巨大资源的是日本，是日本给予中国报人的新闻出版自由促使他们对于现代传媒与公众权利的关系有了新的认识，也是日本文学的革命性动向启动了中国的"文界革命"。在本土社会文化资源已经不足以完成中国作家的变革要求之时，日本散文的经验恰到好处地进入了留日中国作家的视野，继续支持着这一大势所趋的文体革命，于是，在"日本体验"的接替下，中国的"文界革命"得到了顺理成章的发展。

在中国本土，虽然民办报刊特别是报刊政论的发展已经使得中国的报人对于社会公众的权利与意愿有了从来没有过的重视，然而，在那样一个严格的等级秩序中，他们也自觉不自觉地维护着一种非平等的社会意识，而且自己也会自觉不自觉地保持着一个"进谏"的下臣姿态。当时由地方官僚主办的《湘学报》"例言"宣称："报首随时恭录谕旨及一切章奏，使儒者晓然于斯举，原本尊王之义，与私家述不同。"①誓言成为"天下之枢纽，万民之喉舌"的民办《知新报》也在"恭录""上谕"。这种"上""下"意识好像是谁都要承认的，《时务报》致力于"去塞求通"，这是因为"上有所措置，下有所苦患"，②《时务日报》提出的是"宣上德，达下情"③。这些无疑都会束缚政论写作的自由心态。在日本这样一个异域他乡，当中国封建统治者的政治控制一时难以施展的时候，中国留学生的刊物上才出现了激进的革命言论，抨击"二千年专制政体"，呼唤革命，倡言自由与人权，这都不再是"告之君"的"苦患"而成了国民的权利和公众的利益。人权与报刊的关系也在留学生那里获得了理性的认识："故论人权发生之功，诸儒播其种而报章实培其根。"④就是在革命与维新之间徘徊的梁启超也在他创办的杂志上公开讨论起了"民权"，《清议报》提出"倡民权"，"为国民之耳目"，现代"自由"意识亦应运而生，"思想自由、言论自由、出版自由，此三大自由者，实惟一切文明之母"。对比日本及世界报业的发展，梁启超认为《清议报》正在突破《时务报》的党派之狭，成为"以国民之利益为目的"的"一国之报"。⑤《新民丛报》号称"以国民公利公益为目的，持论务极公平，不偏于一党"⑥。在留日中国知识分子的刊物上，大量的"社说""论著""论说""时评""政治"与"时局"栏目构成了中国近代政论写作的又一高潮，章太炎、胡汉民、汪兆铭、朱执信、刘师培、陈天华、宋教仁等都为我们贡献了一系列卓有影响的政论名作。

---

① 转引自叶再生：《中国近现代出版通史》第 1 卷第 576 页。
② 梁启超：《论报馆有益于国事》，原载《时务报》1896 年 8 月 9 日创刊号，引自《饮冰室合集》文集第 1 册第 100 页，中华书局 2015 年。
③ 汪康年：《论设立时务日报之宗旨》，原载《时务日报》1898 年 5 月 5 日创刊号。
④ 《国民报叙例》，原载《国民报》1901 年 5 月 10 日第 1 期。
⑤ 梁启超：《清议报一百册祝辞并论报馆之责任及本馆之经历》，《饮冰室合集》文集第 3 册第 517 页，中华书局 2015 年。
⑥ 《本馆告白》，原载《新民丛报》1902 年 2 月 8 日第 1 号。

在日本文学的近现代变革中，作为散文的明治文体的出现是一个重要的事件。明治维新以后，日本报刊业兴盛非常，许多政治家参与新闻与编辑工作，同时报刊上也大量出现了议论时政的篇章，这些政论思想自由，内容丰富，在语言形式上也作了一系列新的尝试，比如努力实践言文一致的理想，反对拟古，反对艰涩，扩大口语的运用，利用日语作为黏着语便于累加修饰成分的特点，引入表意复杂的欧洲语法等等。这些令人耳目一新的变革引起了梁启超的浓厚兴趣。他特别推崇《国民之友》创办人德富苏峰的散文实践，并由此获得了"文界革命"的启示："德富氏为日本三大新闻主笔之一，其文雄放隽快，善以欧西文思入日本文，实为文界别开一生面者。余甚爱之。中国若有文界革命，当亦不可不起点于是也。"①

欧西文思（或云"文明思想"）、文白（俗）兼杂、日本语句、外国语法，这些都是梁启超从以德富苏峰为代表的日本明治文体中获得的巨大资源，他所倡导并且在《清议报》《新民丛报》上身体力行的"新文体"就是充分汇集了这些资源的前所未有的中国新派散文。梁启超本人的散文实践甚至有直接模仿德富苏峰的痕迹，比如它们同样的汪洋恣肆、同样的激情澎湃、同样的欧化长句，以至当时就有人指出梁启超《烟士披里纯》系德富苏峰同题短文的翻版，对此，梁启超既不否认，也不辩解。所以冯自由在《革命逸史》中十分明确地将中国散文的革命追溯到了德富苏峰："盖清季我国文学之革新，世人颇归功于梁（任公）启超主编之《清议报》《新民丛报》。而任公之文字则大多得力于苏峰。试举两报所刊之梁著饮冰室自由书，与当时的《国民新闻》论文及民友社国民小丛书一一检校，不独其辞旨多取苏峰，即其笔法亦十九仿效苏峰。"②

---

① 梁启超：《夏威夷游记》，《饮冰室合集》专集第5册第5669页，中华书局2015年版。
② 冯自由：《革命逸史》第4集，中华书局1981年版。

就这样,梁启超从日本式的"土洋结合"中发现了从思想到语言结构上彻底推进中国散文变革的思路:表述社会文化的新鲜主题,引进和创造新的语汇,借助外来语言的语法形式,改造汉语句法。他不仅从日本语中大量汲取新名词,还自己创造新词,改变传统句法与篇章形式,如使用跳行、夹注、倒装句,加括弧,附图表等等。我们知道,梁启超的这些实践在当时就引起了很大的争议,不仅同为近代政论文作出了贡献的维新派人士严复、康有为不以为然,一些激进的革命派也加以反对。在像刘师培、章太炎、林獬这样的启蒙人物看来,"日本文体"也是一个贬词,以刘师培、章太炎为主要撰稿人的《国粹学报》创刊伊始就公开宣布:"本报撰述,其文体纯用国文,风格求渊懿精实,一洗近日东瀛文体粗浅之恶习。"[①]这是不是也从反面说明,恰恰是散文这样的革新,尤其是语言形式相对于传统的大幅度革新,已经触动了中国传统语言结构的一些相当敏感的环节,以至一时间真有四面受敌的情形。

但不管怎样,梁启超引入"日本文体"经验所创造的"新体"散文毕竟还是找到了像黄遵宪这样同样重视日本经验的国内学人的应和与支持,更重要的则是赢得了国内一般报刊传媒与知识阶层的认同。接着出现的清末"新政"再一次重提了戊戌年间废止八股、改试策论的决策,1901年,短期恢复的八股又一次被政府明令禁止,这便在客观上有助于梁启超"新文体"在本土的流传、推广。可以说,正是清政府的科举改革措施从制度上提高了近代报刊与近代报章政论的地位,而又是梁启超借鉴"日本文体"的新鲜的报章散文为普通读书人的学习模仿提供了最好的榜样。在这个时候,顺应中国本土文体变革需要的"日本体验"又恰到好处地返回了中国本土,及时汇入了中国自己的文体运动当中。1902年11月,黄遵宪在致梁启超的信中描述道:"此

---

① 《〈国粹学报〉略例》,载《国粹学报》1年1号,1905年2月。

半年中，中国四五十家之报，无一非助公之舌战，拾公之牙慧者。乃至新译之名词，杜撰之语言，大吏之奏折，试官之题目，亦剿袭而用之。"① 又有云："以剿袭《新民丛报》得科第者，不可胜数。"② 就是对"日本文体"持批评意见的刘师培也不得不承认："文学既衰，故日本文体，因之输入于中国。其始也，译书撰报，据文直译，以存其真。后生小子，厌故喜新，竞相效法。"③

其实千万不可小看了这些散布于中国大地的极其普通的应试学子，不可蔑视他们在习练科举文章之时"合阅沪报"的功利之举，更没有理由因为"后生小子"乳臭未干而不屑一顾、恣意嘲弄。因为，一个民族的文学与文化的演变恰恰就是从最基本的读书、写作人群开始的，是他们的阅读习惯与阅读需要构成了影响文学内容与形式的坚实的社会力量，也是作为未来中国国民主体的"后生小子"用他们的亲笔模仿垫高了历史发展的阶段，并为在这一新阶段出现新的文学经典蓄积力量———一种公共认同的文学范式，一种来自读者群落的期待与容忍，新时代能够贡献真正经典的作家也就是在这些"期待与容忍"下，在这样的"范式"选择中成长起来的。从这个意义上讲，经由了政府体制推动的"日本文体"的报章政论的确是生逢其时，能够对整个知识阶层产生决定性的影响。到五四新文学时期，首先在散文领域里引领风骚的也是偏于社会批评与文化批评的"杂感"，这一议论时政的思路也明显属于前代文学的发展延伸。

中国近现代散文在自我演变过程中所享有的这些优厚条件却不是诗歌等其他文学文体所能拥有的，同时，中国作家在散文变革中对本土体验与日本体验的娴熟运用，也在近代其他文体的演化中不曾看到。

---

① 转引自王晓平：《近代中日文学交流史稿》第 273 页。
② 李肖聃：《星庐笔记》第 38 页，岳麓书社 1983 年版。
③ 刘师培：《论近世文学之变迁》，见《遗书·左庵外集》卷 13，江苏古籍出版社 1997 年影印本。

回到历史演化的长河之中来检讨梁启超"新文体"的思想与语言，就会清楚地知道，真正大幅度地拉开与传统的距离，真正开启了未来文学新"范式"、新思路的正是像《少年中国说》这样的作品。

刘勰论古人的文章观念，以"原道""征圣""宗经"为前三篇，这已经十分清楚地表达了中国古人的历史意识与文化理想，也就是说，中国古人所崇拜的是包孕了"道""圣""经"的悠远的历史，他们相信最高的真理与价值都在远古的过去，文章就是在"人心不古"的今天表达对于这些远去的真理的追忆。"人文之元，肇自太极。"①"若征圣立言，则文其庶矣。"②"经也者，恒久之至道，不刊之鸿教也。"③以古为师，以古代的圣贤为师，这是中国人为人为文的基本思路，韩愈有云："或问为文宜何师？必谨对曰：宜师古圣贤人。"④

然而，梁启超《少年中国说》的立场却发生了翻天覆地的变化：

> 日本人之称我中国也，一则曰老大帝国，再则曰老大帝国。是语也，盖袭译欧西人之言也。呜呼！我中国其果老大矣乎？梁启超曰：恶！是何言，是何言！吾心目中有一少年中国在！
> ……
> 梁启超曰：造成今日之老大中国者，则中国老朽之冤业也；制造将来之少年中国者，则中国少年之责任也。彼老朽何足道，彼与此世界作别之日不远矣，而我少年乃新来而与世界为缘。

能够表征历史悠久的"老大"不再是中国的骄傲与自豪，它恰恰

---

① 刘勰：《文心雕龙·原道》。
② 刘勰：《文心雕龙·征圣》。
③ 刘勰：《文心雕龙·宗经》。
④ 韩愈：《昌黎先生集》卷18《答刘正夫书》。

成了"保守""永旧""怯懦"和"苟且"的代名词；原本属于稚拙的"少年"也不就是弱小与无知，它象征的却是"希望""进取""盛气"与"豪壮"。分明，只有从思想上根本脱离开传统士大夫的自我定位才可能产生这样全新的生命观念；只有离弃了紧紧包裹我们的历史包袱，才可能在时间上指向未来；也只有立足于"中国"之外，才可能在世界性的参照中明确"中国"的存在。何况，这还是一个可以让它的国民自由评论的中国；何况，这一个中国的未来从此不再由"一王专制"任意摆布而是决定于每一个公民的青春的创造与激情的叙述！少年——中国——说，可以说，这里的每一个字都铭刻着中国文化的精神变革，这里的每一个字都回荡着"文界革命"的铿锵！

流泻在这篇《少年中国说》中的正是那些留日中国的知识分子新生的地理空间意识与进化论的时间意识，还有那种为报刊而写作，与读者平等对话的新的语言意识，是面向世界的新的空间意识让梁启超重新定位着"中国"，是面向未来的新的时间意识令人激情满怀，又是面向广大平等的读者传播个人思想的语言要求让这篇论述不会再自寻桐城派的古文窠臼，而是"应时援笔，无体例，无次序。""或用文言，或用俚语，惟意所之。"[1] 顺着中国文学史的发展线索我们可以知道，五四新文学特别是现代散文的创作正是这三种意识在新的历史条件下的强化与发展。到了五四，关于"少年中国"的评说不仅仅是一篇文章的任务了，它已经成了整个新知识阶层对国家民族未来的共同的期许，我们有了"少年中国学会"，有了著名的期刊《少年中国》[2]，

---

[1] 梁启超：《自由书·叙言》，《饮冰室合集》专集第2册第7718页，中华书局2015年。
[2] 在一段时间里，探讨如何建设"少年中国"几乎成了《少年中国》杂志每期必备的主题，如1卷1期的《说人生观》(宗之櫆)，1卷2期的《少年中国之创造》(王光祈)、《我的创造少年中国的办法》(宗之櫆)，1卷3期的《"少年中国"的"少年运动"》(李大钊)，1卷4期的《"少年中国"的女子应该怎样》(潘韧秋女士)、《理想中少年中国之妇女》(宗之櫆)，1卷5期的《中国青年的奋斗生活与创造生活》(宗之櫆)，1卷6期的《少年中国学会之精神及其进行计划》(王光祈)，2卷1、2期的《怎样创造少年中国》(恽代英)等等。

当然更有了标举青春与创造的《新青年》，而同样曾经留学日本的李大钊也写下了同样充满激情的《青春》，对读《青春》与《少年中国说》，我们立即就可以看出贯穿于其中的共同的思想脉动与文体意识：

> 异族之觇吾国者，辄曰：支那者老大之邦也。支那之民族，濒灭之民族也。支那之国家，待亡之国家也……由历史考之，新兴之国族与陈腐之国族遇，陈腐者必败；朝气横溢之生命力与死灰沉滞之生命力遇，死灰沉滞者必败；青春之国民与白首之国民遇，白首者必败，此殆天演公例，莫或能逃者……吾人当于今岁之青春，画为中点……中以前之历史，白首之历史，陈死人之历史也。中以后之历史，青春之历史，活青年之历史也。青年乎！其以中立不倚之精神，肩兹砥柱中流之责任，即以今年今春今日刹那为时中之起点，取世界一切白首之历史，一火而摧焚之，而专以发挥青春中华之中，缀其一生之美于中以后历史之首页，为其职志，而勿逡巡不前。

就这样，从上到下、先域内次域外再域内、由个别而群体的全方位演变一起推动着我们的中国散文自我变革的步伐。到五四新文学运动时期，以白话为基础宣扬新思想的散文模式已经就不是什么特别新鲜的东西了，中国文学就此完成了最顺利的现代演变与过渡。

第三章 1907：鲁迅兄弟的深度体验与中国文学的"别立新宗"

　　中国文学的各个文体依照留日中国作家的理解，在对异域经验的不同程度的汲取与融合中自我演变着。在前文的追述中,我们可以知道,从总体上看,这一演变过程并不那么轻松,虽然"初识日本"的新异体验已经启动了中国文学的各界"革命",但是,应该承认,这些"革命"的旗帜并没有很快为我们造就一个文学发展的全新局面,那种能够全面反映当下中国人人生感悟又严格区别于传统中国文学样式的"新文学"尚未"成型"。当时推动着中国文学"革命"的留日中国知识分子一方面努力将新异的异域体验融入自己固有的人生艺术经验中去,为中国文学的发展提供更多的资源,另一方面,我们也发现,这些"体验"的提炼与融汇似乎都长期停留在一个相对粗疏与笼统的层面,即都是在现代民族国家建设的宏大目标下"发现"日本社会、文化的"新异",以此作为腐朽落伍的中国社会的补充。宏大的目标让我们的各界文学"革命"常常都在追求一种慷慨激昂的黄钟大吕之声,但平心而论,却又一路留下了诸多致命的疏漏。例如,当中国诗歌从异域采撷了几个新异的意象之后,为什么就不能在我们熟悉的世界中继续发现新鲜的"兴味"？为什么我们广大的诗人都无力清除庸常世界与厚重传统的干扰,在千年不变的风花雪月之外另觅"诗意"？当政治启蒙的"伟大任务"确立之后,为什么我们的中国小说却失去表现人性与人情的能力,要么一味顺从观众的低级趣味,要么在脱离观众需要的日本式悲剧中自甘寂寞?为什么改革后的戏剧就只能是这两种命运?中国戏剧家为什么就不能与观众进行"深度沟通"?是的,我们的散文发展最为顺利,但除了"性灵"抒发的适意与"纵论国是"的便利外,中国散文是否也可以传达更丰富更复杂更与传统中国文学判然有别的东西?"文界革命"固然有效地排除了桐城古文与俪偶骈文的影响,但归根结底,现代散文发展的真正障碍毕竟不是这两个老古董,对于一个现代散文家而言,他真正担心的是无法捕捉和传达现代人心灵状态的问题。

仅仅有对日本的"初识"还是远远不够的,"体验"还期待着进一步的发展,进一步融合。或者也可以说,异域体验与本土需要如何在彼此的契合中推进中国文学的发展,这里也存在着一个不同"阶段"与不同"深度"的问题,应当承认,面对同样的对象,不同主体的体验深度是大相径庭的,体验对象的深度同时也表现为自我体验的深度,两相配合,便是异域体验与本土意识的契合境界的差异,也是文学精神的自我发掘的差异,而且,认知主体与体验对象也会随着历史环境的改变而改变,这都在中国文学的现代嬗变过程中表现了出来。

我们继续考察日本体验之于中国现代文学发生的意义,就有必要留意一个特别的年代:1907年前后,也必须着重考察在这一个年代前后两位留日中国作家——鲁迅兄弟的思想与选择。我以为,"体验深度"之于中国文学的意义在这里表现得格外的明显。

一、1907年前后

近年来1907已经开始受到学术界的注意了,我以为,正是在与"日本体验"紧密相关的意义上,1907年前后才成为一个特殊的时间标志。

1907年在中国文学的现代转换史上究竟有什么特殊意义呢？我们不妨先大致列举一下从1906到1908这几年中中国人尤其是留日中国学人生活中的一些事件。

1906——1月，留日学生宋教仁等19人因反对日本文部省整顿学校章规的罢课而被革退。

3月，鲁迅决定从仙台医专退学，同年9月回到东京。

4月，为抗议日本政府的"取缔规则"，留日学生纷纷回国，姚宏业为在上海的留学生筹办中国公学遇阻，愤然投江自杀。同月，《民报》第3号以"号外"形式发表《〈民报〉与〈新民丛报〉辩驳之纲领》，公开革命派与保皇派的分歧。

7月，因为《苏报》案入狱的章太炎出狱到达日本，随即主持《民报》，投入到与梁启超及《新民丛报》的论战之中。

9月，北京中华报被封，有关人员被递解回籍。

11月，《月月小说》在国内创刊，吴沃尧《〈月月小说〉序》在继续沿用梁启超小说"群治说"之外，又补以"记忆力说"与"知识说"："小说之与群治之关系，时彦既言之详。吾于群治之关系之外，复索得其特别之能力焉。一曰：足以补助记忆力也。""一曰：易输入知识也。""是故吾发大誓愿，将遍撰译历史小说，以为教科之助。"

12月，江西、湖南等地革命党起义。

12月，章太炎在《国粹学报》发表《文学论略》。

本年，王国维在《教育世界杂志》发表《文学小言》十七则，其中有云："文学者，游戏的事业也。人之势力，用于生存竞争而有余，于是发而为游戏。"

1907——1月,武汉"日知会"革命党人刘敬安等9人入狱。

2月,《小说林》在国内创刊,力图"输进欧美文学精神,提高小说在文学上的地位"。东海觉我(徐念慈)在《〈小说林〉缘起》中认为小说"殆合理想美学,感情美学而居最上乘"。且有"小说能体现事物个性,表现具体理想,非抽象理想"等语。黄摩西在《〈小说林〉发刊词》中提出:"小说者,文学之倾于美的方面之一种也。""或曰,吾不屑为美,一秉立诚明善之旨,则不过一无价值之讲义,不规则之格言而已。"

同月,日本应清政府之请,开除参与革命党的中国留学生39人。

4月,章太炎在《民报》增刊《天讨》发表《讨满洲檄》,3个月后,再发表《中华民国解》。

6月,何震主编《天义报》在东京创刊,倡导女界革命与无政府主义,为我国第一份无政府主义报纸。周作人开始在该报发表文章。

同月,广州惠州革命党起义。

7月,革命党人徐锡麟、秋瑾等相继就义,

8月,刘师培等在东京成立无政府主义讲习所。

夏,鲁迅、周作人与许寿裳等筹划出版文学杂志《新生》。

9月,广东钦州革命党起义。

11月,《四川》在东京创刊,出版第3期后遭禁。

12月,《河南》在东京创刊,鲁迅发表《人之历史》,该刊出版第9期后遭禁。

本年,鲁迅另作《摩罗诗力说》《科学史教篇》《文化偏至论》等,均于次年发表。

1908——3月,革命党人黄兴等以"中华民国军南路军"名义举事。

同月,徐念慈在《小说林》发表《余之小说观》,提出小说应当随社会时俗而更新的观点,"小说不足以生社会,而惟有社会始成小说"。

5月,革命党云南起义失败。

7月,同盟会员焦远峰等在东京组织"共进会",谋划长江流域的起义。

夏,鲁迅、周作人与许寿裳、钱玄同等在《民报》社听章太炎讲文字学。

11月,光绪帝与那拉氏先后病逝。

12月,革命党人在广州起义失败。

以1907年前后为中心的这个年代,正好处于中国近现代社会历史两个关键性的时刻——1898年戊戌变法与1911年辛亥革命——之间,也就是近代中国社会两次自我变革观念的交替运演的转折中途。读一读从1898到1911年间的大事记我们就可以知道,历史似乎正好在这几年间分开了叉:从1898年戊戌变法失败,康有为、梁启超出逃海外到1905年中国同盟会在东京成立,这一段历史主要是由"维新变法"来展开的,我们看到的(也是当时留日学生们所看到的)主要是清政府一系列缉捕康、梁"乱党"的诏书,是中国在一系列内政外交上的惨败,与此同时,康有为、梁启超则在一系列的保皇行动的衬托下,兴办报刊,翻译西书,提倡"新民",启迪民智,努力促进民众对于维新变法的理解。文学上则有1902年梁启超创办《新小说》,发表《论小说与群治之关系》,决心以小说之力改良群治。随着清政府腐朽堕落的日益加剧,留学生界对于清政府的失望情绪越来越烈,自1900年励志会成立、1901年秦力山等创办《国民报》以降,以革命仇满为追求的学生组织与刊物陆续出现,不过,梁启超的政治理想与文化文学理想依然因为其启蒙首功而在留日学界中发挥了主要的影响。从1905

年中国同盟会成立到1911年的辛亥革命,这一段历史又可以说是由"革命"来展开的,十分明显,随着中国同盟会的成立,革命党在国内施展各种规模的革命行动,从1905年开始的中国大事记中,开始记载了越来越多的起义、刺杀与牺牲,上面列举的1906—1908三年"大事",革命与起义已经成为了其中十分重要的内容,包括像徐锡麟、秋瑾的壮烈牺牲更是给留日知识分子(如鲁迅兄弟)以深刻的冲击。我们看到,特别是从1908年以后,这种革命事件更是此伏彼起,一直到1911年辛亥革命爆发,清政府在连续的攒击中轰然倒塌,在这一时期,《民报》与《新民丛报》的公开对垒则清楚地表明,梁启超在留日中国知识分子特别是青年知识分子中的影响大为消解了,更多留日中国人开始以另外的方式思考和寻找着中国的未来。的确,中国近代历史在1907年前后出现了一个重要的分叉,它标志的是人们思想观念上的重要转化:其表层便是对于康、梁的君主立宪理想的失望与离弃,其里层又包括了对于康、梁(主要是梁启超)的一系列文化观念——如文化启蒙的本质与文学的现实价值的质疑与再问。在前文我们列举的"大事记"中,我们可以清楚地发现1907年前后中国国内与留日学界中所涌动着的这一文学再认识的潮流。

近年来海内外学界都比较重视当时出现在国内的一些为梁启超诸界"革命"所不能囊括的文学思潮,如王国维推重文学的"纯美"本质与"游戏精神",抨击工具主义,吴沃尧用他的"记忆力说"与"知识说"来补充梁启超的"群治说",纠正梁启超关于"中土小说""诲淫诲盗"的判断,[①]徐念慈、黄摩西关于小说"美学"的意见等等明显是基于对梁启超小说观的某种怀疑,黄摩西云:"以昔之视小说也太轻,而今之视小说又太重也。"这里的"今"当然是梁启超发表"群

---

① 吴趼人:《说小说·杂说》,《月月小说》1906年11月创刊号。

治说"的"今"。① 中国国内的这类怀疑的确为突破政治小说压倒一切的文学格局创造了可能。《月月小说》与《小说林》是这一时期出现的重要文学杂志。1906年11月创刊的《月月小说》大量刊登言情小说、侦探小说与滑稽小说，"趣味"是它新创的艺术尺度，《小说林》创刊于1907年2月，理论与翻译是它的特色。据说，这些"新潮"颇具"现代性"，属于被五四文学所"压抑的现代性"。为了辨析它们与我所强调的日本域外体验的关系，我以为，在继续追踪我们留日中国作家的动向之前，还是有必要作些分析比较。

平心而论，我以为，今天被一些海外学者誉为"被压抑的现代性"的国内晚清文学其实并没有在"回到文学自身"的道路上走多远，它们为我们提供的文学文本实际上并没有多少可以流传历史的丰富内容，除王国维外，其所阐述的文学"新论"也嫌单薄，且多与中国古代的类同用语相互纠缠，以至新意模糊。例如，一批言情小说的出现，对社会政治主题一统天下的小说格局是一大突破。但追究其中有别于传统的新意却少而又少，就连当时的读者也颇为不满："近年来，吾国小说之进步，亦可谓发达矣。虽然，亦徒有虚声而已。试一按其实，未有不令人废然怅闷者。别出心裁，自著之书，市上殆难其选，除我佛山人，与南亭学生数人外，欲求理想稍新，有博人一粲之价值者，几如凤毛麟角，不可多得。"② 但是，即便是我佛山人吴趼人又如何呢？这位小说家一方面意识到了"情"的意义："上自碧落之下，下自黄泉之上，无非一个大傀儡场，这牵动傀儡的总线索，便是一个'情'字。"但他同时却又将青年男女的爱情与"轻佻"相连，以示自己理解的不同："自从世风不古以来，一般轻佻少年，只知道男女相悦谓之情，非独把'情'字的范围弄得狭隘了，并且把'情'字也污蔑了，

---

① 摩西：《〈小说林〉发刊词》，《小说林》第1期。
② 新庵：《海底漫游记》，《月月小说》第1年第7号。

也算得是'情'字的劫运。"①在《杂说》里,他又为自己"未脱道德范围"的"写情"而颇感庆幸:"所幸全书虽是写情,犹未脱道德范围,或不致为大(雅)君子所唾弃耳。"②这样的"言情"方式一直延续到民初,影响了徐枕亚、李定夷那样"发乎情止乎礼"的鸳鸯蝴蝶派小说,其实,这些作品以道德说教来掩饰作者复杂的心理活动,以"言情之正"来挽救读者的个人化情欲倾向的"自我分裂"式的处理恰恰就是中国古代白话通俗小说的惯有套路。

所谓"开拓中国情欲主体想象"的狭邪小说,其实中国人在情欲方面想象力自来就发达:"一见短袖子,立刻想到白臂膊,立刻想到全裸体,立刻想到生殖器,立刻想到性交,立刻想到私生子。""中国人的想象惟在这一层能够如此跃进。"③只要读一读明清话本小说,我们就可以知道,无论是单纯的"言情"还是杂糅的"狭邪"基本上都还是中国市民情趣在一个变幻时代的继续。至于"虚无"而"有道德颠覆力"的谴责小说,固然表达了对传统社会生态的怀疑,但问题却在于,中国文人其实从来都不缺乏这种"虚无""玩世"的游戏精神,只不过,当这样的游戏并没有更高的信仰为后盾,那么它其实也就包含了某种不负责任的味道,"不负责任的,不能照办的教训多,则相信的人少;利己损人的教训多,则相信的人更少。'不相信'就是'愚民'的远害的堑壕,也是使他们成为散沙的毒素。然而有这脾气的也不但是'愚民',虽是说教的士大夫,相信自己和别人的,现在也未必有多少。例如既尊孔子,又拜活佛者,也就是恰如将他的钱试买各种股票,分存许多银行一样,其实是那一面都不相信的"④。这便是中国历史上那些"聪明"人留给民族精神的损伤。

---

① 我佛山人:《〈劫余灰〉第一回》,《月月小说》第1年10号(1907年)。
② 跰:《杂说》,《月月小说》第1年8号(1907年)。
③ 鲁迅:《而已集·小杂感》,《鲁迅全集》第3卷第533页。
④ 鲁迅:《且介亭杂文·难行和不信》,《鲁迅全集》第6卷第51页。

晚清国内文学观念的这种变异中的局限一方面当然与文学家思想深处的传统束缚有关，但从另外一方面来看，也可以说是受制于当时国内的有限的视野，有限的视野使得他们无从获得更丰富的思想文化的资源，结果，其最终的实践选择还是只有求助于他们过去所熟悉的传统文化认知模式。我们注意到，以小说为例，当时国内的文学家用以阐述他们小说观念的材料一多半都还是中国古代的小说作品，虽然当时小说"译者居十之九，著者居十之一"①但真正被引作近代文论例证的，却依然以中国古代小说为主，"小说感应社会之效果，殆莫过于《三国演义》一书矣"之类的评述在当时可谓比比皆是；②虽然中国的文学家也掌握了一些新的理论术语，但他们似乎还是更愿意在旧有的文学现象中去寻找这些术语的体现，例如"谓《水浒传》，则社会主义之小说也；《金瓶梅》，则极端厌世观之小说也；《红楼梦》，则社会小说也，种族小说也，哀情小说也。"③这里的关键恐怕还是一个心理结构的问题，借用系统论的观点，就是说"构功能"决定了事物的基本性质，如果"构功能"没有本质的改变，那么仅仅是"元功能"（内部各部分的特征及作用）与"原功能"（内部各部分的总体特征及作用）的调整也无济于事。换句话说，当国内长期的生存方式与思维方式所形成的"结构性"心理尚未有根本的改变之时，其他新输入的组合性因素也不足以彻底刷新人们对于小说与文学的一些固有的认识。何况近代中国的文学翻译本身就多以"意译"的形式损害甚至改变了原著的真实面貌，并未能为我们作家的创作提供一个完整的异域魅力丰富的范本——当这种真正的新异我们一时间还难以感悟和领会的时候，出现在笔端的所谓新的趣味其实就往往还是旧的，近代文学中有过"旧

---

① 蛮：《小说小话》，《小说林》第7期。
② 蛮：《小说小话》，《小说林》第8、9期。
③ 天戮生：《论小说与改良社会之关系》，《月月小说》第1年第9号（1907年）。

瓶新酒"的说法,其实,只要"瓶"这一"结构"方式没有真正的变化,再"新"的组成也是"旧"的。王国维文论的前瞻性、独创性及对西方现代哲学资源的汲取都可以说是十分特出的,可惜这样的理论又没有直接汇入当下文学运动的大潮中,所以对于中国文学实践的现代转换依然影响寥寥。

总之,在1907年开始的中国国内,的确涌动着一种变异的追求,一股言情的文学之潮,但是,它们都有些"言不由衷""似是而非"的味道,中国文学要真正走上理直气壮的言情之路、自我表现之路,大约也还需要有更丰富的异域体验资源,更强有力的文学典范的支持。这一切,似乎更有可能在异域文化的"结构"体式中完成。一如鲁迅所说:"国民精神之发扬,与世界识见之广博有所属。"[①] 只是,历史也为中国作家的异域体验提出了更高的要求,既然梁启超一代人因为执著于民族国家的建设的宏大目标而相对忽略了文学自身的建设,那么,新一代的留日知识分子是不是应该在新的人生目标下重构文学发展的意义,并让自己的人生与艺术的体验抵达一个前所未有的深度呢?

在这个背景上,鲁迅、周作人等留日学生在同一时期的异域体验,也就有了一种特别的意味。他们不仅区别于国内的文学"识见",而且也与当时许多的留日学生不同。我以为是以鲁迅、周作人为代表的留日中国学生的"深度体验"进一步推进了中国文学的自我嬗变,并最终催生了作为20世纪中国文学"新宗"的中国现代文学。

二、鲁迅:从体验日本到"入于自识"

那么,鲁迅、周作人兄弟究竟是怎样在日本深入到生存内核,发现人生与文学的深度体验的呢?

[①] 鲁迅:《坟·摩罗诗力说》,《鲁迅全集》第1卷第65页。

要解答这个问题，就必须首先弄清楚，对一般的留日学生而言，日本的生存体验包含了什么基本的内容？如果说鲁迅兄弟在这一方面体验有所不同，那么这样的差异又体现在什么地方？

从王韬的游记、黄遵宪的诗歌到散见于留学生杂志的小说创作，还有 20 世纪初刊行于国内的留学题材的文学作品，我们可以发现，除了初期对日本异域风物的那些惊羡与欣赏之外，其中普遍存在的还是一种有关民族生存困顿现实的焦虑体验。履冰的《东京梦》写到日本动物园中的鹦鹉，这只鹦鹉竟然也将中国留学生骂作"豚尾奴"，这真是一代中国学子最屈辱的民族记忆。日本学者实藤惠秀写道："千多年来，日本在思想、文化、制度，以及衣、食、住等日常生活上，都深受中国影响。日本人因而对中国敬仰有加，直到德川时代（1600—1867）末年，崇尚中华文物的风尚依然热烈。""踏入明治时代（1868—1912），日本急剧地吸取西洋文化，对中国文化的关心渐趋淡漠，但对中国尚未采取轻视态度。不过，从明治初年起，日本步西洋列强后尘，开始在亚洲大陆蠢蠢欲动。在中日甲午战争（1894—1895）中，日本赌以国运，诚惶诚恐地悉力以赴，结果大获全胜。从此，日本人对中国的态度为之一变，不论在政治上、经济上或文化上都轻视中国，并侮辱中国人为'清国奴'（chankoro）。""从甲午战争到 1945 年日本战败投降的五十年，是中日关系最恶劣的时代。"[①] 不幸的在于，恰恰就是在这一"最恶劣的时代"，中国人取法日本的愿望却强烈起来，负笈东渡的人数也达到了历史的高点，据统计，在 1906、1914 与 1936 年，近代以来的中国留日运动呈现出了三次高潮，人数创下了历史高峰。[②] 等待这一批批纷至沓来的中国学子的是什么呢？在令人羡慕的近代文明之中也许就还夹杂着"豚尾奴"的侮蔑。据说，1896 年首

---

① 实藤惠秀：《中国人留学日本史》原序，第 11 页，三联书店 1983 年版。
② 沈殿成：《中国人留学日本百年史》，辽宁教育出版社 1997 年版。

批 13 名留学生抵日两三个星期后就有 4 人归国,其中原因之一就是他们常常受到日本小孩"附尾缠绕,呼喊'猪尾巴'之声"。[①] 而且,"日本当政者的国家优越感及其对中国的轻蔑态度,影响著一般的日本国民,使人人都怀着对中国和中国人轻蔑的态度。直到投降前,日本小孩嘲弄别人时,常常爱说:'笨蛋笨蛋,你的老子是个支那人!'"[②]《东京梦》将这样的蔑称从人转移到了本来不谙世事的动物,其中的辛酸是何其深重!

从这一角度出发我们也似乎不难理解下述的事实:虽然日本俨然已经成为了近代中国文学(特别是小说)最常见的异域题材,但认真读来,其中却很少有关于日本生活的更丰富的描写(《留东外史》那样的"单方面"的风流史也远远谈不上是什么"丰富"),中国作家将各色人物都送到日本去体验新文明,甚至猪八戒、姜子牙[③]和贾宝玉、林黛玉[④]等著名的"牛鬼蛇神"与"才子佳人"也不例外,但越是这样,我们也就越不会去计较他们真实的生活故事了。日本生存的细节总被作这样近于漫不经心的处理,除了文学经验的欠缺外,这里是不是也存在某种回避痛楚的可能?至少我们可以发现,留日学生创作或者涉及日本留学题材的近代小说常常是将视野越过了具体的生活环境,直接连接上近代中国的普遍主题,即民族压迫的整体危机与困境。留学早稻田大学的张肇桐创作《自由结婚》,留学东京宏文学院师范科的陈天华创作《狮子吼》,这两部著名的留学生文学都没有以他们生活的日本为题材,而是抽象地概括了中国当时的民族忧患。张肇桐笔下的"无鬼城",陈天华笔下的"民权村"以及黄祸、黄人杰、狄必攘、

---

① 《日华学堂日记》明治 31 年(1898)10 月 7 日条,转引自实藤惠秀《中国人留学日本史》第 19 页。
② 实藤惠秀:《中国人留学日本史》第 182 页。
③ 大陆:《新封神传》,原载《月月小报》第 1、2、3、4、7、10 号。
④ 南武野蛮:《新石头记》,小说进步社 1909 年刊行。

文明种之类的人名都不指向现实的生存而属于意念的抽象，这些明显的虚无缥缈的人物与环境的设计最终都被归结到表现民族主义的需要当中。正如《自由结婚》的主人公黄祸所说："我的宗旨，就是现在世界上第一要紧的，同我们爱国顶顶顶要紧的是民族主义，爽爽快快说来，就是自爱本族，抗拒外族。"发表在留日中国学界刊物上的文学作品，也同样完成了这样的超越，它们同样喜欢表现更具有整体意义的民族救亡的主题。例如，不题撰人《英雄国》描述的是"珊瑚岛国"反抗殖民统治的故事，[①]《黄人世界》讲的是《水浒》人物吴用后裔幻觉中征服俄罗斯、维新改革的故事，[②] 卓呆《分割后之吾人》幻游中国各地，亲历列强瓜分、山河破碎之惨状，云飞的《黍离痛》"广搜辑朝鲜历史材料事实，自开国至近世。"以期"警告国内，为政府之霜钟，作国民之明鉴。"恶恶的《成都血》[③]系一成都贪官的素描，蕊卿《血痕花》则远涉重洋，讲起了法国大革命的故事，[④] 不题撰人《破裂不全的小说》[⑤]、日中露《栖溟啸园》[⑥]虽然描绘了留日学生，但也几乎就是当时政治事件（拒俄运动、与中国公使馆的冲突等等）的截取，作为留学生的个体生存体验依然不见记录。

其实，在某种意义上说，题材选择还不是问题的根本，更重要的在于，这大体上反映出一代中国学人的普遍性的思路，即倾向于在整体的群类生存而非个人生存角度来感受问题，或者说个人生存的遭遇（例如"豚尾奴"的蔑辱）也被他们抽象成了民族整体的境遇。这种跨越个体的群类的关注造就了描述的概略、笼统与抽象，而抽象的意

[①] 原载《游学译编》1903年第7册。
[②] 原载《游学译编》1903年第11册。
[③] 以上分别原载《四川》1908年第2号、第3号。
[④] 原载《浙江潮》1903年第4期。
[⑤] 原载《江苏》1903年第1—2期。
[⑥] 原载《湖北学生界》1903年第1—3期。

念又常常便于形成寓言般的故事形式,这似乎正好印证了美国当代学者詹姆逊关于"第三世界文学"的著名理论:"所有第三世界的文本均带有寓言性和特殊性:我们应该把这些文本当作民族寓言来阅读。""第三世界的文本,甚至那些看起来好像是个人和利比多趋力的文本,总是以民族寓言的形式来投射一种政治:关于个人命运的故事包含着第三世界的大众文化和社会受到冲击的寓言。"①寓言是一种道德意味明确的文学文体,"寓言作家认为文学的感化力量可以加以引导和利用,作品本身是服务于某种目的的手段","在这里所有的问题都被概念化了"。②也就是说,在这种关于"群类生存"的文学寓言之中,中国留学生作家自然就会选择明确的道德立场,即从自我族群出发来划分世界格局与人际关系,文学的目的就是在道德上肯定"己类"同时怀疑和对抗"他类",落实到具体的人生态度上,也就是对本民族与本民族同胞的接受要大于对它的排斥与否定,对族群内部的共同性的认可要多于对其差异性的体验。

　　的确,这样的"第三世界文学"的态度影响了包括留日中国学界在内的整个近代文坛,左右着几乎所有的中国作家的基本思路,鲁迅是在南京同学"旧城江山几破碎""回天责任在君流"的民族主义期许中远游东瀛的,③在日本,"赴会馆、跑书店、往集会、听讲演"构成了鲁迅生活的重要内容,④而激动于这一新生活的鲁迅又通过连续不

---

① 詹姆逊:《跨国资本主义时代的第三世界文学》,《当代电影》1984年6期。
② 〔英〕罗杰·福勒编:《现代西方文学批评术语辞典》第345、344页,春风文艺出版社1988年版。
③ 据周作人日记手稿记载,1902年3月,鲁迅离开南京转道上海赴日,其水师学堂同学好友胡韵仙赋诗三首送别,中有"极目中原深暮色,回天责任在君流""旧城江山几破碎,劝君更展济时才"等语,代表了当时人们对于留洋学生的普遍期许。见李何林主编《鲁迅年谱》增订本第一卷第88、80页,人民文学出版社1981年版,2000年印刷。
④ 鲁迅:《且介亭杂文末编·因太炎先生而想起的二三事》,《鲁迅全集》第6卷第558页。

断的书信将激动传达给了周作人:新的社会,新的出版物,新的感受,还有那风起云涌的学潮——纷至沓来,一会儿"述宏文散学事",一会儿又是"断发照片",周作人也热血沸腾了:"呜呼!支那危亡之现象既已如此,而顽固之老大犹沉沉大醉,三年之内支那不亡吾不信也。""嗟乎!大丈夫生不得志,乃为奴隶,受压制之苦乎!我誓必脱此羁绊。倘事可成,则亦已耳;不然,必与之反对。"① 四年以后,周作人终于也踏上了这块"热土"。当鲁迅、周作人兄弟尝试着以文字来表达自己的时候,也自然而然地浸润于这样的氛围之中了。"我以我血荐轩辕"的豪情成为了"自题小像"的自勉,排满、革命、民族也是鲁迅在日本著述的基本主题与关键语汇。1903年6月,在留学生拒俄运动的热潮中,鲁迅发表了反映斯巴达人英勇抗暴的《斯巴达之魂》,"便是借了异国士女的义勇来唤起中华垂死的国魂"②。同年10月,在浙江留学生抗议腐败官府出卖本省矿产的运动中,鲁迅又发表了《中国地质略论》,大声疾呼:"中国者,中国人之中国,可容外族之研究,不容外族之探险;可容外族之赞叹,不容外族之觊觎。"③ 后来(1906年5月)又与顾琅合编出版了《中国矿物志》,"罗列全国矿产之所在""以为后日开采之计,不致将

鲁迅留日

---

① 周作人1903年3月21日日记,见《鲁迅研究资料》第12辑。
② 许寿裳:《我所认识的鲁迅》第1页,人民文学出版社1978年版。
③ 鲁迅:《集外集拾遗补编·中国地质略论》,《鲁迅全集》第8卷第4页。

藏货宝为他人所攘夺，用心至深，积虑至切"，"深有裨于祖国"。①在鲁迅的影响下，周作人也融入或受哺于这样的民族革命空气中了，不时有慷慨激昂的同乡或志士前来聚谈，不时有秘密的革命活动在左右发生，于是，他"读了《新民丛报》《民报》《革命军》《新广东》之类，一变而为排满（以及复古），坚持民族主义者计十年之久"②。

然而，细读周氏兄弟的这些民族主义感兴，我们却分明可以听到一些异样的声音。

鲁迅对于民族问题的认识并不像当时一般的留日知识分子那样的笼统和概括，他似乎更习惯于将民族的问题与普通个人的人生遭遇结合起来，从中留心人在具体生活环境中的状态和表现。许寿裳的回忆告诉我们，在东京宏文学院念书的时候，鲁迅与他一边感叹中华民族的屈辱，一边却在反思："怎样才是理想的人性""中国民族中最缺乏的是什么""它的病根何在"，这种反思与当时梁启超、章太炎等维新派、革命派人士从扫除国家政治障碍的角度批判国民性颇有不同。如果说遭遇了高层政治挫折的梁启超决心解决民族的政治问题，出身于书香门第、自觉承袭汉民族国学传统的章太炎关注的是中华民族在整体上的政治革命与文化复兴，他们在当时影响了留日中国知识分子的主流，那么鲁迅这位因家道中落而深味了"世人真面目"的青年则主要关心一位普通中国人的基本的生存处境与生存原则。鲁迅与许寿裳议论得最多的"理想的人性"不是"欲其国之安富尊荣"，而是作为人自身的生存原则："当时我们觉得我们民族最缺乏的东西是诚和爱，——换句话说：便是深中了诈伪无耻和猜疑的毛病。"③"理想人

---

① 马良：《中国矿物志·序》，见《鲁迅佚文全集》上册第28、29页，群言出版社2001年版。
② 周作人《元旦试笔》，见《雨天的书》第127页，河北教育出版社2002年版。
③ 许寿裳：《回忆鲁迅》，见《我所认识的鲁迅》第59页，人民文学出版社1978年版。

性"的问题自然也属于民族,但更准确地讲却应当属于"民族性"生存中的人自身的问题。

我们会发现,前文所说的日本体验与本土需要的契合层面在鲁迅这里已经发生了重要的变化。如果说前述大多数的知识分子都是在民族国家建设的层面上开掘自己的"体验",那么鲁迅则是将他们那宏阔抽象的"国家"潜沉到了具体的人、具体的自我,用他在《文化偏至论》中的话来说就是"入于自识",即返回到人的自我意识。

鲁迅的立场是普通人的生存。正是从这一立场出发,鲁迅就不再对自己的族群抱有无条件的认同,他总是冷静地关注着身边的人群,从未因为群体的裹挟而轻易放弃自己的人生态度,这几乎贯穿了鲁迅的整个留日时期。"他在游学时期,养成了冷静而又冷静的头脑,惟其爱国家爱民族的心愈热烈,所以观察的愈冷静。"① 在一系列的社会活动与人际交往之中,他都在周遭的热闹中独守了一份自我的宁静,是宁静给了他一双特别的眼睛。在东京留学生热烈的革命集会上,他一边听着吴稚晖的慷慨陈词,一边却掩饰不住自己内心的某种失望:"演讲固然不妨夹着笑骂,但无聊的打诨,是非徒无益,而且有害的。"② 在日本的列车上,几位新来的浙江同乡因为相互让座而忙得不亦乐乎,鲁迅不仅对这样的礼仪颇不以为然,而且还想得很深:"我那时也很不满,暗地里想:连火车上的座位,他们也要分出尊卑来……"③ 鲁迅参加了"浙学会",一度奉命回国暗杀满清大员,对如此激进的革命行动,他还是直言不讳地表达了自己的保留态度。在鲁迅看来,其他的中国留学生同学并不能仅仅因为他们的"同胞"身份就足以获得必

---

① 许寿裳:《鲁迅的生活》,见《我所认识的鲁迅》第23页,人民文学出版社1978年版。
② 鲁迅:《且介亭杂文末编·因太炎先生而想起的二三事》,《鲁迅全集》第6卷第558页。
③ 鲁迅:《朝花夕拾·范爱农》,《鲁迅全集》第2卷第313页。

然的认同,相反,听闻了中国留学生会馆楼上那"咚咚咚"的跳舞声,鲁迅实在不能克制自己的反感,甚至他们不愿剪辫又要符合时世的打扮也实在滑稽:"头顶上盘着大辫子,顶得学生制服的顶上高高耸起,形成一座富士山。也有解散辫子,盘得平的,除下帽来,油光可鉴,宛如小姑娘的发髻一般,还要将脖子扭几扭。实在标致极了。"①还有,他们关起门来燉牛肉,"燉牛肉吃,在中国就可以,何必路远迢迢,跑到外国来呢?"②

鲁迅也体验过了来自日本人的歧视与侮辱,仙台医专的考试与幻灯片故事就是我们早已熟悉的令人扼腕的典型事件,但读一读鲁迅后来对当时心境的追述,我们就可以知道,鲁迅的情绪并没有如他的许多同胞一样简单地沿着民族主义的方向一味推进,而是笔锋一停一转,接着便将这一中日民族的冲突故事引向了对中国人性的自我反照上:

> 中国是弱国,所以中国人当然是低能儿,分数在六十分以上,便不是自己的能力了:也无怪他们疑惑。但我接着便有参观枪毙中国人的命运了。第二年添教霉菌学,细菌的形状是全用电影来显示的,一段落已完还没有下课的时候,便影几片时事的片子,自然都是日本战胜俄国的情形。但偏有中国人夹在里边:给俄国人做侦探,被日军捕获,要枪毙了,围着看的也是一群中国人;在讲堂里的还有一个我。③

这里,鲁迅为我们展示了一种微妙而复杂的感受与思想的运动——在过去简单的爱国主义的解读中,我们常常会忽略掉这一"微妙与复

---

① 鲁迅:《朝花夕拾·藤野先生》,《鲁迅全集》第 2 卷第 302 页。
② 鲁迅:《华盖集续编·杂谈管闲事、做学问、灰色等》,《鲁迅全集》第 3 卷第 187 页。
③ 鲁迅:《朝花夕拾·藤野先生》,《鲁迅全集》第 2 卷第 306 页。

杂"——先是日本人的偏见与侮辱,让人气闷,但语气却尽可能的平静,显示着鲁迅的思想倾向:较之于这些司空见惯的屈辱,他已经发现了更加值得思考的内容,一个"但"字就将我们的注意力从简单的民族矛盾引入了自我精神的观照当中。最令他难以忍受的不仅仅是关于考试作弊的偏见,甚至也不是日本学堂放映时事片本身,而是中国人自己在这一事件中麻木不仁的生存态度,还有,就是像"我"这样在无可奈何下也被迫充当沉默看客的事实!(这不也让人平添了一份麻木的印象么?)这是一个更为深刻也更为复杂的命题,但显然,这才是从根本上解决冲突、赢得平等的选择。在鲁迅看来,对民族矛盾的揭示似乎并不能成为回避人自身生存问题的一种理由,事实上,在更多的国人很可能在国家民族的关怀中掩盖中国人生存真相的时候,<u>检讨人具体的生存原则比笼统地重复民族压迫的现实更重要</u>。

拒绝简单归顺于群体的认知而坚持自己思想方式,从体验日本落实到"入于自性",鲁迅这一独特的"体验"充分显示了他对人的个体性重视。他格外倚重的是作为个体的人的独特感受,他格外尊重的也是个人的权利和自由,显然,在所谓"自由云者,团体之自由,非个人之自由也"[①]影响下成长的一代政治民族主义知识分子那里,如此明确的个人本位立场是相当特出的,与当时一般的留日知识分子不同,鲁迅是自觉地在个体意义的立场上建立起了自己的"立人"思想体系,并为未来一生的思想发展奠定了坚实的基础。

鲁迅不仅以自己返回"个体"的方式带来了拓进日本体验的"深度",而且也形成了较他人更为复杂的心理认识"结构"。前文我们已经谈到,当时的留日知识分子大多具有"本土需要/异域体验"这样的双重心理结构,在民族国家建设的立场上,这一结构中的每一项都相互呼应,共同支撑起了文学革新的目标。然而,在鲁迅这里,在留日中国作家

---

① 梁启超:《饮冰室合集》专集第 3 册第 5026 页,中华书局 2015 年。

固有的本土／异域结构之外，又引人注目地汇入了个人／群体、自我／民族这样的思考和选择。"个人"与"自我"的进入便使得先前固有的结构变得复杂了起来。因为，虽然个体与自我的感受终归是本土或异域体验的基础，但是在民族国家建设的立场上，本土或异域体验作为一个抽象整体的合理性并不能代替个体生存的具体感受。鲁迅既不能拒绝民族国家建设的使命，也不能回避个体生存的真实感觉，这便在他自己的心理结构中形成了一系列既统一又矛盾的关系项。既统一又矛盾的精神世界不断为鲁迅创造出自我运动的"张力"，从而比一般的留日中国作家看得更远，悟得更深。鲁迅超凡脱俗的深度体验打破思想的沉寂，激活我们生命的创造力，在一个需要文化新生的时代，真正地"别立新宗"，开创了中国现代文明的新境界。

我以为，鲁迅早期的六篇论文及其他文学创作，正是他提炼自己独特的"日本体验"的重要结晶，这些论文从最早的《说鈤》开始就体现了作者对于社会文化发展的独特见识，到1908年最后的一篇文言论文《破恶声论》，完全是在自我思想的不断的完善和充实当中建构起了一个关于中国文化建设的全新计划。从1903、1907到1908，在这几个"日本体验"的时间点上，鲁迅都提出了这一计划的几个方面的基本内容——个性、意志、科学、进化、人文、宗教，而它们在总体上又都指向个人的生存体验与生命体验。

鲁迅的这六篇论文从内容上看，大致可以分作科学与人文两大主题。1903年的《说鈤》、1907年的《人间之历史》（后改为《人之历史》）与1908年的《科学史教篇》都是关于自然科学知识的介绍，它们有两个共同的特点：其一，无论其介绍的知识有多少的差异，但都不是严格的学术论文，而主要是对相关的基本知识作通俗性的介绍。也就是说，鲁迅的写作是为了将学科领域里的知识向更广大的社会领域推广与传播，学科建设不是鲁迅的任务，他为的是一种社会文化的建设，因此，我们也必须从社会文化的意义来加以解读。其二，在所有这些关于具体的学科知识的介绍当中，鲁迅不断强调和发掘的是人的进取精神与文化创造力。鲁迅所有的论述都没有拘泥于某一个学科的范围之内，而是尽可能地引发开去，努力将读者带入更宽大也更有现实意义的社会文化之思中。或者是西方的学科发展史与中国的社会文化史相互参照，或者是从学科专门史向着普遍意义的文化精神提升。《说鈤》作为我国最早评述镭的发现的论文之一，是将镭的发现与人类对物质世界的认知革命相联系，在镭这一元素的"生成"中激活了一种不畏禁区，永远探求的科学精神，鲁迅自己显然就是为这一发现历程中的进取精神与创造精神所感动，所启发。整整一个世纪过去了，今天，我们回顾像鲁迅对于中国现代文学的创造性贡献，不正像是他当年所描述的那样么："昔之学者曰：'太阳而外，宇宙间殆无所有。'历纪以来，翕然从之；怀疑之徒，竟不可得。乃不谓忽有一不可思议之原质，自发光热，煌煌出现于世界，辉新世纪之曙光，破旧学者之迷梦。""由是而关于物质之观念，倏一震动，生大变象。最人涅伏，吐故纳新，败果既落，新葩欲吐。"[①]《人间之历史》在介绍西方人类种族发生学这一基本主题之外，实际上为我们勾勒了一个宏大的生命进化乃至宇宙发生学的认识框架，也不时将西方科学史上的教训与中国的现状相互联系（如所谓"中国抱残守阙之辈，耳新声而疾走"的情形），重要的还在于，鲁迅并不以西方进化论的膜拜者的姿态出现："中国迩日，进化之语，几成常言，喜新者凭以丽其辞，而笃故者则病侪人类于猕猴，辄沮遏以全力。"鲁迅当然要抨击那些"笃故"者，但他显然也决不愿成为那种"凭以丽其辞"的"喜新者"。在所有这些西方学说的输入与新观念的引进中，鲁迅都保持了一种与众不同的姿态，他其实并不特别看重外来的知识体系本身，更引起他兴趣的是西方人在建构这些知识体系过程中所体现出来的创造精神，他要竭力发掘的不是作为

---

① 鲁迅：《集外集·说鈤》，《鲁迅全集》第 7 卷第 20、25 页。

概念与词语的西方知识，而是蕴涵于这些概念与词语生长过程中的人类的创造潜力。这在1908年的《科学史教篇》中有集中的表现。

在鲁迅"日本体验"与文学文化经验的发展过程中，1907、1908年是两个特别重要的年份。自仙台医专退学后一直在东京从事思想文化活动的鲁迅就是在这个时候写作和发表了自己的标志性作品，《科学史教篇》就是其中之一。在这篇自然科学发展史的简述中，鲁迅远远超越了自然科学的学科领域，他反复评述的其实是整个人类的精神现象史——自然科学与人文科学，甚至宗教现象的相互运动的历史及其不同的价值。值得注意的是，鲁迅并没有将"科学"作为至高无上的法则，他充分注意到了所有这些精神现象都有着不可替代的意义，所谓"人间教育诸科，每不即于中道，甲张则乙弛，乙盛则甲衰，迭代往来，无有纪极。""中世纪宗教暴起，压抑科学，事或足以震惊，而社会精神，乃于此不无洗涤，熏染陶冶，亦胎嘉葩。""此其成果，以偿沮遏科学之失，绰然有余也。盖无间教宗学术美艺文章，均人间曼衍之要旨，定其孰要，今兹未能。惟若眩至显之实利，摹至肤之方术，则准史实所垂，当反本心而获恶果，可决论而已。"在近代民族对抗的相继失败之后，中国知识分子普遍笃信科学救国的时候，鲁迅却以"至显之实利"与"至肤之方术"提醒人们注意科学的有限性，并由此强调了人的精神信仰的迫切性。这再次表明，鲁迅特别提倡的不是具体的知识而是一种中华民族所急需的精神气质："盖使举世惟知识之崇，人生必大归于枯寂，如是既久，则美上之感情漓，明敏之思想失，所谓科学，亦同趣于无有矣。"鲁迅指出，就是科学发展的真正动力，其实也来自"非科学"的精神力量，这样的论述就是在今天看来也是振聋发聩的：

盖科学发见，常受超科学之力，易语以释之，亦可曰非科学的理想之感动，古今知名之士，概如是矣。阑咯日，孰辅相人，而使得至真之知识乎？不为真者，不为可知者，盖理想耳。此足据为铁证者也。英之赫胥黎，则谓发见本于圣觉，不与人之能力相关；如是圣觉，则名曰真理发见者。有此觉而中才亦成宏功，如无此觉，则虽天纵之才，事亦终于不集。①

理想是人性的光辉，只有理想的激发才能产生创造的愿望与创造的灵感，就此，鲁迅提出了一个由理想激活灵感最终完成创造的创生机制，表明他对民族创造力的呼唤又进入了一个更深的层次。

如果说1908年的《科学史教篇》是鲁迅从人类科学发展史的角度探讨文化创造的问题，那么同一年发表的《文化偏至论》《摩罗诗力说》《破恶声论》（未完稿）等则是鲁迅直接针对文化发展的现实所展开的思考。

现在的研究者一般都注意到了《文化偏至论》作为鲁迅倡扬精神文明与个性主义的标志性意义，"掊物质而张灵明，任个人而排众数"这一奠定了鲁迅思想基础的理论宣言正是由它发出的。不过，在今天看来，简单地认定鲁迅对"精神文明"与"个性主义"的标举而没有进一步分析说明也具有某种危险性，因为，所谓"精神文明"与"个性主义"在20世纪以来的语言系统中本身就是充满含混、歧义和太多粘着的概念，单单用它们来归结鲁迅的思想恐怕也还需要有更为具体的解释，何况已经有学者由此而得出了另外的结论：像鲁迅等五四新文学作家这样的选择属于"借思想、文化以解决问题的途径"，这"是受根深蒂固的、其形态为一元论和唯智思想模式的中国传统文化倾向的影响。它并没有受任何西方思想源流的直接影响。"②

的确，当鲁迅在《科学史教篇》中提醒人们注意"非科学的理想"的价值之时，实际上也给我们暂时留下了一个问题：传统中国就没有

---

① 鲁迅：《科学史教篇》，《鲁迅全集》第1卷第29、30页。
② 参见林毓生：《中国意识的危机》第48页，贵州人民出版社1988年版。

自己的"非科学的理想"么?从孔子"杀身以成仁"、孟子"富贵不能淫,贫贱不能移,威武不能屈"到朱熹的"存天理去私欲",甚至历代士人"大济苍生"与"击壤自欢"的兼任,"兼济天下"与"独善其身"的并举不都是中国人理想的表述?为什么在这些"理想"与"精神"支持下的中国文化会在近代走向衰微,为什么中国人往往又会沦入粗鄙物欲而丧失创造的活力?如果说鲁迅也重视"理想"与"精神"的力量,那么这些以西方文明为例证的概念与我们的传统有无本质的区别呢?难道它真是还没有摆脱"自先秦之后儒家的思想模式"吗?我认为,《科学史教篇》中尚未深入展开的问题,被接下来推出的《文化偏至论》以丰富的语义形式作了较好的回答。

《文化偏至论》沿着前文发现的"甲张则乙弛,乙盛则甲衰,迭代往来,无有纪极"的"偏至"规律作了丰富的论述。在这里,我们必须注意到,"偏至"是鲁迅立论的基础,面对19世纪物质文明发展所造成的"偏至",鲁迅感到有必要以"精神"的"偏至"救正之,但这样的救正,是以对救正形式本身的"偏至"前提予以确认之后的选择,所谓"盖今所成就,无一不绳前时之遗迹,则文明必日有迁流,又或抗往代之大潮,则文明亦不能不无偏至"。也就是说,从总体上看,这里并没有因为此刻"偏至"的迫切性就轻率地否定既往"偏至"的实际意义——物质文明发展本身的意义并没有被鲁迅所否认而是纳入到物质/精神的互动模式中重新加以确认。这说明,鲁迅在侧重倡导"灵明"(精神)目标的同时对这一概念的文化意义的理解也大为深入了,并且也因此与传统中国的精神理想有了质的不同。在传统中国,"精神文化自行组合成了一个庞大的、独立的系统,并且越来越具有了凌驾于物质文化之上的至高无上的地位。似乎精神文化是预成的,物质文化只应作为它的附属品和辅佐物",[1]"天理"之存在,就必须以"去

---

[1] 王富仁:《从"兴业"到"立人"》,见《灵魂的挣扎》第139页,时代文艺出版社1993年版。

私欲"为前提。鲁迅在物质/精神的互动模式中（既"绳前时之遗迹"又"抗往代之大潮"）提出自己新的精神目标，这与其说是接近中国的传统毋宁说是接近西方文化的举措，"当西方文化以古希腊罗马文化为旗帜对中世纪神学实行了历史的否定之后，物质文化和精神文化这两个子系统便以对等的地位、以彼此独立的意义共同发展着"。①

同样，当鲁迅以"个人"来救正"众数"专制的偏至之时，这里的"个人"也不能混同于传统狭隘的利己主义。鲁迅的"个人"是强化自我意识、反抗世俗专制、勉力于文化创造的旺盛生命，而不是放弃社会责任自我满足，"个人一语，入中国未三四年，号称识时之士，多引以为大诟，苟被其谥，与民贼同。意者未遑深知明察，而迷误为害人利己主义也欤？夷考其实，至不然矣。"在鲁迅"任个人而排众数"的选择中，尼采、施蒂纳、叔本华、契开迦尔、易卜生等西方思想文化大家的观念都给了他有力的支持，但鲁迅对于这些西方思想资源的调用却是有意省略了他们的差异甚至在西方文化语境中的其他意味，例如，尼采的"超人"学说是鲁迅阐述"个人"精神的重要资源，《文化偏至论》中4次提到尼采及其"超人"学说，超人被认为是"大士天才"，是"意力绝世，几近神明"之人，也是不与"庸众"同流合污且对抗"众数"的个性主义者，"力抗时俗、示主观倾向之极致"的主观主义者。显然，鲁迅赋予"超人"更多的社会学、政治学意义，而非纯粹的个人主义者，其反物质的具体内涵当然也不是尼采的资本主义文明与基督教伦理，而是中国固有的"尚物质"的传统与近代以来单纯物质文明的现代化追求。②

换句话说，进入鲁迅文本中的西方思想资源已经从属于鲁迅了，

---

① 王富仁：《从"兴业"到"立人"》，见《灵魂的挣扎》第140页，时代文艺出版社1993年版。
② 参见黄怀军《浅析青年鲁迅对尼采"超人"说的误读》，《中国文学研究》2000年第1期。

已经成为了鲁迅自己的思想体系的一部分——这样的处理方式其实也十分明确地昭示我们：鲁迅的思想既非对古代中国文化的简单"继承"，也不能说就是西方思想的"翻版"，而应当说是针对中国文化当时的发展现状的一种个人的"姿态"，它不是更具有理论的传承性而是更具有现实的实践性，鲁迅不必也没有在或中古或西方的"传统"中二选其一，（为什么我们必须接受这样对立的"二元"并且作非此即彼的挑选呢？）他更应该也更愿意解决的是现实世界的问题，所以一篇《文化偏至论》，不断引出西方思想史的例证，但所有的例证又处处指向了作者耳闻目睹的中国现实，文章以中国"近世"实情开端："中国既以自尊大昭闻天下，善诋者谓之顽固；且将抱残守缺，以底于灭亡。近世人士，稍稍耳新学之语，则亦引以为愧，翻然思变，言非同西方之理弗道，事非合西方之术弗行。"在鲁迅看来，这样的"西化"言论不过是"拾尘芥"的粗浅之说，正与他对中国新文化的设想大相径庭。文章的结尾，鲁迅再次回到对于"近世"危机的忧虑之中，体现了他一以贯之的现实关怀："往者为本体自发之偏枯，今则获以交通传来之新疫，二患交伐，而中国之沉沦遂以速矣。呜呼，眷念方来，亦已焉哉！"鲁迅标举"个人"也不是为了传播现代西方的新潮，正如许寿裳在评述鲁迅留日时期的论文时所说："一九〇七年他二十七岁所作的《文化偏至论》《摩罗诗力说》等（《坟》），都是怵于当时一般新党思想的浅薄，不知道个性之当尊，天才之可贵，于是大声疾呼地来医救。"① 相反，对于那些"近不知中国之情，远复不察欧美之实，以所拾尘芥，罗列人前"的西方新潮的膜拜者，对于那些不顾当今实际而"横取而施之于中国"者，鲁迅同样持严厉的批评态度。

如果说《文化偏至论》是从"思想"的角度为中国新文化的创造寻找可能，那么《摩罗诗力说》则将可能性的寻找探入到了幽微的心

---

① 许寿裳：《我所认识的鲁迅》第 1 页，人民文学出版社 1978 年版。

灵深层，这就是鲁迅所谓的"心声"，即以诗歌为显著代表的文学艺术。"盖人文之留遗后世者，最有力莫如心声。"鲁迅就是要从这一"诗力"中寻觅新文化与新文学创造的内在能量。而"立意在反抗，指归在动作"的摩罗诗派就是催人奋勉的伟大精神启示，"人得是力，乃以发生，乃以曼衍，乃以上征，乃至于人所能至之极点"。与《文化偏至论》一样，《摩罗诗力说》引证的是西方诗歌史，但却处处与中国自己的诗歌历史与社会文化相比照，处处都回到对当前中国人精神现实与未来可能的揭示上，用鲁迅的话来说，就是"意者欲扬宗邦之真大，首在审己，亦必知人，比较既周，爱生自觉"。就是对今日中国的健康生命（"精神界战士"）的激励与呼唤："今索诸中国，为精神界之战士者安在？有作至诚之声，致吾人于善美刚健者乎？有作温煦之声，致吾人出于荒寒者乎？"

在上述鲁迅对现代中国人精神创造的探讨中，有一个概念得到了反复的使用，其精神内涵也被一再表述与阐发，这就是"意志"（亦云"意力"）。我以为，"意志"其实是鲁迅论及"理想""精神""个人""自由"诸问题的重心，且较之于任何其他的概念都更有一种文化更新意：事实上，正如前文已经论述到的那样，在中国文化的传统中，作为人的自我精神性因素的部分——如理想，如个人都可以有自己存在的方式，儒家有"大济苍生"的鸿鹄之志，道家有"乘天地之正，御六气之辩"的个体逍遥，从某种意义上看，这就是我们自己的"灵明"与"个人"传统。当然，随着中国文化在近代的衰微，这样的一些传统也晦暗不明了，而且与现代文化建设所需要的新的品格也有着很大的距离，但作为一种文化的积淀，它们都还有可能对我们的新文化产生不容忽视的影响，甚至有可能在一种含混不清的状态中为中国文化新因素的生长形成某种的困扰，而愈是这样，我们也就愈需要贯注某些前所未有的新的成分，新的成分的进入或许有助于改变中国固有文化的结构，从而为新的文化的生长提供新的空间。在这个意义上，我们会看到，作为中国文化的固有传统，我们有的是飘渺的性灵，有的是不负责任的"清谈"，有的是空洞虚伪的道德说教，但就是缺少一种贯彻自己理想信念的坚忍不拔的实践精神——意志品质。鲁迅后来有言："中国一向就少有失败的英雄，少有韧性的反抗，少有敢单身鏖战的武人，少有敢抚哭叛徒的吊客；见胜兆纷纷聚集，见败兆则纷纷逃亡。战具比我们精利的欧美人，战具未必比我们精利的匈奴蒙古满洲人，都如入无人之境。'土崩瓦解'这四个字，真是形容得有自知之明。"①

从探讨文化的"偏至"意义到呼唤自由反抗的"摩罗诗派"，"意志"在鲁迅这里主要不是一种哲学的概念并仅仅与尼采、叔本华等人的学说相联系，进入鲁迅视野的可歌可泣之人都是"意力绝世"的典型，《文化偏至论》认为："惟意力轶众，所当希求，能于情意一端，处现实之世，而有勇猛奋斗之才，虽屡踣屡僵，终现其理想：其为人格，如是焉耳。"按照鲁迅的这一定义，尼采、叔本华、易卜生等等都是意志主义的代表，在《摩罗诗力说》中，鲁迅又继续列举了拜伦和他笔下的康拉德、莱拉、曼弗雷德、卢息弗以及雪莱、密茨凯维支等等"刚健不挠"的摩罗诗人。"意志"是整个人类前进的动力，《摩罗诗力说》回顾人类成长的历史，"特生民之始，既以武健勇烈，抗拒战斗，渐进于文明矣"。激发"意志"也成了文学的价值所在，在鲁迅眼中，文学的"无用之用"就如同大海给予泳者的生存意志："而彼之大海，实仅波飞涛起，绝无情愫，未始以一教训一格言相授。顾游者之元气体力，则为之陡增也。"而鄂谟（荷马）"以降大文"也能令人"勇猛发扬精进"，如此观之，"意志"其实是鲁迅自己从人类精神史上发掘出来的品格，他清晰地标明了鲁迅文化与文学思考的重心：新世纪中国文化的建设，仅仅有绚烂多彩的"理想"是不够的，仅仅激动人心地突出"个人"也还不够，更重要的还在我们推进和完成这些目标的内在力量与勇气。鲁迅相信：

---

① 鲁迅：《华盖集·这个与那个》，见《鲁迅全集》第3卷第142页。

"内部生活强,则人生之意义亦愈邃,个人尊严之旨亦愈明,20世纪之新精神,殆将立狂风怒浪之间,恃意力以辟生路者也。"①

在鲁迅留日时期的文化思考的几篇论文中,最后一篇尚未完稿的《破恶声论》具有特别明确的现实针对性,如果说《文化偏至论》《摩罗诗力说》是鲁迅在中外历史的追述中引发现实的问题,《破恶声论》则是直接面对现实文化事件的发言。它批评了某些科学主义者("奉科学为圭臬之辈")对于民间信仰的嘲笑,抨击了"崇强国""侮胜民"式的爱国主义,高呼"伪士当除,迷信可存,今日急也"。慨叹"兽性其上也,最有奴子性"。值得注意的是,成为鲁迅质疑对象的很可能在一个"走向现代"的知识分子那里恰恰是理所当然的行为,例如他们要破除迷信、倡导科学,又因为信奉"进化学说"而崇拜强国、睥睨弱小,——但在鲁迅看来,这些冠冕堂皇的主张却正是中国现代文化发展中的"恶声",是需要给予批驳的东西。鲁迅用"白心"与"神思"为远古神话与民间信仰正名,这里当然不是在一般的意义上为迷信现象辩护,而是对于"古民""农人"最可宝贵的生命活力——真诚与想象力、创造力的打捞和保护,正如日本学者伊藤虎丸所分析的那样,鲁迅"所关心的总是精神的态度而不是思想的内容。对于迷信与神话,从内容上讲,'虽信之失当',然而对创造这些的古人的'神思'而无动于衷'则大惑也'。——这就是鲁迅的论理。'伪士'之所以'伪',不在其说之旧,恰恰相反,在其新。其论调之内容虽然是'科学'的、'进化论'的,然而正因为其精神是非'科学'的,所以是'伪'的。如不怕误解,可以说,鲁迅不问思想之新旧和左右,唯问精神态度之真伪,有无自己能创造新事物的精神"。②那些"奉科学为圭臬之辈"的"伪士""以众虐独",他们拥有了多数,却丧失了自我与个性,

---

① 鲁迅:《文化偏至论》,《鲁迅全集》第1卷第55、56页。
② 伊藤虎丸:《鲁迅、创造社与日本文学》第120页,北京大学出版社1995年版。

他们增长了学问,却泯灭了想象与创造,他们炫示着文明的"岸然",却从根本上背弃了人类的真诚与坦白,他们传播着"进化留良之言",却终究不过是"兽性爱国之士"。无论哪一种"恶声","其灭裂个性也大同","皆灭人之自我,使之混然不敢自别异,泯于大群,如掩诸色以晦黑"。鲁迅继续立足于他的"个人""灵明"(精神理想)与"神思"(想象力与创造力)的立场抨击时弊,对现实文明事件的批判和对远古"朴素之民"的某种缅怀与激赏都来自于一个目的:激活现代中国文化的创造力。鲁迅最关心的还是中国人对于现代文化的真正的创造精神与创造能力。

一些中外学者注意到了鲁迅留日时期论文的日本资源问题,重要的如日本学者北冈正子《〈摩罗诗力说〉材源考札记》(北京师范大学出版社1983年版),中国学者张钊贻的《早期鲁迅的尼采考——兼论鲁迅有没有读过勃兰兑斯〈尼采导论〉》①、潘世圣的《鲁迅的思想构筑与明治日本思想文化界流行走向的结构关系》②与《关于鲁迅早期论文及改造国民性思想》③,方长安《鲁迅立人思想与日本文化》④等等,这些研究为我们寻找鲁迅早期思想的日本文化渊源提供了十分宝贵的材料,但我以为,辨析鲁迅在这一日本文化氛围中所进行的哪怕是细微的筛选恐怕有着更加重要的价值,例如,人们已经陆续发现,对于当时日本思想界将尼采读解为"本能主义"的倾向在鲁迅这里无影无踪,同时,"鲁迅理解尼采个人主义时,他的态度不像当时日本思想界那样,要考虑选择叔本华、尼采还是克尔凯郭尔,而是把易卜生、克尔凯郭尔、叔本华等人的思想一块儿纳入19世纪末叶的'主观主义'、'意志主

---

① 《鲁迅研究月刊》1997年6期。
② 《鲁迅研究月刊》2002年4期。
③ 《鲁迅研究月刊》2002年9期。
④ 《鲁迅研究月刊》2002年4、5期。

义'（他所说的'新神思宗'）的范畴"。① 至于将尼采与进化论相联系更不见于日本。

重要的是，在这些由语言文字材料所显示的鲁迅"日本体验"的背后，我们更应当发现由自我生存的经验所构成的鲁迅的"日本体验"，因为，任何文化的与文字的认同与接受的背后，都反映了一种人生经验的呼应、对话与融合，也就是说，鲁迅的文字中对日本资源的使用这一事实本身并不足以提高或者降低鲁迅思想的意义，重要的不是单纯的单词、概念以及句子的表述，而是居于这些单词、概念以及句子表述背后的更大的语境，同样的单词、概念以及句子在不同的语境中其意义也就有了不同，而构成语境的就是我们更广大的人生，就是我们特定人生经验所形成的意义场与彼此对话的基点，作为西方文化资源的"集散地"，流传在当时日本的各种思想文化可谓是丰富多彩、令人眼花缭乱的，但鲁迅为什么单单选择了这些而不是那些？其背后自然就有个生存体验的问题，有个由特定生存体验所构成的"场"与"基点"的问题，甚至这样的"场"与"基点"也不仅仅是在日本一地形成的，先前的经验对后来的经验的发生有着重要的影响，日本体验的实质内容也理所当然地包含了中国过去的人生体验。在鲁迅从日本当时的文学文化读物中选择等等之类的语言，我们所看到的不是一个简单的文化观念的师承问题，而是鲁迅在什么样的人生经验下认可了这一类的语汇与概念。如果我们是在这个更广大的人生语境中加以追问，那么我们就能穿过这些词汇与句子，发现鲁迅从日本所借用过来的诸多观念——个性、意志、创造力正好是切中了中国文化千年衰微的致命之处，这样，无论鲁迅的语言表述与当时的日本学界有多少的类似，也都不是简单的中外文化交流的意义，当然也不是鲁迅在简单地介绍他人思想，它证明的是鲁迅对中国历史与现实的洞见，证明的是鲁迅"日

---

① 伊藤虎丸：《鲁迅、创造社与日本文学》第64页，北京大学出版社1995年版。

本体验"的深度。王富仁指出，鲁迅在留日时期的"一些基础的观念，在他后半生的文化活动中得到了进一步的丰富和发展，但作为一个基本的思想框架，终其一生是没有发生变化的"①。这也说明，鲁迅当时的思想绝非粗浅的模仿习作，而是已经包含着对中国文化事实的深刻体悟和思考，不然，又何以会成为他未来一生的思想的框架？

这种关于日本的深度体验在本质上应当说是一种视野的调整，是丰富的异域因素进入主体视野所引起的精神与心理的根本嬗变，它最终将有别于一般意义的对"文学"的空洞的回归，没有丰富的异域文学资源，我们再清新的"美"的设想，再动人的"情"的呼唤都会在陈旧的历史材料中褪却了神光，如当时中国国内的小说潮流一样。一种"入于自识"之后的结构性的嬗变所激活的却是我们心灵深处的创造欲望与创造能力。鲁迅留日阶段的整个文学活动都与他这一时期的文论一样，始终钟情于创造力的表达与发扬：当更多的中国学人致力于西方政治小说的译介之时，鲁迅却格外关注科幻作品，他1903年10月翻译出版了儒勒·凡尔纳的《月界旅行》（东京进化书社），同年译儒勒·凡尔纳的《地底旅行》发表于《浙江潮》第10期，1905年春又翻译美国作家路易斯《造人术》发表于《女子世界》第4、5期合刊。后来还翻译过一部《北极探险记》，可惜稿子在辗转投寄中丢失了。当时的留日中国学人热衷于译介日本与西方的政治小说，欧美"先进"文明与日本"次先进"文明的革新大事与风云人物是他们关注的基本内容，"先进"文明的"旭日瞳瞳"令人神往，而出现在这类作品中的弱小民族却多是"逊懦无能"之辈，如当时影响颇大的《累卵东洋》（大桥乙羽著，忧亚子译）就是这样，这类政治小说的选择显然是因为尚未充分意识到本民族也同样弱小的事实，它们的"崇强国"与"侮胜民"都是以忽略或回避自我为前提的，也就是说，是以抽象

---

① 王富仁：《鲁迅哲学思想刍议》，《中国文化研究》1999年春之卷。

的"先进崇拜"意念代替具体的自我生存实感的产物。如果说政治小说支持了人们当时对中国政治问题的热切关注,它因为目标的过分功利化而难免流于干枯的说教,科幻小说则是在一个西方科技思维不断传入的时代替代传统的神话志怪满足了人们对于未知世界的好奇,它更能激活我们的想象与"灵明"。同样,如果说"崇强国"与"侮胜民"式的民族意识并不能引导我们真正潜入中国自己的民族遭遇与民族情感,那么对于其他弱小民族的认同与发掘则无疑更能推动我们的自我意识,对于鲁迅的这一独立姿态,日本学者也深有体会:"(鲁迅)在明治末年留学日本,学会日语又学会德语,吸收了欧洲的近代文学。这种吸收方法颇有特性,比如他学会了德语,但除了尼采之外,不怎么引进德国的文学(只是到了晚年才注意海涅,说是准备读海涅全集)。他引进的不是德国文学,而是用德语翻译的弱小民族的文学,以及斯拉夫系统的反抗诗人的文学。这些东西在他看来是切实的,因此他才引进了吧。""日本文学为了引进欧洲的近代文学,没有用这种方法。而是马上就扑向第一流的东西。接连不断地猎取欧洲当作近代文学主流的东西。首先是第一流的,然后第二流,这就是日本文学的做法。不单是文学,在一般文化方面也是这样。日本文化是用接近更接近欧洲文化的态度来使自己近代化的。""从日本文学方面怎样来看鲁迅这种引进外国文学的方法呢?认为这是落后。从欧洲近代文学的主流看来,鲁迅所引进的是二流或三流的。不是主流而是支流。抛开主流、第一流的东西而特意去翻译那些,是不懂时势。"[1]这些与中国有着类似经历的民族,他们的遭遇更便于我们在生存体验中奋发抗争,更能激发我们不屈奋斗的勇气。周氏兄弟1909年合作翻译出版的《域外小说集》一、二册在东京正式出版,收入俄国的契诃夫、迦尔洵、安德

---

[1] 竹内好:《鲁迅与日本文学》,《鲁迅与中日文化交流》第297—298,湖南人民出版社1981年版。

来夫，波兰的显克微支，芬兰的哀禾，英国的淮尔特，波斯尼亚的穆拉淑微支等人的多篇。正如周作人所说："那时我的志趣乃在所谓大陆文学，或是弱小民族文学，不过借英文做个居中传话的媒婆而已。""俄国不算弱小，其时正是专制与革命对抗的时候，中国人自然就引为同病的朋友，弱小民族盖是后起的名称，实在我们所喜欢的乃被压迫的民族之文学耳。"①

翻译其实也是一种充分反映着个人情趣与意图的创作形式，从梁启超一代留日知识分子惊喜于异域文化的宏富而开始有计划大规模地翻译之后，留日中国学生翻译日本文学或通过日本翻译其他西方文学已经蔚然成风，虽然中国留学生的翻译兴趣与翻译对象多半都受制于当时日本的动向——如在当时的日本，政治小说与科学小说就是两大翻译与创作的主流，比如对儒勒·凡尔纳等作家的广泛兴趣，比如在翻译中借助"改""编"的方式表达个人主观思想的"意译"策略都在明治初年的日本风行一时，中国留日知识分子的翻译文学活动并非是凭空而来的随意选择，但是，在这一普遍存在的翻译热潮中，中国翻译家选择什么不选择什么，或者说突出什么和淡化什么，都体现了彼此的生存体验的差异和文化理想的差异。我们注意到，梁启超一代知识分子出于"政治"的目的，最为关注的是日本和西方的政治小说，自梁启超、罗普 1899 年译出《佳人奇遇》以后，留日中国学人与国内译家又陆续推出了多部类似作品，并且从翻译走向了新的创作。但是，与当时的不少知识分子尤其是前一代知识分子不同的是，鲁迅从开始着手翻译的那一天起，就对科学小说和东欧弱小民族小说表现出了特别的兴趣，这里所标明的差异仍然在于功利与精神、政治启蒙与灵魂重建以及借用异域与自我创造之间。此外，鲁迅兄弟不仅在翻译对象的选择上有自己的独到之处，而且很快就改变了当时日本曾经出现的

---

① 周作人：《东京的书店》，见《瓜豆集》第 71 页，河北教育出版社 2002 年版。

也为许多同胞所效法的"意译",大胆走向了"直译"之路。

在中国近现代翻译观念从"意译"到"直译"的转变过程中,鲁迅兄弟是一个关键性的环节。"意译"的求同性思维反映了中国文人尚没有充分容忍其他民族文化经验并赋予中国语言新机的思想准备,周作人说过,求同而不是存异曾经是中国近代翻译的一个大问题,"所以司各特小说之可译者可读者,就因为他像《史》《汉》的缘故;正与赫胥黎《天演论》比周秦诸子,同一道理。大家都存着这样一个心思,所以凡事都改革不完成,不肯去学别人,只顾别人来像我。即使勉强去学,也仍是打定主意,以'中学为体,西学为用'"。"我们想要救这弊病,须得摆脱历史的因袭思想,真心的先去模仿别人。随后自能从模仿中,蜕化出独特的文学来。"[①]从"直译"中悟出"独特",这就是鲁迅兄弟在当时的远见,在此前很长一段时间里,即便是在翻译观念上多有突破的梁启超,也依然对"直译"的意义缺乏深远的体悟,"新本日出,玉石混淆。于是求真之念骤炽,而尊尚直译之论起。然而矫枉太过,诘鞫为病"[②]。梁启超这里"诘鞫"的标准显然是传统的文体的雅训,他似乎还没有在克服不习惯中接受一种新文体的思想准备。其实任何新的文化和新的语言形式一样,都是在"陌生"的雏形中发展自己的,没有对于陌生的容忍和对自己固有习惯的调整,新的文化形式也就很难生长了,无论今天成熟的翻译模式与鲁迅他们当年的尝试有多少的距离,我们都应该充分肯定鲁迅兄弟这样的思路及其深远的文化建设价值。历史证明,周氏兄弟 1909 年合作翻译出版的《域外小说集》,他们是以"直译"的方法开五四新译风之先河。

不仅有文论与翻译,稍后几年鲁迅的文学创作也有了新的探求,

[①] 周作人:《日本近三十年小说之发达》,《艺术与生活》第 147、148 页,河北教育出版社 2002 年版。

[②] 梁启超:《翻译文学与佛典》,《饮冰室合集》文集第 14 册第 8037 页,中华书局 2015 年。

这就是1913年4月发表于《小说月报》4卷1号上的文言小说《怀旧》。《怀旧》勾勒了上自金耀宗、何墟三大人、秃先生,下至王翁、李媪、吴妪、赵五叔等等"蚁阵"般的芜市居民在社会变乱年代的各种表现。《怀旧》关注的是乱世中人的精神与行为,但与10年前的译述小说《斯巴达之魂》有异,它不再注情于对民族精神的抽象激发,转而以冷峻的笔触描绘具体人生世相的荒谬与昏乱;《怀旧》是一个对现实中国的辛辣的讽刺,与国内的谴责小说不同,鲁迅所展开的并不是一个狭窄的道德命题,他决不会认同吴趼人"急图恢复我国固有之道德"的主张,进入鲁迅视野的是人的内在灵魂,是他们总体的精神结构的问题,在这样的结构中,怯弱(如金耀宗之流)固然可以成为"无信仰、无特操"的根据,而"以身殉义"的英勇(如赵五叔)却同样属于盲目愚昧的产物,当精神的问题在于"结构",也就与其中的"部件"没有了必然的关系,无论聪明还是憨痴,无论是懦弱还是勇毅,无论是道德还是不道德,也无论是富有还是贫穷,所有的形式都反映着扭曲与错位的本质——这就是国人灵魂深处的疾病!鲁迅写作此文时已经回国供职于教育部,但我以为,其关注于人的"灵明"有无的动机,其"立人"的思想立场,依然可以追溯到日本时期的眼界与探索中去,正是有赖于他当年在日本所形成的新的思维"结构"才发现了国民精神"结构"的问题,而试图破除这些固有"结构"的努力让鲁迅超越了晚清文学,也完成了自己的文学立场,接通了走向《狂人日记》《药》《阿Q正传》《风波》的道路。在这个时候,鲁迅日本体验的"深度"便有效地转化成了小说创作的"深度",从而在一个前所未有的体验层次上完成了从异域重返本土进行内在开掘的历程。

在回国以后的人生岁月中,鲁迅对自己的日本生活与所见闻的日本文学并不像周作人一般的津津乐道,但是,凡他所发现的有价值的文化与文学现象,都会继续设法引进介绍,以期对我们自己的文化文学建设有所助益,例如1918年他从"可以医治中国旧思想的痼疾"出发翻译了日本白桦派作家武者小路实笃的剧本《一个青年的梦》,后来又接受夏目漱石的文学"余裕"说,厨川白村的"苦闷的象征"说等等。这说明鲁迅一直重视采撷日本异域的信息,以丰富、调整自我的认识。

三、周作人:体验与日本的"协和"

今天,学术界已经普遍认识到了周作人留日期间在文论与文学翻译活动方面与鲁迅的一致性。例如他们共同选择的东欧弱小民族文学,他们共同开始的"直译"的转折,周作人留日期间写作发表的一系列文论都可以看作是对鲁迅文论的呼应与配合。一系列文论的主题都是相互关联的,如《读书杂拾(二)》与鲁迅《文化偏至论》对于精神力量的呼唤,①《论文章之意义暨其使命因及中国近时论文之失》《哀弦篇》与鲁迅《摩罗诗力说》对于文艺价值的认识等等,②甚至一系列的关键词也是相同、相通或相似的,如"寂漠""华国""心声""内曜""灵明",如"兽性爱国"的命题,在很大的程度上,周作人与鲁迅有着共同的思想趋向,较之于当时一般的留日中国学生,周作人回归个体精神的体验同样具有一种前所未有的"深度"。

然而,正如我们已经反复论及的那样,现代中国作家的留日体验从本质上讲是一个综合性的感受,它并不仅仅就等于留日这一特定时期的文化学习,而属于既往的所有人生经验与个人身份体验在此刻与其他复杂环境因素的综合性交融。在这方面,周作人身为幼弟与长兄鲁迅所承受的遭遇与责任的差异也直接影响了他对日本的感觉,决定了他在不断接受兄长引领过程之中的细微但却重要的个体差别。周作

---

① 原载《天义报》1907 年 8、9、10 合刊。
② 分别见《河南》1908 年第 4、5 期,第 9 期。

人说过:"老实说,我在东京的这几年的留学生活,是过得颇为愉快的,既没有遇见公寓老板或是警察的欺侮,或是更大的国际事件,如鲁迅所碰到的日俄战争中杀中国侦探的刺激,而且向初的几年差不多对外交涉都由鲁迅替我代办的,所以更是平稳无事。这是我对于日本生活所以印象很好的理由了。"[1]我以为,正是这种在鲁迅支撑和维持下的相对"平稳无事"的生活让周作人常常在一种近于闲静的环境中读书、写作和观看人生世事,他没有了鲁迅作为兄长那样的焦虑和无处不在的生存压力,倒是获得了更多的"进入文化典籍"的心境与条件,也更有机会对此刻的日本作独特的审美的观照,并不乏深刻的文化见识。在超越现实的民族冲突与生存屈辱之后,日本的确能够呈现出其作为"文明古国"那质朴动人的魅力。在周作人开始于此时的异域体验中,日本作为纯粹文化的内在细节尤其是那些独具魅力的细节获得了比鲁迅更丰富的体察和展示。胡适赞叹道:"像周作人先生那样能赏识日本的真正文化的,可有几人吗?"[2]因为文化的呼应,留日时期的周作人对日本文学的内在情致的兴趣与摄取也比鲁迅更为显著,众所周知,鲁迅除了对夏目漱石"轻快洒脱、富于机智"的文学风格较为欣赏外,其实并没有直接地尽情投入日本文学世界。用周作人的话来说就是鲁迅"对于日本文学当时殊不注意"[3]。周作人一生所选择的主要文体——小品文却与日本有着深厚的渊源,"美文"这一概念是周作人1921年6月8日首次在《晨报副刊》上使用的,其出处就是日本。大约在明治二十年(1888)的时候,日本文坛出现了一种对欧化文体的反动之作,浪漫唯美,大量使用典雅的文言,时人称之为"美文",有学者考证,周作人在《美文》中对于这一文体的界定与他所推崇的日本作家坂本

---

[1] 周作人:《知堂回想录》上册第220页,河北教育出版社2002年版。
[2] 转引自钱理群:《周作人论》第326页,上海人民出版社1992年版。
[3] 周作人:《关于鲁迅之二》,《鲁迅的青年时代》第130页,河北教育出版社2002年版。

文泉子的相关论述"非常一致",①对于继美文之后发展起来的艺术散文——写生文,他也多有赞赏,"在散文理论上,他多受西洋的影响,举出英国散文作表率;而在散文创作、特别是小品文创作上,他的情感方式和内在气质更多地和日本散文,特别是写生文相通相似,这就形成了周作人的小品文和日本写生文诸多共同的文体特征"②。

就是日本体验中这样一种近于忘情的文化投入与文化认同,似乎是更多地鼓励了周作人的文化"求同"的思维。与前文所述的表现于文学"直译"中的求异思维不同,到20世纪30年代中期,周作人承认了自己早年的这种文化求同趋向,他认为当年就是"不把日本当作一个特异的国看,要努力去求出他特别与别人不同的地方来,我只径直的看去,就自己所能理解的加以注意,结果是找着许多与别人近同的事物","我们前此观察日本文化,往往取其与自己近似者加以鉴赏,不知此特为日本文化中东洋共有之成分,本非其固有精神所在。今因其与自己近似,易于理解而遂取之,以为已了解得日本文化之要点,此正是极大的幻觉"。③这里的幻觉就是异域文化与中国古典文化的相通性,周作人当时对日本的亲切感受就在于他自以为从中发现了中国古典文化的遗韵。"协和"就是周作人日本体验的关键词,他说:"我们去留学的时候,一句话都不懂,单身走入外国的都会去,当然会要感到孤独困苦,我却并不如此,对于那地方与时代的空气不久便感到协和,而且也觉得可喜。"④

在异域并无孤独,反而"感到协和",这是周作人从个体精神状

---

① 参见王向远:《文体 材料 趣味 个性——以周作人为代表的中国现代小品文与日本近代写生文比较观》,《鲁迅研究月刊》1996年4期。
② 王向远:《文体 材料 趣味 个性——以周作人为代表的中国现代小品文与日本近代写生文比较观》,《鲁迅研究月刊》1996年4期。
③ 周作人:《日本之再认识》,《知堂乙酉文编》第134、136页,河北教育出版社2002年版。
④ 周作人:《日本之再认识》,《药味集》第117页,河北教育出版社2002年版。

态出发的体验"深度",也是他区别于其他留日中国知识分子的所在。民族压迫危机的紧张决定梁启超一代人对于日本的"外部观察"方式,也决定了鲁迅更愿意返回自我与内心,"入于自性"的本土深度观照方式,只有周作人如此"协和"地进入了日本:一方面,他获得了由无限丰富的异域文化所构成的宽敞的景观,宽敞的异域景观带给了他关于人类文化"共同性"的亦真亦幻的感受,其积极的意义正如钱理群先生所说:"周作人于是开始摆脱从一家一乡一国一民的角度考察文化的局限,而获得了一定程度的超越,这一超越,对于现代知识分子是不可或缺的。"① 另一方面,没有差别的民族性又混同于没有差别的"新"与"旧",影响了他对于文化发展与文学发展的时代个性的体认,这便是迷恋"协和"的他与鲁迅的根本差异。

作为中国现代文化与文学奠基性建设的一部分,周作人留日时期的文论一方面努力表达着他的新的见地,但这些新鲜的意见也不时与中国历史文化中既有的意念与概念相互连结,互为说明,而且中国文化与文学的古今沟通也可能与日中文化的认同直接联系。相对而言,鲁迅则似乎多了一份自己的疑虑,也更倾向于在种种文化的清晰分野与辨析中明确自己的观念。在这个问题上,周作人的《哀弦篇》与鲁迅的《摩罗诗力说》就是一个有意思的对照。一方面,周作人的《哀弦篇》与鲁迅的《摩罗诗力说》都属于开启中国文艺新时代的重要论著,显然也具有前文所述的一系列共同指向。但与此同时,我以为它们在细节上的差别也同样的耐人寻味。比如,周作人是将悲哀意识与人对于生存状态的自觉相联系,从而为人类的"哀音"正名,因为,"萧条唯何?无觉悟是。曷无觉悟?无悲哀故。"② 这里民族启蒙之意是显而易见的,但是,如果我们细细品味,却又能在"悲哀"这一关键

---

① 钱理群:《周作人传》第154、155页,北京十月文艺出版社1990年版。
② 陈子善、张铁荣编《周作人集外文》上集第61页,海南国际新闻出版中心1995年版。

词里找到其中所包含的对于古老文学传统的某些认同,例如他挽悼了"哀音"的历史:"中国文章,自昔本少欢虞之音。试读古代歌辞,艳耀深华,极其美矣,而隐隐有哀色。灵均孤愤,发为《离骚》,终至放迹彭咸,怀沙逝世。而后世诗人,亦多怨叹人生,不能自已。"这样的追述自然是不错的,但是它却给我们带来了一个难以解决的困惑:为什么如此富有"哀音"传统的中国人却在近代照样失去了生存的觉悟?甚至以"瞒"和"骗"的方式来掩盖生存真相的行为也可以从历代王朝的"末世"中发现?这是不是意味着"哀音"这一概括本身的某些含混呢?相反,鲁迅在《摩罗诗力说》中发掘出来的关键性概念"诗力"却分明是传统中国所乏而多见于西方意志主义的追求,从西方意志主义的角度来强化我们的民族韧性与抗争由此成为了鲁迅一生的目标。于是,面对传统的中国文学,鲁迅常常"挑剔"地发现其内在的不足,以期不断激励起我们创造的责任,至于像周作人所发现的"哀音",鲁迅自然也会有不同的见地。例如,对于屈原,他就特意指出,其创作虽"放言无惮,为前人所不敢言。然中多芳菲凄恻之音,而反抗挑战,则终其篇未能见,感动后世,为力非强"[①]。

"平稳无事"的生活也是周作人广泛阅读古今中外的众多文化典籍的条件。周作人的思想常常就是在阅读中产生的,他首先是对这些文字与知识的世界发生了浓厚的兴趣,而后才"联系"到了生存的现实,从留日时期一开始周作人就愿意成为学者的周作人,成为学者的周作人开始钟情于知识的吸取与完善,逐渐对人生世事保持了一种相对的冷静。鲁迅留日时期的阅读是他寻找人生苦闷印证的一部分,所以《文化偏至论》与《摩罗诗力说》等作品给人留下深刻印象的并非其中的知识性的梳理与介绍,而是那种不可遏止的生存突进的激动,知识在鲁迅文本中更像是浮动于生命之流上的帆船,是那奔涌向前的生命洪

[①] 鲁迅:《摩罗诗力说》,《鲁迅全集》第1卷第69页。

流漂送着知识的运行。进入周作人的留日文本,首先映入眼帘的却常常是作者的阅读姿态,这里到处分布着从中外典籍中拈来的书名、人名与引言,周作人所掌握的知识已经开始形成一个稳定的规范的理性世界,他的现实人生评论是通过这一理性的世界的徐徐展开而传达的。在这一过程中,作为青年与留日学生的情感"偏至"被不断克服着。

无论鲁迅、周作人兄弟的日本体验有多大的差别,在当时都较一般的留日中国学生更深刻更有远见,因此这些出现于1907、1908年的思考实际上便奠定了他们之于中国文学现代转换的重大意义:鲁迅对于浪漫主义文学、个人意志主义哲学的兴趣,对于民族主义的体认与接受,发展起来的是个体的生命意识,感性体验的形式以及自我与群体与民族的复杂关系的建构,这可以说构成了未来中国新文学生命体验的基础之一,代表了中国新文学建设最具有生命活力的创造之源。从鲁迅这里,我们看到了中国文学坚韧的自我掘进的可能,当然,也会透过生命体验繁复形式发现其中所包含的深刻的矛盾性主体结构,从某种意义上讲,也正是一个饱有了感性生命体验的鲁迅的出现,正是以鲁迅为代表的个体生命意识的生长和复杂化的发展最终撑破了梁启超一代知识分子的国家主义的文化与文学理想,在当时人们所习见的抽象政治意念之外开垦着真正属于文学的人生与生命的体验,这便在整体上逐渐形成了中国新文学的宽大的格局。同样,一个沉醉于现代知识文化接受中的周作人的出现也十分地引人注目,周作人向来对于知识性的书籍兴趣更大,性心理学、民俗学、人类文化学、儿童文学、医学史、妖术史等等代表了中国新文学在理智化、知识分子化、情趣化方向的发展。这样一个立足于世界文化意义上的知识结构也有效地支持了我们未来的五四新文学运动,在知识的扩充与完善尚没有到达它脱离人生现实的时候,其积极的价值无疑是十分重要的,五四新文学运动中的周作人正是充分展示了这样的价值。几年后,在经过了一段时间的苦闷与压抑之后,鲁迅的文学激情破茧而出,化为了激情的

《狂人日记》,而周作人也找到了表达自己新文化信念的理性形式——著名的论文《人的文学》与《平民文学》敲响了中国新文学发展的思想之钟,在汇入五四中国新文化运动的潮流之后,鲁迅兄弟的体验和思想终于发挥了更大的社会影响,真正开创了中国文学发展的全新的空间。

四、《新生》:孤独的"深度"

不过,在留日的当时,鲁迅兄弟的深度体验却并没有立即转化成中国文学"别立新宗"的强大动力,这不是因为他们缺乏文学推动的自觉,而是其有意为之的推动竟无法获得中国同胞的普遍应和,《新生》杂志的努力及失败就是这样。

鲁迅兄弟1907、1908年的异域思想探求在当时的留日学友中尚不乏某些知音与同道,比如许寿裳。许寿裳是鲁迅刚到日本不久就结识的好友。在日本,他们保持了密切的精神交流,彼此有着许多的共识,"神思""内曜"曾经是他与鲁迅共同的词语,用以描述他理解中的"兴国"理想。在许寿裳看来,个人精神的"自觉"才是"兴国"的基础,所谓自觉,也就是在人生的忧患烦闷中增加自我意识,"觉我之为我也"。他引法国革命为例,指出"佛朗西革命之精神,一言蔽之曰:重视我之一字,张我之权能于无限尔。易言之曰:个人之自觉尔"[①]。这显然与鲁迅"捂物质而张灵明,任个人而排众数"的思路相通。正是这种小圈子内部的精神共鸣鼓励他们试图将自己的思想成果在更大的范围中传播,除了借助《河南》《天义报》这样的留学界杂志外,更令人激动的设想便是创办自己的杂志,拥有自己的阵地,更自由地发表自己的意见,于是就有了鲁迅兄弟和许寿裳、袁文薮等五人共同策划《新

---

① 许寿裳:《兴国精神之史曜》,《河南》第4期。

生》杂志的著名"故事"。我以为,在追踪鲁迅兄弟"深度体验"的意义上,《新生》杂志的策划和最终的失败都是意味深长的。

在一方面,《新生》杂志的创意充分体现了鲁迅等人在日本这个现代民族国家中生成的自觉的"现代文学意识"。在古代中国,诗文创作首先是一种科举制度的需要,也就是说,中国知识分子确定自身价值的依据首先只能是科举制度。到了近代,随着科举制度的废除,中国知识分子的思想与写作才有了直接面向社会的可能,并且这也是重新估量其价值的唯一姿态。如果说,现代大学制度的建立为中国知识分子的思想创造与传播奠定了基础,那么各种民营报刊与出版机构的出现则成为他们自由写作与自由表达的另一种重要形式。中国的"现代文学意识"理当包含着对于自身自由写作与思想传播方式的某种清醒认识。在这个意义上,我以为鲁迅等人积极策划同人杂志的举措是大有深意的,它标志着像鲁迅、周作人这样未来的新文学大家已经有了对于作为一位现代作家的生存与言说姿态的明确体认。

《新生》杂志最终是流产了。或许我们会这样猜想:如果《新生》成功了,鲁迅兄弟的探索为核心内容的新思想、新体验以及围绕杂志所形成的文学运动会不会将中国文学全面现代化启动的时间提前?当然,历史是很难"猜想"的,透过历史的遗憾,我们又只能感到鲁迅兄弟体验"深度"的个体性与孤独性。鲁迅、周作人等少数的个体尚不足以完全发起一个有声有势的文学运动,中国现代文学时代的真正到来仍然有待于全社会范围内更普遍的"深度"认同。至少在1907年前后,中国新文学运动大规模出现的可能性尚未到来,这不仅表现在鲁迅他们当时的孤独处境上,甚至也体现在包括鲁迅兄弟开展文学活动的方式中。

作为一个能够影响全民族的精神运动,除了少数先驱的特立独行之外,也还需要更大圈子乃至更大的社会范围内的应和。从这个意义上讲，"偏于东瀛"的纯粹的域外活动本身也有它一定的局限性[①]，何况就是在当时的日本留学界主要充斥着的是功利主义的空气，"在东京的留学生很有学法政理化以至警察工业的，但没有人治文学和美术"。他们的认同圈子是多么的狭窄，在如此"冷淡的空气中"，鲁迅、周作人能够"寻到几个同志"策划一种纯文学的杂志，这本身就是一件艰难的事情。[②] 普遍存在的认知深度上的不协调也为鲁迅他们"操作"文学的方式提出了苛刻的要求。应该看到，文学杂志的创办与文学活动的开展本身也是一个需要有若干的客观条件与机遇的事情，所谓"客观条件"主要是指一个民营杂志运行所必须的经济基础、作者队伍与读者群体的团结等等，"机遇"则是能够对以上诸多条件构成直接与间接支持的其他社会因素出现的时机，在《新生》策划之前，出现在留日中国学界的对我们的文学转换影响甚深的几大杂志——《清议报》《新民丛报》《民报》与《新小说》等基本上都是成功经营的典范，它们在一定的阶段中寻找到了可靠的资金来源，[③] 其他坚持时间不等的留日学生刊物如《湖北学生界》《浙江潮》《河南》《四川》等等也都往往是以各省同乡会为依托，充分利用留学同乡这一"天然"的联系确立自己的作者与读者队伍，融集资金。例如《浙江潮》由许寿裳主编后，立即便约定了鲁迅的述译《斯巴达之魂》；而据周作人的回忆，"说河南有一位富家寡妇，带着一个独生儿子过活，本家的人觊觎她

[①] 在近代思想文化史中，我们看到，所有立足于海外又能够对中国国内发生重要影响的言论与学说都通过在国内的某一出版或发行机构为中介，如梁启超的新民说是通过《新民丛报》在日本和国内同时传播的，章太炎与保皇派的论战是通过《民报》在海内外传播的，而《新小说》自第二卷开始就干脆迁往上海，由广智书局发行。

[②] 鲁迅：《呐喊·自序》，《鲁迅全集》第1卷第417页。

[③] 旅日华侨和保皇党经营的译书局曾经是梁启超报刊运作的主要资金来源，《新小说》后来则有上海广智书局介入，《民报》依托中国同盟会在海内外的广泛影响，读者众多，几乎每一期都有再版。

的财产,阴谋侵略,她觉得不能安居,只能叫儿子来东京留学,自己也跟了出来。她把一笔款捐给同乡会,举办公益事情,一面也求点保护,这样便是《河南》月刊的缘由"①。相比之下,鲁迅他们所策划的《新生》则明显属于同人杂志,没有稳定可靠的资本,没有实力雄厚的发行机构,也没有联系广泛的社团组织——这都是现代市场形式中文学赖以生存发展的重要条件——只有激动人心的文艺理想,似乎还是不够的。新生,"名目是取'新的生命'的意思",②据许寿裳回忆说,当时"有人就在背地取笑了,说这会是新进学的秀才呢"。③虽然是取笑,却也依然反映了鲁迅他们的寂寞与尴尬:在当时的留日学人中,大约还很少有人能够独立于博大悠久的中国传统与朝气蓬勃的西方文化之外,以全新生命创造为自己的现实目标,人们很容易理解"清议""鹃声""汉帜""游学译编"之类的称谓,而这"新生",对绝大多数人而言都仿佛是一个陌生的名目,能够进入其认知范围的恐怕也就是"新进学的秀才"之类了!不仅知音寥寥,就是在参与者这里,现实生存与文学理想之间的对立也依然存在,于是,后来的流产也算不得有多么奇怪了。在现代复杂而广阔的生存环境中,个体的沉思冥想与自言自语毕竟影响有限,市场形式与出版媒介之于文学的发生发展是必不可少的。于是,新文化与新文学的产生也的确需要我们文学家们的适当形式的推动、传播与组织,《新生》的失败似乎告诉我们,在不能直接满足世俗需要的时候,现代中国知识分子推行自己的文学新理想还需要一定的经验积累,而历史的现实运动也不仅仅就是个别人"深度"体验的结果,更广泛的"深度"认同仍然需要时间的耐性。

所幸的是,鲁迅他们赋予中国文学以"新的生命"的意愿本身并

---

① 周作人:《知堂回忆录·河南——新生甲编》,《知堂回忆录》第255页,河北教育出版社2002年版。
② 鲁迅:《呐喊·自序》,《鲁迅全集》第1卷第417页。
③ 许寿裳:《亡友鲁迅印象记》第21页,人民文学出版社1977年。

没有就此放弃,因为"所想要翻译介绍的小说,第一批差不多都在《域外小说集》第一、二册上发表了,这是一九〇八至〇九年的事,一九〇八年里给《河南》杂志写了几篇文章,这些意思原来也就是想在《新生》上发表的。假使把这两部分配搭一下,也可以出两三本杂志"[①]。也就是说,作为杂志形式的《新生》尽管未能问世,但鲁迅兄弟(也包括许寿裳在内)为这份杂志所准备的思想与艺术——关于未来中国文学与中国文化发展的种种思考,关于未来中国新文学发展所需要的异域资源——却已经相当的可观了,这些思想与艺术的资源在经过了七八年的潜伏之后,终于汇入了五四新文学运动的大潮,成为中国文学"别立新宗"的重要渊源。

---

① 周作人:《鲁迅的故家》第 307 页,河北教育出版社 2002 年。

第四章　立场与格局的嬗变：从《甲寅杂志》到《新青年》的思想经验

在质疑了以政治宣传为中心的文学启蒙之后，中国国内的文学新潮却并不那么的理直气壮，在超越了早期留日知识界的群体民族主义思潮之后，鲁迅等少数留日学生的中国文学的"新生"追求却又未能造成更大范围内的普遍自觉，形成有效的社会性的文学运动与文学思潮。中国本土新的文化资源的匮乏和异域体验的普遍深度的欠缺都拖延着中国文学全面自新的步伐，中国新文学的全面开创还有待时代的机遇与文学先觉者们多方面的才华。顺着这样的背景我们意识到，历史赐予中国文学新生的真正时机还是"五四"，是五四《青年杂志》（《新青年》）同人在中国本土开辟了文学发展所需要的广阔的思想空间，也是"五四"为新的文学思潮的出现，新的文学运动的发起，新的文学作品的诞生提供了良好的文学媒介形式和成功的市场化经验。而五四思想开拓的历史，其实又可以追溯到日本的《甲寅杂志》，是以《甲寅杂志》为起点，以《新青年》为高潮的思想与文学的全面拓进最大范围地带动了一切新文学的资源，揭开了中国文学的崭新的一页。从《甲寅杂志》到《新青年》，又延续着一段重要的日本经验。

那么，这一切的转换究竟是怎样发生的呢？

一、《甲寅》月刊与现代民族国家体验的嬗变

即使是鲁迅兄弟出现以后,留日中国知识分子普遍的日本体验还固守在民族国家建设的层次上,尽管这样的民族国家意识也出现了从"维新"到"革命"的发展演变。从这个意义上看,要根本改变这一顽固的国家主义的"体验"方式,还得重新返回到民族国家建设所依据的社会政治思想本身,只有在这一层次上发生了思想的裂变,只有新的社会政治观念得以进入,才能从根本上改变人们思想认知的方式,最终形成中国文学现代转换所需要的"立场"与"格局"。

于是,我们看到,进一步的嬗变还是首先出现在社会政治的观念上。回顾近现代中国的历史,尽管政治给文学的损害十分明显,但也必须注意到,在从封建专制主义向现代社会的转化过程中,如果没有社会政治观念的变迁,没有文化专制主义思想的进一步削弱,一个普遍的广泛的文学革新运动是不可能发生的。

1911年辛亥革命发生之前,影响中国学界日本体验的主流政治理念来自维新派与革命派,他们虽然也各有不同,但却常常又有一个共同的立场,即是从族群的社会的与国家的角度来思考现实,他们相信现代中国民族国家的建设根本就是一个整体利益的问题,而整体目标的解决也就是个人的现实要求的达成。我们说过,正是这样一个排斥了个人的立场导致了文学创作中浓厚的政治功利性,又是这样的政治功利性妨碍着中国文学在通达个体精神的道路上完成根本性的历史转折。但是,这样的社会政治观念在辛亥革命之后发生了引人注目的变化。

在推翻封建王朝、完成民族国家的"整体"革命以后,一个自由平等、保障人权的新中国并没有降临,袁世凯倒行逆施的专制政治击碎了中国知识分子理想中的自由与幸福,"自从1912年袁世凯取得政权,一直到1919年'五四'运动以前,短短7年的时间里,一切内忧外患都

集中表现出来，比起过去70年的忧患的总和，只有过之而无不及"①。面对这样的政治乱局，一批遭遇了变乱又敏于思考的知识分子不得不承认，那种将个人幸福寄托于国家政治整体追求的理想无疑是失败了，现代中国文化的发展绝非是一个民族与群体的笼统问题，它必须要切实地返回到对个人权利、地位与民主自由的实现中去。同当年康有为、梁启超作为百日维新的失败者而流亡日本一样，一批因为政治失败而流亡日本的知识分子又在民国初年出现了：因为政治理想的不同他们成了新专制主义的反对派，又因为国内专制统治的残酷而不得不充当亡日人士，像戊戌变法失败后的康有为、梁启超那样避祸东瀛，暂借日本的自由空间来反思过去、设计未来。只是，在历经了近代政治的风云变幻之后，他们已经不再如康有为、梁启超一样将个人的命运简单交付给空洞的国家主义理想，现实的深刻教训迫使他们必须对个人与国家的关系作重新的思考和定义，这批知识分子中最引人注目的是民国初年的政治流亡者章士钊与陈独秀。

　　章士钊先后留学日本与英国，系统考察学习了西方特别是英国的政治体制与政治学说，受辛亥革命感召归国，1912年在上海任同盟会机关报《民立报》主编，宣传以英国为典范的政党模式与政治制度。早在1902年春，当时尚在南京陆师学堂求学的章士钊就结识了从日本回国演讲的陈独秀。1903年，上海《苏报》被封，章、陈等人创办《国民日日报》，以承接其批评时政之理想，由此而友谊笃深。辛亥革命以后，两人都投入了反对袁世凯的"二次革命"，革命失败，他们先后又都流亡日本。此时的日本，又如同百日维新失败之后一样，再次成了中国政治家的流亡之所与反思之地。逐渐地，在原本就声威卓著的章士钊、陈独秀周围，汇集了一大批的思想者，他们或者是流亡的知识分子，或者就是留日或曾经留日的学生与学者，前者如易白沙、刘文典，后

---

① 范文澜：《中国近代史的分期问题》，《社会科学战线》1979年第1期。

《甲寅》月刊

者如李大钊、高一涵、吴虞、吴稚晖、杨昌济、张东荪等等,因为章士钊1914年4月主编《甲寅》杂志的关系,他们都有了思考与表达的机会。陈独秀、易白沙、高一涵等应邀参加编辑工作,李大钊也在后来一度参加了上海《甲寅》日刊的编辑。

在一般的文学史论著里,章士钊、《甲寅》杂志与五四新文学运动的关系是逆向意义的,即章士钊是反对新文学运动的保守主义的代表,《甲寅》杂志就是保守主义的大本营。这些结论显然主要是根据章士钊后来在北洋政府任职、《甲寅》以周刊形式在京复刊以后的种种表现,它基本上忽略了章士钊这样的流亡知识分子在日本的实际的体验、表现与影响,毕竟,此时此刻的章士钊并不是反对文学变革的守旧形象,当然更不是后来压制学生运动的"老虎总长"。《甲寅》月刊杂志刊登的文学作品虽然属于旧体,但当时也不存在与新文学对抗的问题,何况文学并非它讨论的重点,政治文化才是它检讨的目标,而就是在对近代至民国初年的政治思想的反思当中,章士钊和《甲寅》月刊同人实际上重新调整了个人与国家的基本关系架构,从而为确立未来五四新文学的基础立场——个人主体立场从现实政治思想的意义上打开了通道。

章士钊一度也是国权论的阐述者,他以边沁的法定民权说为根据,质疑卢梭的天赋人权论,对民权的"幼稚叫嚣"担心不已,以为国人因此而"笃为玄想,习为放纵"。① 然而,正是民国以后的专制复辟给

---

① 行严:《平民政治之真诠》,《民立报》1912年3月12日。

了他深刻的教训,《甲寅》月刊时期的章士钊完成了从早年倡导国权到倡导民权的重要转变。

因为与同盟会政治主张的分歧,章士钊最初是在国内自办《独立周报》,表达了他对当时政治的失望,"人心不革,则无论何种政治,不能救我中华"。反袁革命失败,章士钊流亡日本,于1914年5月主编出版了《甲寅》杂志,成为《新青年》杂志问世以前西方文化思想在中国的一个主要传播阵地。民主政治是章士钊这一时期探讨的基本内容。值得注意的是,章士钊此刻对于国家与个人关系的认识已经与一般的革命人士大有不同,"同盟会——国民党在民初号称'民权党',但它所指的'民权'实际是人民的公权,即人民的参政权,并且将参政权简化为议会的权力;而人民的私权,实际并未纳入其视野"①。章士钊一度也曾经是"国权高于民权"的国权主义者,但就是经过这个时期对国内乱局的反省,他认识到在中国,恰恰是"行私者每得托为公名以相号召,抹杀民意以行己奸,毁弃民益以崇己利"②,"中国之大患在不识国家为何物,以为国家神圣不可渎"③。于是他一改前议而成为了个人权利与自由的积极倡导者,"凡关于权利欲望之种种主张,直主张之,无所容其嗫嚅,无所容其消阻"④。《国家与责任》《复辟评议》《爱国储金》《国民心理之反常》是他围绕这一问题所发表的重要论著。在这里,颇有象征意味的是章士钊一出手就将严复选作了自己的理论对手。《民立报》时期的章士钊对卢梭的"天赋人权"说还颇有疑虑,而现在,当他读到严复对卢梭人权思想的指责时,却挺身而出予以辩驳,这就是他发表在《甲寅》创刊号上那篇著名的《读

---

① 邹小站:《章士钊〈甲寅〉时期自由主义政治思想评析》,《近代史研究》2000年1期。
② 章士钊:《自觉》,《甲寅杂志存稿》卷上,商务印书馆1922年,第313页。
③ 章士钊:《国家与我》,《甲寅杂志存稿》卷上,商务印书馆1922年,第340页。
④ 章士钊:《自觉》,《甲寅杂志存稿》卷上,商务印书馆1922年,第320页。

严几道民约平议》。严复的原文《民约平议》发表在梁启超新办的杂志《庸言》上，严复、梁启超是中国知识分子中极具影响的启蒙前驱，章士钊《甲寅》创刊号上的这一公开的辩驳可以说就是一种标志：新一代的中国知识分子已经从自己的现实体验出发划开了与前一代思想家的距离，由此，中国近现代的思想文化进入到了一个新的层面，如果说关于"个人"本位的思考能够在六七年前出现在鲁迅等人那里毕竟还是凤毛麟角的话，那么，今天，在现实政治的教训之下则成为了众多知识分子的共识，这就是推动中国现代文化形成、灌注于现代文学内核的理性精神，也是六七年前试图超越政治小说而起的中国本土的文学创作所欠缺的新的思想能量。

章士钊和他的《甲寅》杂志就是在这一思想层面上将许多中国知识分子团结起来的。例如李大钊曾经以热切的目光关注着章士钊和他的杂志，在1914年致章士钊的信中，他写道："仆向者喜读《独立周报》，因于足下及所率群先生，敬慕之情，兼乎师友。""得《甲寅》出版之告，知为足下所作，则更喜，喜今后有质疑匡谬之所也。"[①]李大钊后来成了《甲寅》月刊的重要作者。据《甲寅》月刊发行人、亚东图书馆老板孟东邹日记记载，《甲寅》杂志的单行本与合刊在上海购者甚众，供不应求。[②]《吴虞日记》告诉我们，即便是当时成都这样的内陆城市也有许多读者争相阅读《甲寅》月刊，吴虞也成了杂志的作者，[③]一时间，《甲寅》月刊竟成为了中国知识分子检讨近代以来政治革命与民族革命目标，重新判定个人与国家、民族相互关系的思想策源地。

杂志每期的重头戏由论著、时评、评论之评论、论坛、通信等几个部分组成，既有个人的政治立论，又有对当前国家政治形势与方针

---

① 李大钊：《物价与货币购买力》，《甲寅》月刊1卷3号。
② 参见汪原放：《回忆亚东图书馆》第29页，学林出版社1983年版。
③ 吴虞：《吴虞日记》，四川人民出版社1984年版。

政策的评价，也有对西方政治制度、政治理论的介绍，在所有这些内容之中，都贯穿了一代中国知识分子对民主、宪政与人权的呼唤。高一涵提出"国家者建筑于人民权利之上"①，张东荪将"人民独立自强"作为"第一问题"，②吴虞反孔非儒的诗歌《辛亥杂诗九十六首》发表在《甲寅》月刊1卷8号。其他作者的代表作如白沙《广尚同》，渐生《爱兰国民党》（1卷3号），汪馥炎《舆论与社会》（1卷4号），劳勉《论国家与国民性之关系》，CCY生《改良家族制度札记》（1卷6号），运甓《人患》（1卷8、9期），无涯《道德进化论》（1卷10期）等。

　　章士钊当时主张政治应当"有容"，"有容"的政治思想也形成了他"有容"的办刊宗旨，这在当时也的确鼓励了像陈独秀等人比较激进的捍卫个人自由权利的思想主张。与当时的许多知识分子一样，陈独秀也曾是梁启超学说的受惠者："读康先生及其徒梁任公之文章，始恍然于域外之政教学术，粲然可观，茅塞顿开，觉昨非而今是。"③但在日本留学又流亡的经历使得继而辅佐章士钊编辑《甲寅》的他终于有了新的思想认识，《甲寅》1卷4期推出了陈独秀著名的《爱国心与自觉心》，文章激进地高举个人的权利，与曾经盛行一时的国家主义思想形成尖锐的对抗："人民何故必建设国家，其目的在保障权利，共谋幸福，斯为成立国家之精神。""爱国者何？爱其为保障吾人权利谋益吾人幸福之团体也。"甚至认为："国家者，保障人民之权利，谋益人民之幸福者也。不此之务，其国也存之无所荣，亡之无所惜。"就是这篇论文在当时的中国学界引起了轩然大波，决定着五四思想主潮的论说实际上是借着日本这一言论自由的空间在完成着与传统思想

---

① 高一涵：《民福》，《甲寅》月刊1卷4号，1914年11月。
② 张东荪：《行政与政治》，《甲寅》月刊1卷6号，1915年6月。
③ 陈独秀：《驳康有为致总理书》，《新青年》2卷2号。

的一次至关重要的交锋。当许多读者纷纷给编辑部来信斥责陈独秀的言论时,作为主编的章士钊亲自撰文予以辩护,他发表《国家与我》一文将陈独秀的合理性归结为"解散国家""重建国家"的爱国意识,是对于"伪国家主义"的自觉,同时主张发扬人格独立精神,"颠覆本族之僭暴者",建立可爱的新国家。① 李大钊在《厌世心与爱国心》中虽然不同意陈独秀"恶国家不如无国家"的消极情绪,但也表示:"我需国家,必有其的,苟中其的,则国家者,方为可爱。"李大钊还根据柏格森的"创造进化论"提出,人生主要的价值在于一种创造力,这种创造力也是他作为宇宙主宰的独立的人所必备的品格。"国家之成,由人创造,宇宙之大,自我主宰。"

"五四"前夕,中国知识分子借助日本这一言论空间,展开了关于个人与国家、民族发展的新的考察和论战。考察与论战的成果完善了以个人独立自由为核心的现代性的思想方案,正是这些方案成为了五四新文化与新文学的基本思想资源,也正是这样的考察与论战催生了像陈独秀、李大钊、高一涵这样的新文化大将。《青年杂志》评述《甲寅杂志》是"输入政治之常识,阐明正确之原理,且说理精辟"②。

陈独秀是在反袁革命失败后不得不流寓域外的,据说他一度"穷得只有件汗衫,其中有无数虱子"。③ 我以为,恐怕也就是这样的体验提醒着人的"个体"生存的事实,从而为陈独秀和他的流亡同志重新定位个人的权利与价值以真切的启示。于是,我们这里特意提醒大家留心一下《甲寅》月刊的文学动向,尽管在此时文学并非杂志关注的要点。但是,新的思想理当为文学的感悟场域开辟新的空间,何况此刻的新思想并不是逻辑演绎的结果,它本身就是现实人生的经验小结。

---

① 秋桐:《国家与我》,《甲寅》月刊1卷8号。
② 《通讯》,《新青年》1916年10月2卷2号。
③ 傅斯年:《陈独秀案》,《独立评论》第24号。

我们有必要注意到，就是从《甲寅》月刊时期开始，陈独秀对苏曼殊的爱情小说大加褒奖。《甲寅》1卷7期发表苏曼殊的新作《绛纱记》，1卷8期又发表了《焚剑记》，在同时发表的评论文字之中，陈独秀着重突出的是文学的人生况味，从而与前一代知识分子的政治功利主义文学观划开了界限。例如他对苏曼殊的小说爱与死的主题有相当深入而细致的感悟："知人生之真，使不即得，不死何待？"这番语言大约能证明他就是苏曼殊的知音，"人生最难解之问题有二，曰死，曰爱"。他还引王尔德的剧本《萨尔美》为例，表达了对以死为结局这一爱情至上观念的赞赏。① 面对近代中国文学政治压倒私情的传统，面对梁启超一代人"勿为情欲之奴隶"的谆谆教诲，陈独秀的这番感慨已经透露出了基于个人主体立场的新的文学意识，他对于苏曼殊文学价值的发现也是颇有远见的。

过去我们往往将善于"言情"的苏曼殊作品归入鸳鸯蝴蝶派，近些年来又注意到了他所揭示的"全球化时代个人身份认证的困惑体验"，② 其实，如果放在我们这里所追述的中国新文学的发生史角度，苏曼殊作品的独特意义同样十分的显赫：显然，苏曼殊在亦革命家亦僧人亦多情才子"多重身份"间矛盾徘徊的事实，实际上也就意味着他很难再将自己定位于某一既有的角色与传统之中了——"言情"是他飘零人生的叹息而非生命的质地，鸳鸯蝴蝶派"言情之正"的"正"对于苏曼殊而言完全是不伦不类，在革命家慷慨激昂的呐喊与佛家的离尘出世之间，是一个苦苦追问"自我"存在秘密的生命，就像近代中国的革命志士所体现的是一种不屈挣扎的现实关怀，近代中国的佛学思潮流泻着一种自我再认的"反传统"追求一样，这样的生命的自觉也正是挣脱传统主流人生哲学，渡向现代文明的重要表现。留日学界、

---

① 陈独秀：《〈绛纱记〉序》，《甲寅》1卷7期。
② 参见王一川：《中国现代性体验的发生》第八章，北京师范大学出版社2001年版。

佛门高僧、南社同人、异域亲友与风尘女子，苏曼殊穿梭于各种阶层各种角色之间却又傲然独立；言情、漂流与迷惑，苏曼殊作品包含着传统中国文学所没有的"个人本位"立场，体现了一个充满自我意识的个体对现实人生意义的探询和求证。后来钱玄同也认为："曼殊上人思想高洁，所为小说，描写人生真处，足为新文学之始基乎。"①

章士钊也在《甲寅》上发表了小说《双秤记》，用作者的说法就是"今所得刺取入吾书者，仅于身历耳闻而止"。强调"身历耳闻"的人生体验，这当然就与空洞的政治小说不同了，作者接下来还进一步表示："然小说者，人生之镜也，使其镜忠于写照，则留人间一片影。此片影要有真价，吾书所记，直吾国婚制新旧之交接之一片影耳。至得为忠实之镜与否，一任读者评之。"②

探讨中国文学的新路并非《甲寅》杂志的主旨，但由思想的更新而带来文学趣味的变迁似乎又是顺理成章的事情，前述陈独秀、章士钊对于苏曼殊的推重以及他们本人的文学片论都是证明。有意思的是，1915年10月，《甲寅杂志》的停刊号上登载了《申报》驻京记者黄远庸致编者章士钊的信，似乎正是洞见了《甲寅杂志》以"政论"为主体的思想文化过渡，预言了《新青年》在未来的选择，在信中，黄远庸提出："愚以为居今论政，实不知从何说起。""至根本救济，远意当从提倡新文学入手。"③

二、《新青年》的思想立场与中国新文学的开端

中国现代思想文化的再一次推进与《甲寅》杂志的编辑陈独秀密切相关。从某种意义上说，《青年杂志》的创办就是陈独秀对《甲寅》

---

① 见戴水如编《陈独秀书信集》97页，新华出版社1987年版。
② 见《甲寅杂志》1卷4期。
③ 黄远庸：《释言》，《甲寅杂志》1卷10号。

杂志业已形成的思想资源与作者资源的再组织与再优化,《青年杂志》的诞生和发展在很大的程度上得益于由《甲寅》月刊而来的日本因缘。除陈独秀外,《甲寅》月刊几位编辑——高一涵、易白沙也都重新聚集到了《青年杂志》,这都得力于陈独秀的人缘与盛情,例如高一涵,他本来是日本明治大学政治科的学生,受章士钊吸引而成了《甲寅》月刊编辑,由此与陈独秀相识。1915年陈独秀回上海创办《青年杂志》,首先就向他约稿。为此,高一涵回忆说:"余时已到日本三年余,为穷所迫,常断炊。独秀约余投稿,月得十数元稿费以糊口。"① 高一涵于是成了《青年杂志》最积极的撰稿人,后来更成为《新青年》著名的六编委之一。就这样,众多《甲寅》作者也都开始汇聚到了《青年杂志》,如刘文典(叔雅)、李大钊、吴虞、吴稚晖、苏曼殊、杨昌济、程演生等等。其中高一涵、易白沙、刘文典加上高语罕和谢无量可以说就是《青年杂志》初创时期的第一批骨干作者。后两位一是陈独秀《安徽白话报》的编辑,一是陈独秀《国民日日报》的编辑,而他们又都先后留学过日本,也就是说,陈独秀首先是汇聚了以《甲寅》月刊为主体、辅以自己的其他文化通道的作者队伍,而且他们都有着共同的留日出身。以后,随着刊物的发展特别是陈独秀社会关系与社会职业的变化,其作者队伍也随之而不断壮大,特别是1917年1月,陈独秀受蔡元培之请,担任北京大学文科学长,《青年杂志》(从第2卷起已经改名为《新青年》)的作者骨干转换为以北京大学教员与学生为主体,如胡适、刘半农、蔡元培、钱玄同、沈尹默、沈兼士、陈大齐、周作人、鲁迅(1920年8月起)、朱希祖、杜国庠等,值得一提的是,这里提及的北大教员除胡适、刘半农、蔡元培外多半也都有过留学日本的背景,加上既是《甲寅》旧友又任职于北大的高语罕、李大钊、杨昌济、章士钊,以及其他留日知识分子如潘赞化、谢无量、汪叔潜、

---

① 高一涵:《李大钊同志略传》,《中央副刊》(武汉),1927年5月23日。

马君武、陶履恭（孟和）、光升等，《青年杂志》中流淌的"日本因缘"十分明显。这里一方面自然与当时中国知识分子的留日比例有关，但从另一方面看，恐怕也正是留日群体对当下中国社会政治的切近体悟与思考与《青年杂志》的批判性目标有了更自然的契合。

陈独秀离日返沪创办《青年杂志》，就是要按照自己的理解推进和调整《甲寅》月刊的文化追求。他称杂志"批评时政，非其旨也"。其实就是将《甲寅》月刊时期的政治中心转换为以思想文化为中心，基点则是抱定要"改造青年之思想，辅导青年之修养"，"盖欲与青年诸君商榷将来所以修身治国之道"。①特别是在《青年杂志》更名为《新青年》之后，这一追求就更加明显了。《青年杂志》自1916年2卷1期开始更名为《新青年》，当期就有陈独秀的《新青年》、李大钊的《青春》两文激扬新生的生命。另据笔者统计，从1915年9月《青年杂志》创刊到1926年7月《新青年》终刊，该杂志发表的以"青年"为标题的论说、文学创作、翻译、读者论坛等文字就有34篇，尤其是处于初创阶段的前三卷杂志（1915年9月到1917年8月），几乎每期都有关于"青年"意义的阐释，有时一期还多达三四篇，如1卷1期有三篇：陈独秀《敬告青年》，高一涵《共和国家与青年之自觉》，译作《青年论》；2卷2期有四篇：吴稚晖《青年与工具》，刘叔雅《欧洲战争与青年之觉悟》，谢鸿《法国青年团》，李平《新青年之家庭》等等。这说明，《新青年》杂志是决心将新的文化观念传播到新一代的中国人当中，《新青年》同人决心通过青年一代的思想认同为中国的未来建立一种新的思想与文化。

那么，这种新的思想文化的基础何在，或者说新一代中国人的新的思想认同的基点是什么呢？在《青年杂志》创刊之初，陈独秀开宗明义有《敬告青年》六条，作为基础的第一条便是"自主的而非奴隶的"，

---

① 《青年杂志·社告》，《青年杂志》1915年9月1卷1期。

他提出:"独立自主之人格以上,一切操行,一切权利,一切信仰,唯有听命各自固有之智能,断无盲从隶属他人之理。"[1]这其实就是陈独秀《甲寅》月刊时期所确定的个人立场。

不仅是作为主编的陈独秀将"个人"的"主义"带入了新的刊物,其他深受《甲寅》月刊"人权""个体""自由"思想浸润的作者也一同阐发着以"个人"为基础的新文化追求。与《甲寅》月刊不同的是,《青年杂志》(特别是成为《新青年》以后)将思考从政治意义的"权利"转向了文化意义的"人生"与"信仰"。人的道德重建与精神重建问题成为了这一时期的中心话语。

《新青年》同人以各自的方式阐述着新一代中国人(新青年)所应当具有的"个人"主体立场,努力建构以"个体"、以"自我"为出发点的"新文化"思想系统。《甲寅》月刊的老作者如陈独秀、高一涵、易白沙在《青年杂志》(多在第1卷)尚有不少关于政治民主的文章发表,但与《甲寅》月刊时期比较,他们的议论更像是在观念的层次上进行:"试看陈独秀、高一涵等人在《新青年》(包括其前身《青年杂志》)上刊载的推崇西方激进民主的文章,便会发现,他们议论的重点并不在共和国体、议会政治等民主的结构性、操作性层面,而在'民权平等''主权属于人民'之类高调民主理念。"[2]在这里,政治民主的意义主要不再是一个"国体""政体"的问题,而是与个人人生意义的寻找、与自我的自由追求相联系,倡导个人的权利也主要不是批判"伪国家主义",而是要将个人的人生价值从宏大的"国家"目标中剥离出来,例如高一涵提出:"人民、国家有相互对立之资格","国家者,非人生之归宿,乃求得归宿之途径也。""今吾国之主张国家主义者,多宗数千年前之古义而以损己利国家为主,以为苟利于

---

[1] 陈独秀:《敬告青年》,《新青年》1卷1号。
[2] 冯天瑜:《〈新青年〉民主诉求之特色》,《北京大学学报》1999年4期。

国,虽尽损其权利以至于零而不惜。"①在另一篇《共和国家与青年之自觉》里,他又为个人的自由与"小己主义"正名:"道德之根据在天性,天性之发展恃自由,自由之表现为舆论。""社会集多数小己而成者也。小己为社会之一员,社会为小己所群集,故不谋一己之利益,即无由致社会之发达。"②易白沙专题讨论了"我"的意义及其与"国家""世界"之关系:"有世界矣,有国家矣,斯不能无我以为之主人。""西方哲人所以能造化世界、造化国家者,无他,各自尊重起其我而已矣。"③此外,吴虞抨击传统礼教对于人的损害,高呼:"到了如今,我们应该觉悟:我们不是为君主而生的!不是为圣贤而生的!也不是为纲常礼教而生的!"④李亦民《人生唯一之目的》为"为我主义"正名,提出"以我身为中心,不为外界所驱使。"⑤李大钊以《青春》《今》《新的!旧的!》等激情四溢的文章激扬新的创造精神,⑥此外,"个人主义"的易卜生,尼采、柏格森的生命哲学,叔本华自我意识学说以及所谓"美国人的自由精神""欧洲战争与青年觉悟"等等也作为西方个人与自我思想的重要内容在杂志上获得了相当的介绍。

人的道德重建与精神重建问题成为了《新青年》的中心话语,这就为包括文学在内的其他精神创造开辟了一个自由宽阔的基地。在《甲寅杂志》上就已经出现过的苏曼殊此时又被陈独秀引入了《新青年》,其小说《碎簪记》在2卷3号、4号上连载,陈独秀继续从表现人生与自我人性真实的角度对它大加肯定。自1917年1月出版的《新青年》2卷5号开始,更公开打出新文学革命的大旗,连续发表了早已为我

---

① 高一涵:《国家非人生之归宿论》,《青年杂志》1卷4号。
② 高一涵:《共和国与青年之自觉》,《青年杂志》1卷1号。
③ 易白沙:《我》,《青年杂志》1卷5号。
④ 吴虞:《吃人与礼教》,《新青年》6卷6号。
⑤ 李亦民:《人生唯一之目的》,《青年杂志》1卷2号。
⑥ 分别见《新青年》2卷1号、4卷4号、4卷5号。

们的文学史所一再引述的诸多言论与作品,至于一年以后的4卷1号开始使用白话和新式标点,接着又是全面的白话的实现——这已经是新文化与新文学的充分自信的标志了。在这里,我以为有必要注意一点,即无论这些言论的理性自觉有多少的差异,也无论这些文学作品的实际成就还有怎样的参差,它们那或显或隐的"个体"本位立场却是前所未有的。陈独秀的《文学革命论》等著名的五四战斗檄文,都一再将因袭、复古这些丧失个性化创造的现象作为文学革命的对象,也认定"贵族文学"之弊就在"藻饰依他,失独立自尊之气象"。周作人《人的文学》作为五四新文学运动的理论旗帜,他所谓的"人"就是个体的人,用他的话来说,就是"一种个人主义的人间本位主义","要森林盛,却仍非靠各树各自茂盛不可"。"人爱人类,就只为人类中有了我、与我相关的缘故。"有了个人,有了"我",也才有了人生的各自不同的意义,而我们也才有了以记录人生为目的(而非宣传政治理想为目的)的新的文学。周作人说:"用这人道主义为本,对于人生诸问题,加以记录研究的文字,便谓之人的文学。"——在五四文学白话的"新鲜"形式的背后,是整个思想基点的根本改变。其他,如初期白话新诗一反中国古典消泯意志的意境追求,开始将个人的"主观意志"作为表述的对象,①"问题小说"的出现表明一个有理想有个性的人的生存形态成为了小说家关注的主体,《新青年》"随感录"栏目对现代散文的拓新是以强化作家批判社会与传统的个性来实现的。正如郁达夫所说:"五四运动的最大的成功,第一要算是'个人'的发现。从前的人,是为君而存在,为道而存在,为父母而存在的,现在的人才晓得为自我而存在了。我若无何有乎君,道之不适于我者还算什么道,父母是我父母;若没有我,则社会、国家、宗族等哪里会有?"②

---

① 参见拙作《中国现代新诗与古典诗歌传统》,西南师范大学出版社1994年版。
② 郁达夫:《〈中国新文学大系〉散文二集导言》,良友图书公司1935年版。

在个体与个体之间，在不同的"自我"之间，差异性的存在是绝对的，这实际上带来了五四新文学的多种可能性。我们注意到，无论是过去对"五四"的无条件讴歌还是近年来连续不断的质疑都有一个共同的特点，即都是将五四新文学（乃至此前的整个现代文学的"发生期"）视作一个彼此没有分别的现象，一毁俱毁，一荣俱荣。其实，从晚清到"五四"，从"五四"的理论到创作，从这位作家到那位作家，恰恰是一段相当复杂的存在，其间辗转变迁、气象万千，已足以让我们目不暇接了。

例如，我们固然可以将晚清到"五四"的文学发展统一到"现代民族国家建设"的宏大目标中来，然而，问题在于，单纯的民族国家理想已经不能解释从梁启超到陈独秀、鲁迅的思想立场的变迁了。历史的事实是，《新青年》一代人的思想立场恰恰是对晚清一代的否定，正是因为《新青年》一代人对早期国家主义立场的质疑和批判，才使得"五四"时期对日本体验的发掘有了普遍的深度，并且从体验异域的深刻演化为体验中国的深刻，中国现代文学至此而获得了一个新的起点。再如，近年来我们又将五四新文学概括为"激进的反传统主义"与"文学的功利主义追求"等等，其实，在"五四"这样一个如此强调自我与个性的时代，其文学差异性的一面其实本身就是十分丰富的，同为《新青年》同人，其思想的相似并不能成为其文学一致的理由，甚至也不能用作家自己的理论宣言的明晰性去取代其创作的实际复杂性，例如从陈独秀"决不容反对者有讨论之余地"的激进中推导整个新文学创作的"数典忘祖"；[1]或者认定鲁迅的《狂人日记》就是以"吃人"

---

[1] 刘纳在她的《嬗变》中已经令人信服地证明，在"五四"，"与年轻一些的创作这相比，发难者们与传统文化的精神联系更为紧密，然而，'断裂'的愿望却更多地表现在发难者的宣言里，而在年轻的创作者们的创作追求中，我们既能够看到告别传统的努力，却也容易感受到现代意识与古代意识的糅合。"（《嬗变》第384、385页，中国社会科学出版社1998年）

的寓言偏激地概括了民族传统，我认为《狂人日记》的"吃人"寓言固然是五四新文化的经典，但是，若只是将鲁迅小说中混同于"五四"一般意义的"反封建"，将"吃人"视作其他思想家政治家一样的针对封建文化的知识性总结，这就忽略了鲁迅渗透于其中的丰富复杂的与众多作家都不相同的心灵之声，特别是提出这一"偏激"判断的个体体验逻辑，最后，我们也将远离了中国新文学真正的"新"的本质。

　　这里就涉及到一个如何理解思想变迁所形成的文学"立场"与"格局"的问题。"立场"就是创作主体在社会人生中的立足点，"格局"就是新文学创作在整个社会生活中的价值和意义。"立场"与"格局"不是文学创作本身的内容，不是作家"进入"创作后的实际感受，它们是为文学事业的开展勾画出了一个活动的范围。《新青年》知识分子沿袭民国初年的日本体验为五四新文学所勾画的范围较前人已经有了不同，这种不同主要体现在他们是借助思想的力量击碎了过去关于人的社会定位，释放了独立个性的价值魅力，建立了中国作家重新解读人生的"姿态"，这就是由思想变迁所形成的"立场"与"格局"之于中国现代文学发展的重要意义。不过这毕竟都不等于五四新文学文本的具体内涵——理性的学说不能代替文学的感性抒发，知识性研究也不就是解读人生的结果。在具体的创作实践中，"思想"往往只是赋予作家写作愿望的模糊的远景，或者提醒作家注意人生"意义"的一种尺度，文学创作自有其自我运动的感性形式。我们看到，不仅"思想"在"五四"以后的许多作家那里依然作为一种"学说"而浮动，出现了"思想"与"文学"相脱离的实际情形，出现了作家所公开的"思想"不等于其内在思绪与体验的尴尬。在像鲁迅这样并不依附于任何一种外在"思想"的作家那里，同时代思想者的很多思想形式与知识概念都不足以说明其内在的幽微，鲁迅的"思想"是真正与他的艺术体验的思绪相互融合的东西。理解了这一层，我们才不会将鲁迅作为"五四"思想的简单的代言人，也不会用其他人关于传统文化的知识性归纳来

简单解释《狂人日记》的"吃人":

> 我翻开历史一查,这历史没有年代,歪歪斜斜的每页上都写着"仁义道德"几个字。我横竖睡不着,仔细看了半夜,才从字缝里看出字来,满本都写着两个字是"吃人"!

中国文化"吃人",这是鲁迅最惊世骇俗的宣判!其淋漓痛快,其摧枯拉朽,其无畏无惧,都曾经令多少卫道士忿忿不平,多少的学者蹙眉叹息,今天,又成了多少"现代性质疑"者的众矢之的!然而,所有貌似公正的辩解其实都来源于他们所掌握的"历史文化知识",但问题在于,《狂人日记》本身就不是他们所熟悉的那种"知识的考证",也不是他们在理智状态下所宣讲的"思想"。《狂人日记》是文学,文学是人生命的体验,它不是我们在日常社会惯性控制下瞻前顾后的"公平"之论,它是鲁迅在经历了日本这一现代文明洗礼后对中国人生的"洞见"。在日本经验的参照下,鲁迅的人生体验只能是遵从一个准则,这就是人的生命的价值。如果说中国文化在鲁迅的体察中的确是以各种各样的形式扼杀着人的基本权利,人的存在和发展并没有能够无条件地成为"天赋",那么,在以自我感受为最大真实的文学创作中,"吃人"便无疑成为了一个颠扑不破的真理。这毋庸讨论,因为它根本就不服从学院派学术的规则,也不是历史知识归纳的对象。很显然,"狂人"深夜读史并不是为了成为学院派学者,而是现实人生的忧患令他夜不能寐;他也不是在学术研究中归纳着中国文化的结构与性质,而是狼子村人的"青面獠牙"让他的实际体验与历史感触两相融合,最终升华为一种精神意义的"整体象征",象征世界里的"世人真面目"是文学的"真",是情绪的"真"。可以说,这种近似于西方现代主义思维的"真"正是鲁迅超乎常人的尖锐和深刻,是比知识性的历史更真的"历史",也是比经验性的现实判断更准确的"现实",但却又并不等同于关于历史与现实的任何学问性的知识归纳。"吃人"对于狂人而言不是"知识考古学"的结论(尽管这并不妨碍今天的研究者就"吃人"作中国文化上的"知识考古"),而是活脱脱的生存虐杀的体验。鲁迅创作的是文学作品的《狂人日记》而非通俗版的"中国传统文化论",这就是说,这部作品的意义是由它全部的文字、全部的生动丰富的人生图景所组成的。鲁迅与其说就是为了假借一个生动的形式来传达出一个惊人的知识,毋宁说就是为了揭示一个现实中人的重要人生体味——生存遭遇的全过程与精神炼狱的全过程:一个原本"正常"的人生被猛然间揭开伪饰、洞见真相的种种后果。洞见了真相的人是如何成了"另类",他又该如何来承受这弥天的恐惧? 当然,人生总归还得回到他自我遮蔽的状态,人也只能在默认这一遮蔽之后继续求生,世界继续包裹着自己似是而非的"真相"运行——包括这人生的歧义、含混、矛盾和解读的艰难,包括我们对它的反抗和依赖,拒绝和认同,愤懑与无奈。当许多《新青年》的作者主要还是在知识概括与经验总结的意义上营造他们的思想立场之时,鲁迅却自由地表达了自己的感性直觉,创造了他精神体验的形式。后来的人们已经习惯于将知识性经验性的现象统计作为历史与现实的认识"标准",这就很难理解《狂人日记》的"体验之真"了,而学院派知识分子也常常将知识积累中的某一学说称作自己的"思想",这便更与艺术的思维判断有了很大的距离。今天的理论家似乎找到了许多认定鲁迅"偏激"的理由,但不幸的是,他们却由此丧失了进入一部伟大作品的独特体验的机会。今天,已经有学者提醒我们留意"思想史取替文学史"的不良后果,① 我以为这在客观上起码有两重指义,一是指那种以时代思想的分析"代替"作家个体的感性体验的现实,

---

① 温儒敏:《思想取替文学史?》,见南京大学中国现代文学研究中心编《中国现代文学传统》,人民文学出版社 2002 年版。

二是将作为认知对象的"思想"认作文学艺术内在思维的现实。

当然,这并不是说"思想"本身就没有了意义。实际上,近代以来的中国文化转换首先便是一个思想信念的崩溃与重建问题,能够重新支撑和统摄全民族行为的新的思想信念将渗透到其他一切的精神文化活动当中,成为其他精神现象变迁发展的动力性因素。所以我们今天的中国现代文学常常需要结合"思想史"的考辨来加以说明,[①]但必须注意的是,开辟了体验空间的新思想立场并不能代替体验本身,甚至作家自诩的社会思想观念也不一定就是他真实的内部思绪,更何况近现代思想并非是混沌的一体,从梁启超的"新民说"到《甲寅》月刊对"伪国家主义"的批判再到《青年杂志》对个人独立自尊的阐发,这些带动了中国文学现代变迁的"思想"都各有不同。随着中国近现代社会的历史发展,中国知识分子的"思想"探求明显呈现为几个层面,每一个层面的实质意义与作用都不相同,对文学发展实际的开拓方向与深度也大相径庭,我们必须充分意识到中国近现代思想发展从梁启超到《青年杂志》的这种"多层次"性。思想的发展归根结底是自我认知系统的一种调整,又与个体的感悟相互纠缠,其意义最终在于"开辟",即对于文学感悟通道的疏浚、激活与推进,我们依靠新思想的力量击破旧的理性认知框架,为自由的感悟开辟宽敞的空间,最后创造文学的还是心灵的感悟;思想的开辟与疏浚也不是一次性完成的,不同层面的认知障碍需要不同阶段的多次疏通,每一次疏通之后都应给自由感悟留下生长的时间。梁启超的"新民说"展开的主要是近代政治小说的生长空间,《青年杂志》对个人独立自尊的阐发则打开了文学通达个人人生世界的可能。在这一过程中,任何外来的"现代性"

---

① 关于"思想"之于中国现代文学的重要意义,何锡章有过较好的概括,见何锡章《论"思想"在中国现代文学价值生成与存在中的意义》,《文学评论》2002年5期。

思想方案都不可能完整地在中国呈现和流传，它只能以启迪心智的意义被中国人"创造性"地读取其中的某一侧面，然后中国作家又按照自己的"思想"建构来发现和表现自己的人生体验。日本的体验中亦混合了中国先前的体验，在"思想"与"文学"之间，在"外来的思想"与"中国的文学"之间，也存在着若干复杂微妙的关系。

三、新的"格局"与新的体验

一个时代"思想"变迁的显著表现还在它对文学活动"格局"的影响中。对于人生现实的新的理性认识将直接改变一代人展开文学运动的形式。当《青年杂志》自觉地演变为了《新青年》，这里体现出来的是一种把定历史运动方向的自信。在对国家民族问题的思考已经取得了更多社会认同的时期，凝聚同道、调用资源的可能都非鲁迅兄弟的《新生》所能比拟的了。

从《甲寅》月刊到《新青年》，这些思想文化杂志之所以能够对社会形成巨大的思想冲击，就在于它们在凝聚作者、争取读者和造成广泛的社会传播效应方面获得了较大的成功。《甲寅》月刊的创办依托了国民党背景。它原为胡汉民所发起，请"资格颇老"的章士钊出任主编也是为了协调当时党派的矛盾，最大程度地利用好党派资源，[①]自1卷5期起，印刷与发行改由上海亚东图书馆代理（至1915年10月1卷10号再由杂志社自办）。陈独秀1915年6月自日本归来积极筹办《青年杂志》，他与群益书社商定，由书社出资承担杂志出版，负责印刷发行工作，每月提供编辑费、稿费200元，[②] 最初每期大约只有1000份左右，1917年以后，销路骤增到16000份，许多期都重印

---

① 参见章士钊：《欧事研究会拾遗》，《文史资料选辑》第二十四辑。
② 叶再生：《中国近现代出版通史》第2卷第107页，华文出版社2002年版。

过多次。① 当年的青年读者对于《新青年》杂志的反映是这样的热烈：

"未几大志出版，仆已望眼欲穿，急购而读之，不禁喜跃如得至宝。""深恨不能化白千万身，为大志介绍。"②

"我们素来的生活，是在混沌的里面，自从看了《新青年》渐渐的醒悟过来，真是在黑暗的地方见到了曙光一样。"③

"它的出现像是一声雷鸣，把我们由骚扰不宁的梦中震醒了。"④

《新青年》编辑的组织能力、组织实效尤其值得我们注意，随着作者队伍从《甲寅》月刊扩大到北京大学，《新青年》实际上已经充分地为它自己寻找到了稳定可靠的作者与读者队伍，这与鲁迅当年仅仅依靠几位同人的赤诚创办《新生》的情形大不一样了。在这方面，著名的"金心异"游说事件大约可以反映他们思想组织的力度与成效。当鲁迅一度因为理想的挫折而用"钞古碑"的方法打发寂寞与无聊时，是昔日的日本同学、今天的《新青年》编辑钱玄同踏进了 S 会馆，以《新青年》式的决绝姿态说服了鲁迅，也请到了周作人的加盟，于是我们的新文学才有了其标志性的作品——小说《狂人日记》与文论《人的文学》《平民文学》，有了属于现代散文新创造的小品文与杂文。鲁迅兄弟在日本产生的人生体验在经过了寂寞痛苦的蛰伏之后，终于获得了一次新的爆发，他们的体验构成了五四新文学初期最生动和最深刻的感性内容。

"然而几个人既然起来，你不能说决没有毁坏这铁屋的希望。"钱玄同在 S 会馆发表了有力的论断。这里的决绝与陈独秀另一番斩钉截铁的宣判相得益彰：

"决不容反对者有讨论之余地，必以吾辈所主张者为绝对之是。"

---

① 张静庐编《中国近代出版史料二编》，第 315 页，北京群联出版社 1954 年版。
② 毕云程：《通信》，《新青年》1916 年 9 月 2 卷 1 号。
③ 恽代英：《新青年》1919 年 6 卷 3 期。
④ 转引自周策纵：《五四运动史》第 100 页，岳麓书社 1999 年版。

今天有人对五四新文学运动的先驱提出了"语言暴力"的质疑，其实，没有与政治经济权力相结合，"语言"何来压榨他人的能力！既然无缘对他人形成实际的压榨，那么这里让人感觉到的"力"也就只剩下了决绝判断的语言力量——而这却属于人类正常的语言现象与言论权利了！何况，在"一盘散沙"的中国，如果没有如此凌厉的思想断喝，没有如此富有裹挟效果的人员组织，但凭几位文学爱好者的生存体验与赤诚，《新青年》会不会也如鲁迅他们的《新生》一样的夭折？这也很让人怀疑。

《青年杂志》的经营与传播很好地"盘活"了以北京大学为中心的新文化与新文学资源，依赖这些资源，又出现了《新潮》《少年中国》等其他新文学群体。一个巨大的读者与作者群体的出现为中国新文学的持续发展带来了切实的保证。《青年杂志》宏大的公开呐喊的声音营造了五四文学新的思想场境，这些思想的呐喊与鲁迅等人文学创作的体验世界交相辉映，五四新文学的发生便是鲁迅、周作人式的人生体验，与陈独秀等人从民国以后发展起来的现代思想理论，还有《新青年》式的知识分子的文学运动方式的恰当的结合，其中，应该说是鲁迅、周作人的人生与艺术体验集中代表了这一历史现象的高度与深度。而所有的这几个方面都与日本有着密切的关系，或者是在日本形成的独特的人生艺术体验，或者是在日本获得了自由的思想空间与言论空间，或者就是在日本结下了宝贵的人伦因缘。

自此，日本体验可以说是基本上完成了对沉滞的中国心灵的激活，现代中国的全新体验开始为人们所发掘、所传达。这种新的前所未有的体验便是中国现代文化，而这一体验的艺术表现形式就是我们的中国现代文学。在这个时候，我们又回到了前文多次阐发的日本体验/本土需要的结构关系当中。我们知道，这一结构关系中的每一单项并不是在任何时候都具有同等的价值。晚清时代的中国文化与中国文学，其本土体验已经钝化，这个时候，对本土的单纯的坚守就是自我的封闭和保守，因为钝化的感觉已经无法为中国文学的发展带来创造的契机了。相反，我们有必要通过对以日本为代表的异域世界的体验击碎我们业已形成的封闭，恢复我们感觉的能力，激活我们创造的欲望。经过艰苦的历程，到了"五四"，日本体验已经激活了我们自身的感觉，自此以后，中国作家的首要使命转为了对现代中国的深入体验与表达。对日本和其他异域的体验当然还会对我们产生积极的启示作用，但体验日本已经不再是我们的基本任务了，体验自己、体验本土是这个时候文学活动的中心。

当然，随着中国留日活动的继续进行，中国作家的日本体验并没有就此终结，如从"五四"前后的创造社同人一直到20世纪30年代的抗战爆发，都不断有中国作家前往日本，他们继续从日本带回他们各自的"体验"，并试图借助这些体验汇入中国文学发展的洪流，传达他们独特的声音。然而，在这个时候，异域体验与本土需要的结构关系却发生了一个根本性的变化。即是说当梁启超、陈独秀、鲁迅他们在发掘各自的体验之时，中国本土作家的文学体验已陷入困顿淤塞，在这种情况下，异域的体验也往往就是留日中国作家"打开"自我心灵的一种方式。异域激活了本土，异域的体验也直接转化成了本土的、自我的人生意识，异域体验与本土需要不仅没有过程上的矛盾，也往往没有精神上的阻隔。然而，当创造社同人汲取日本体验又试图以此介入中国文学之时，情况却发生了变化。这个时候，在中国本土，新的文学体验方式已经形成并沿着自己的轨道发展着，他们关于本土与自我的"深度体验"无疑具有影响人心、左右文坛的力量，这对初出茅庐又与本土相对隔膜的创造社青年来说就是一种无形的压力。于是，为了努力排开这"大局已定"的文坛压力，他们为自己选择了一个方向——继续强化和倚重自己的异域资源，更不断以异域文化的"新异"与"先进"对抗本土既有的文学思潮。这样的选择无疑将为我们的中国现代文学继续输入异域文化的信息，但同时却也将创造社作家自己置于了一个相当微妙的境地：为了"对抗"而输入的异域思潮究竟在多大的程度上反映了他们各自的真实心灵，又在多大的程度上契合了中国现代文学本土发展的需要？

从异域体验的自我冥合到所谓先进思潮的不断输入，中国现代作家的日本体验方式开始发生了某种重要的变化，这一变化最终造成了中国现代文学的复杂格局。

第五章　挣扎中的"创造"与新文学复杂格局的形成

以上我们主要从梁启超——鲁迅这一近代中国的留日学人与学生的历程出发，追踪了他们各自的人生艺术体验。按照这样的描述，中国现代文学的发生似乎就是一个连续的人生与生命体验的"深化"过程，日本体验的意义就在于中国固有的感受形式遭遇阻滞、陷入困境之后，重新激活了中国知识分子的心灵，让他们有机会重新发现了人生的新意与文学的新趣。从梁启超一代知识分子的知识性的相对表层的体验到鲁迅兄弟的深度体验，从极少数知识分子的个人体验到《甲寅》月刊、《新青年》群体的更广泛更系统的政治学——文学追求，现代中国文学意趣与思维的发生过程就呈现为如此分明的逻辑进程。

然而，这却仅仅是历史的一个侧面。现代中国的文学就如同现代中国社会历史一样从来都是一系列复杂因素共同作用的结果，任何单一的线性的历史描述最终都将被证明是单薄的和无效的。今天我们看到的现代中国文学之所以如此的丰富与复杂就在于它从"发生"与塑形的时候开始就不是一种文学向度的单一掘进，而是立足于不同人生层面与艺术理想的群体并行、分歧、矛盾、纠缠与耦合的过程，这种矛盾分歧中的塑形才基本上奠定了现代中国文学未来发展的"底盘"与基础，形成了未来冲突与联合的"结构"。

在多种发生与塑形的力量中，特别值得我们注意的便是创造社青年作家群体，与前述梁启超——鲁迅留日学人与学生一样，他们同样体现了日本体验之于现代中国文学发生的重要意义，然而，与前述学人学子的重大差异却在于，他们体验的心态与方向却出现了重大的改变，而这些改变了的东西又最终成了现代中国文学发生与塑形的分歧性的能量。

一、现代社会漩流中的个人

在中国近现代学人的留日史上，有几个值得注意的历史转折点。就在这几个时间点的前后，历史环境与个人生活状态都发生了重要的变化，这些变化赋予了日本体验新的内涵，最后又影响到了中国新文学的创立。

1907年前后是一个值得注意的时间点。上承1898年的戊戌变法，下启1911年的辛亥革命，从体制内的改良到制度的整体重建，留日中国学人所感受到的是不同政治理想背后的自我意识的差异，而这样的差异正可以通过现代化进程中的日本获得，前文所述鲁迅、周作人兄弟的"深度体验"就发生在这个时候，走出梁启超一代的国家主义文学视野之后，鲁迅、周作人等少数留日中国学生以他们在日本文化环境中所获得的关于自我与文学的"深度体验"进一步推进了中国文学的自我嬗变，并最终催生作为中国文学"新宗"的文学理念。

1912年前后又是一个值得注意的时间点。

如果说在1911年辛亥革命发生之前的中国知识分子，还普遍辗转于现代民族国家构建的焦虑当中，他们自身的人生理想与自我定位自觉不自觉地与这一重大的民族目标相联系，而所谓留日学人的日本体验其实就是日本社会文化的现实经验与中国目标的一种感性对话。那么，一旦我们的现代民族国家形式得以确立，中国知识分子对自我与人生的关怀便有可能暂时失去了与民族国家目标的直接连接关系,转而更多地返回到自己生存问题的本身,返回到自我精神需求的内部,并以此作为"文学"的起点。在这个时候,所谓的日本体验也就常常成为了日本社会的个人生存状态与留日学人自我的生存遭遇之间的感性对话。

我们所考察的前期创造社作家群绝大多数都是在1913年以后留学日本的。

在此以前,一批在继承—超越梁启超式的国家主义启蒙理想中起步的中国学人已经告别了日本:鲁迅于1909年回国,许寿裳于1909年回国,周作人于1911年回国,就连对世纪初年留日学界影响甚巨的梁启超也于1912年回国,他们的归来既开启了中国新文化与新文学的未来可能,也同时宣告了一个重要的留日阶段的结束。

从1913到1917,就在新的中华民国的时代到来之际,又一批青年东渡而去——1913年有郭沫若、郁达夫,1914年有张资平,1916年有田汉,1917年有郑伯奇,1918年有穆木天,一段新的人生体验开始了。

这新的体验都有些什么特点呢?在这一批青年留学日本的最初的言论中,我们常常能够读到"孤独""迷茫""矛盾"一类的描述,与鲁迅等人所谓"精神界战士"式的孤绝不同,他们的诸多感言都直接联系着当时具体的生存问题,体现着一种个人化的生存态度。

例如郭沫若。与安娜的结合是他常常谈到的个人苦闷,这种苦闷体现在两种意义上。

其一是与当时留学界的"爱国主义"的矛盾。"原来在那一九一八年的五月,日本留学界为反对'中日军事协约',曾经闹过一次很剧烈的全体罢课的风潮。在那次风潮中还有一个副产物,便是有一部分极热心爱国的人组织了一个诛汉奸会。凡是有日本老婆的人都被认为汉奸,先给他们一个警告,叫他们立地离婚,不然便要用武力对待。这个运动在当时异常猛烈，住在东京的有日本老婆的人因而离了婚的很不少。不幸我那时和安娜已经同居了一年有半，我们的第一个儿子和夫产后已经五个月了。更不幸我生来本没有做英雄的资格，没有吴起那样杀妻求将的本领，我不消说也就被归在'汉奸'之列了。"①

其二是与传统家庭伦理观念的冲突。"我的罪恶如仅只是破坏了恋爱的神圣——直截了当地说时，如仅只是苟合！那我也不至于过去自遣。只是我还有件说不出来的痛苦。我在民国二年时，我的父母早已替我结了婚，我的童贞早是自行破坏的了！我结了婚之后，不久便出了门，民国三年正月，便来在日本。我心中的一种无限大的缺陷，早已无可补实的余地的了。不料我才遇着了我的安娜。我同她初交的时候，我是结了婚的人，她是知道的。我仗恃着我结了婚的人，所以敢于与她同居。唉！我终竟害了她！"②

前一方面的表述将个人与时代的风潮分割开来，后一方面的表述又呈现了个人与传统伦理道德的纠缠矛盾关系。在这样的情绪氛围中，我们看到的是一个为各种生存的方式所困扰的人生旋涡中的"自我"。

对人自身的重新发现和关注可以说是近代以后留日中国知识分子的重要成果，也是影响了现代中国文学发生的关键性环节，从梁启超《新民说》中的"新民"理想到鲁迅《文化偏至论》的"入于自识"再到郭沫若《三叶集》中反复念叨的"人格""生命"，可以说构成了留日中国学人重认"人"性意义的基本线索。不过，究竟什么是"我"，我们对"自我"的关注究竟是在什么样的意义上进行，这却可能有不同的回答。正如科恩所说："'自我性'的问题是人的本质问题的一

---

① 郭沫若：《创造十年》，《郭沫若全集》文学编第 12 卷第 39、40 页，人民文学出版社 1992 年。
② 郭沫若：《三叶集·郭沫若致田汉》，《郭沫若全集》文学编第 15 卷第 43 页，人民文学出版社 1990 年。

个侧面。但是它实际上又包含了许多问题。"① 我们可以从本体论的角度立论，可以从价值论方面追问，可以在心理学意义上加以探询，也可以社会政治的角度提出要求。

对于梁启超而言，他的理想是："余为新民说，欲以探求我国民腐败堕落之根原，而以他国所以发达进步者比较之，使国民知受病所在，以自警厉自策进。"② 他洋洋十数万言的"新民"之论第一次系统涉及了人自我发展的诸多问题，如个人道德、国民公德、个人权利与自由、人伦关系、人格气质、社群与国家等等，不过，所有这些讨论都清晰地立足于国家政治的层面，归根结底，是为了"合群救国"才不得不思考"人"自己的问题。

如果说梁启超是为了"立国"才开始"立人"，"立国"是最终的目标；那么鲁迅、周作人等便是直接将"立人"作为了自己追求的方向，在周氏兄弟这里，完成了从抽象的国家民族到具体的个人与自我的转换，"个人"真正从"众数"中独立出来，"人于自识，趣于我执，刚愎主己，于庸俗无所顾忌"③。不过，鲁迅谈"个人"与"自识"又非从哲学的本体论层面上立论，依然属于价值论的层面，也就是说，提出"个人"与"自识"的问题，还是为了推动民族改造、社会进步这一事业。与梁启超的不同在于，个人与自我的问题在鲁迅这里不再是解决国家民族问题的"手段"与"步骤"，它本身就是一个独立的重大问题，或者说，在鲁迅这里，同时存在着国家民族的问题与个人自由的问题，它们彼此独立，同样具有紧迫性，在当前，个人自由的问题更具有紧急意义，但鲁迅又无意分割这两个问题间的重要联系，这就如同他在"任个人而排众数"的同时继续思考国家民族的整体危

---

① 科恩：《自我论》，中译本第 21 页，三联书店 1986 年。
② 梁启超：《新民议》，《饮冰室合集》文集第 3 册第 681 页，中华书局 2015 年。
③ 鲁迅：《坟·文化偏至论》，《鲁迅全集》第 1 卷第 50 页，人民文学出版社 1981 年。

机,并没有舍弃对"众数"命运的关怀一样。《文化偏至论》的结尾,正是鲁迅对国家民族命运的无限感叹:"往者为本体自发之偏枯,今则获以交通传来之新疫,二患交伐,而中国之沉沦遂以速矣。呜呼,眷念方来,亦已焉哉!"①只不过,鲁迅更充分意识到"任个人"与"荐轩辕"之间的丰富的互动关系,他并不追求两者之间的直接对接。

与梁启超简捷地将个人与自我的问题纳入到国家民族的命题中加以论述不同,也与鲁迅从个人与自我出发,努力发掘其中的社会意义不同,在郭沫若关于自我困扰的谈论中,我们读到的多是一个青年学子人生飘忽、生存艰难、性情不定的"本身",郭沫若是在人生的波澜起伏中返观自我,窥视和描述自己内在的精神状态,他显然对自我精神的结构及其流动发展更感兴趣,到了郭沫若这里,作为个人与自我的描述的心理学意义,才真正出现了。郭沫若一代青年学子的自我精神"忏悔录"足以成为对当时中国青年进行心理分析的重要文本。

在郭沫若的留日体验中,对自我的描述常常与一般国家民族的宏大问题多有分置,个人化的怀疑、矛盾与焦虑是其主调。例如:

> 白华兄!我到底是个甚么样的"人",你恐怕还未十分知道呢。你说有Lyrical的天才,我自己却不得而知。可是我自己底人格,确是太坏透了。我觉得比Goldsmith还堕落,比还Heine懊恼,比Baudelaire还颓废。我读你那'诗人人格'一句话的时候,我早已潸潸地流了眼泪。②
>
> 咳!总之,白华兄!我不是个"人",我是坏了的人,我是

---

① 鲁迅:《坟·文化偏至论》,《鲁迅全集》第1卷第57页,人民文学出版社1981年。
② 郭沫若:《三叶集·郭沫若致宗白华》,《郭沫若全集》文学编第15卷第16、17页,人民文学出版社1990年。

不配你"敬服"的人①

> 我常恨我莫有的天才,我不能做出部赤裸裸的《忏悔录》来,以宣告于世。我的过去若不全盘吐泻净尽,我的将来终竟是被一团阴影裹着,莫有开展的希望。我罪恶的负担,若不早卸个干净,我可怜的灵魂终久困顿在泪海里,莫有超脱的一日。②

这种情绪性的批判性的自我描述,又力图通过自我的忏悔重新实现精神平衡的追求当然不仅仅见于郭沫若一人,它几乎就可以说是后来形成"创造社"的这一批青年学人的共同特征。

田汉同样表示:"你要交我,我只是这么一个'不良少年',去你理想中的'模范少年'田汉,不知道多远。劝你还是不交我的好。我自己不好,已经痛苦。加上你若识破我的元身,消灭你的幻象,使你痛苦,那么我更痛苦了。你若不弃这个不良少年,便请你时常来匡正我,督责我。你也不至于失望,我也不至于惶愧。"③

如果说梁启超、鲁迅在留日期间的自我意识是在个人/社会、自由/责任之间的理性辨析和再认,那么郭沫若等青年一代的自我意识则更倾向于天使/魔鬼、善良/罪恶之间的非理性纠缠与彷徨,在这些非理性的纠缠与彷徨的背后,是一个欲望与本能世界的被发现。对此,郁达夫表述得很清楚:

> 是在日本,我开始看清了我们中国在世界竞争场里所处的地

---

① 郭沫若:《三叶集·郭沫若致宗白华》,《郭沫若全集》文学编第15卷第18页,人民文学出版社1990年。
② 郭沫若:《三叶集·郭沫若致宗白华》,《郭沫若全集》文学编第15卷第45、46页,人民文学出版社1990年。
③ 田汉:《三叶集·田汉致郭沫若》,《郭沫若全集》文学编第15卷第36页,人民文学出版社1990年。

位;是在日本,我开始明白了近代科学——不问是形而上或形而下——的伟大与湛深;是在日本,我早就觉悟到了今后中国的运命,与夫四万五千万同胞不得不受的炼狱的历程。而国际地位不平等的反应,弱国民族所受的侮辱与欺凌,感觉得最深切而最难忍受的地方,是在男女两性,正中了爱神毒箭的一刹那。谙熟了日本的言语风习,谋得了自己独立的经济来源,揖别了血族相连的亲戚弟兄,独自一个在东京住定以后,于旅舍寒灯的底下,或街头漫步的时候,最恼乱我的心灵的,是男女两性间的种种牵引,以及国际地位落后的大悲哀。①

在这里,郁达夫一口气使用了三个"最"字,将一代留日学子的群体性烦恼(受尽"东洋气")与个人欲望层面的惑乱写得十分的明白,而最终的落脚点还在个人的欲望世界。《沉沦》中主人公的"日记"更是直接:

苍天呀苍天,我并不要知识,我并不要名誉,我也不要那些无用的金钱,你若能赐我一个伊甸园内的'伊扶',使她的肉体与心灵全归我有,我就心满意足了。②

郭沫若的小说也说过类似的意思。《漂流三部曲》中爱牟的诗歌作诗云:(272页)

去哟!去哟!

---

① 郁达夫:《雪夜——自传之一章》,《郁达夫文集》第4卷第93页,花城出版社、三联书店香港分店1982年。
② 见《郁达夫文集》第1卷第25页,花城出版社、三联书店香港分店1982年。

>   死向海外去哟！
>   家国也不要，
>   事业也不要，
>   我只要做一个殉情的乞儿，
>   任人们骂我是禽兽，
>   我也死心塌地甘受。

相对于这一代青年沉沦于欲望与情绪之中的自我烦恼，鲁迅、周作人兄弟等人日本生活中的"个人"似乎更简单、更平静、更理智。许寿裳的著名回忆是：

> 鲁迅在弘文学院的时候，常常和我讨论下列三个相关的大问题：
> 一　怎样才是最理想的人性？
> 二　中国国民性中最缺乏的是什么？
> 三　它的病根何在？[①]

对照以后我们所熟知的鲁迅的生活方式，可以知道许寿裳的回忆的确是概括出了鲁迅当时精神生活的真相，鲁迅的自我寻找与个人建构是如此自然地与民族、社会、群体的重大问题衔接在一起，在这里我们很少见到作为个人欲望世界的蓬勃与喧嚣。鲁迅自然也有痛苦与烦恼，但他的那种烦恼——例如"幻灯片事件"与《新生》的失败——更是产生自对人生的思考，是"人生原则"的挫折，在本质上，这不属于欲望的世界而是属于意志的世界，从留日时期对尼采的接近开始，鲁迅的精神生活就更倾向于在"意力"（意志）的层面上寻觅、充实

---

①　许寿裳：《亡友鲁迅印象记》第19页，人民文学出版社1953年。

和调整,这样的对自我对人性的把握方式一直贯穿了鲁迅一生,到后来《野草》的绝望与痛苦依然必须在"意志探险"的层面上才能获得深入的理解。

与郭沫若、郁达夫等人挣扎于生存欲望的苦痛而刻意"放逐"知识与理智不同,留日时期的周作人所体现出的恰恰也是一种对"知识性生活"的满足甚至迷恋:"我们在日本的感觉,一半是异域,一半却是古昔,而这古昔乃是健全地活在异域的,所以不是梦幻似的空假,而亦与朝鲜安南的优孟衣冠不相同也。"① 这里的"健全"尤其耐人寻味,从某种意义上说,它就是周作人理想中的平和的日本生活状态,是他所陶醉的稳定、理智的自我精神形式。在"古风犹存"的日本,周作人与鲁迅都生活得质朴而平和:"我们那时还无银座散步的风气,晚间有暇大抵只是看夜店与书摊,所以最记得的是本乡三丁目大学前面这一条街,以及神田保町的表里街道。从东竹町往神田,总是徒步过御茶之水桥,由甲贺町至骏河台下,从西片町往本乡三丁目,则走过阿部伯爵邸前的大椎树,渡过旱板桥(空桥),出森川町以至大学前。这两条路走的很熟了,至今想起来还如在目前。"②

所谓"银座散步的风气",这便是另外一个时代——大正时期(1912—1926)资本主义繁荣的标志了。鲁迅、周作人在日本的主要生活年代是明治年间(1868—1912),他们的记忆、情感与思维都深深地打上了明治时代的印迹。对此,周作人更有相当明确的意识。他说过:"我留学日本是在明治末期,所以我所知道,感觉喜欢的,也还是明治时代的日本。"③ 明治时代的日本完成了维新运动,开始了迈向现代社会的有序化进程,政治、经济、文化与民气都呈现出全面上

---

① 周作人:《日本之再认识》,《知堂乙酉文编》第130页,河北教育出版社2002年。
② 周作人:《留学的回忆》,《药堂杂文》第102页,河北教育出版社2002年。
③ 周作人:《留学的回忆》,《药堂杂文》第103页,河北教育出版社2002年。

升的姿态,就在这时,发生的日俄战争又以小国日本的胜利极大地震动了东亚以至世界,仿佛就是对明治成果的最为及时的嘉奖。周作人回忆说:"我初到东京的那一年是清光绪三十二年,即明治三十九年,正是日俄战争结束后一年。现在中国青年大抵都已不知道了,就是日本人恐怕也未尝切实的知道,那时日本曾经给予我们多大的影响,这共有两件事,一是明治维新,一是日俄战争。当时中国知识阶级最深切的感到本国的危机,第一忧虑的是如何救国,可以免于西洋各国的侵略,所以见了日本维新的成功,发见了变法自强的道路,非常高兴,见了对俄的胜利,又增加了不少勇气,觉得抵御西洋,保全东亚,不是不可能的事。"①

可以说,正是出于对日本社会蒸蒸日上的这种体验,鲁迅、周作人一代知识青年被激发出了诸多的故土关怀与想象,自然而然地,他们对个人发展、自我定位的激情也与对国家民族的整体思考交融了起来,而且相信通过有序的文化建构可以实现这些令人振奋的目标。

相反,到郭沫若、郁达夫、田汉等更年轻的学子留学日本之时,历史却进入到了资本主义持续发展、个人欲望持续升温的大正时代。读一读郭沫若、郁达夫一代人笔下的日本场景,我们就不难发现那些纸醉金迷、灯红酒绿的诱人景象。

郭沫若的回忆很清楚地把握了这一时代变化的来龙去脉:"自欧战开始以来,西欧的资本家因受战事的影响一时遭了挫折,日本的资本主义便乘着这个机会勃发了起来。那时的日本政府正是在财政上采取积极政策的政友会的原敬内阁,对于产业热特别加以煽扬,于是乎有好些通常的家屋都改成了各种各样的小规模的工厂。它们最大的销路不消说就是我们伟大的贵中华民国。中国便替日本人造出了很多的'成金'(Narikin)——爆发户来。那些爆发户一有了钱,头痛的便

---

① 周作人:《留学的回忆》,《药堂杂文》第99页,河北教育出版社2002年。

是怎样来把钱消费。依着经济上的铁则，他们自然要向着规模较大的再生产的方面去灌注，而同时是向着享乐一方面去挥霍，物价便如像受着魔术的呼谴一样，暴涨了起来。"① 在其他更多的时候，年轻的郭沫若都还不是如此社会分析式的冷静，他深深地搅扰于"成金"时代的这些生存迷惑当中了。

博多湾是郭沫若文学灵感的摇篮，不过这海湾带给他的却不仅仅是明媚的波光，抱洋阁上的时尚生活也是同样的历历在目："抱洋阁前面停着好几部汽车，有好些，一看便可以知其为'成金'的人，带着'艺伎'在那里进出。有时也挟着些戴四角帽的大学生在里面。听说那里面有海水浴池可以男女共浴，又还有好些娱乐的设备，如像台球之类。时而从楼上窗口中，于男女笑声之外，响出撞球的声音。"②

关于抱洋阁的这番观感出现于郭沫若与张资平的在海边的一次邂逅，接着，两人一同下海游泳，但很快却被海面浮动的煤油赶上岸来，此时此刻，狼狈不堪的两位穷学生只能"眼望着抱洋阁上临海的大楼，一些寻乐的男女，坐在楼头畅饮啤酒"③。这是几百字的描写中郭沫若第二次对抱洋阁注目眺望，其中的滋味可想而知！有意思的是，这一次抱洋阁下的郭张相遇被郭沫若视作创造社的"受胎"，未来的"创造"由此便与日本"成金"时代的欲望刺激形成了某种暧昧的联系。

远在福冈海岸的郭沫若有过如此的感念，身居大都会东京的郁达夫当然更是体验深刻：

> 两性解放的新时代，早就在东京的上流社会——尤其是智识阶级，学生群众——里到来了。当时的名女优像衣川孔雀，森川

---

① 郭沫若：《创造十年》，《郭沫若全集》第 12 卷第 43 页，人民文学出版社 1992 年。
② 郭沫若：《创造十年》，《郭沫若全集》第 12 卷第 44 页，人民文学出版社 1992 年。
③ 郭沫若：《创造十年》，《郭沫若全集》第 12 卷第 45 页，人民文学出版社 1992 年。

津子辈的妖艳的照相，化装之前的半裸体的照相，妇女画报上淑女名姝的记载，东京闻人的姬妾的艳闻等等，凡足以挑动青年心理的一切对象与事件，在这样一个世纪末的过渡时代里，来得特别的多，特别的杂。伊卜生的问题剧，爱伦凯的恋爱与结婚，自然派文人的丑恶暴露论，富于刺激性的社会主义两性观，凡这些问题，一时竟如潮水似地杀到了东京，而我这样一个灵魂洁白，生性孤傲，感情脆弱，主意不定的异乡游子，便成了这洪潮上的泡沫，两重三重地受到了推挤、涡旋、淹没，与消沉。①

为周作人、鲁迅兄弟所未体会过的"银座散步的风气"，郭沫若也有机会领略了。1921年，他从上海回东京与朋友商议刊物筹办之事，田汉相约晚间去银座领略咖啡馆，郭沫若立即兴奋不已："这对于我倒是一个很大诱惑"，接下来，他滔滔不绝地充满向往地倾诉说：

"咖啡馆情调！"这是多么诱惑人的一个名词哟！我听说那儿有交响曲般的混成酒，有混成酒般的交响曲，有年青侍女的红唇，那红唇上有眼不可见的吸盘在等待着你，用另一种醇酒来使你陶醉。那儿是色香声闻味触的混成世界。在那儿能够使你的耳视目听，使你的唇舌挂在眉尖，使你的五蕴皆充，也使你的五蕴皆空。这样的一种仙境，能得深有研究的寿昌来向导，这真是我到东京的一种意外收获了。②

联系日本社会从明治—大正的演变来比较鲁迅与郭沫若两代留日

---

① 郁达夫：《雪夜——自传之一章》，《郁达夫文集》第4卷第94页，花城出版社、三联书店香港分店1982年。
② 郭沫若：《创造十年》，《郭沫若全集》第12卷第114页，人民文学出版社1992年。

学人差异，最早深入论述这一问题的是日本学者伊藤虎丸。在《创造社与日本文学》一文中，伊藤虎丸先生详细论述了作为明治时代的"政治青年"与作为大正时代的"文学青年"这两种人格形象分别在鲁迅与郭沫若两代留日学人身上的不同的投射。伊藤虎丸分别从自我人格定位、民族主义意识、对文学的基本态度、文学人物形象的类型以及现实主义文学观念几个方面进行深入的比较。对于其中的精彩之论，我颇为认同，不过，在充分估价日本社会文化精神这一流变的重要投射之余，我依然想提醒大家注意作为中国青年在异域生活中自身"遭遇"的特殊意义，也就是说，这样的"投射"不是单纯由日本社会文化单方面发出来的，留日中国学子也不是"投射"被动的承受对象，所有的投射都必须通过中国学人的体验与理解来完成。在这里，我们不仅要关注日本社会文化品质在中国学人那里的最后"体现"，更要细致地考察他们个人的精神世界对于这些社会文化环境所产生的"反应"和"调整"。

例如，伊藤虎丸正确地指出："创造社所理解的近代，如郁达夫所描写的'现代人的苦闷'和厨川白村共有的那种'忧郁症''病态的青年心理'，自始至终是感伤的自我感情。""与社会相对立的个人，与秩序相对立的自由，这种长期支配日本'近代主义'的社会观与人生观，其最初的表现是高山樗牛等人把尼采的'极端个人主义'理解为'本能主义'。""创造社强调'内心要求'，高喊'个性解放'的时候，其中感性的'人'的观点，分明没有超出高山樗牛以来的'近代主义的个人观'的框子。"[①] 不过，从另一方面说，郭沫若、郁达夫等中国留学生又不可能简单地说就是大正文化的"本能主义"与日本"近代主义的个人观"的追随者，更准确地说，应该是日本大正时期资本主义蓬勃发展的社会景象造就了他们特殊的人生感受与精神状态。

---

① 伊藤虎丸：《鲁迅、创造社与日本文学》第204、205页，北京大学出版社1995年。

与国力上升当中个性蓬勃的日本精神比较，来自后发达国家的中国青年面临的问题恐怕在于：越是物质性的诱惑，越是精神勃发的刺激，倒越是造成了自我的压抑与紧张，他们不是"顺应"这奔腾的时代昂扬而行了，而是他者的昂扬与奔腾反过来处处提示了自身的委琐、弱小与滞笨，阅读那一代中国留学生的自述文字，我们常常能够见到的不是亢奋与豪迈，而是贫困与自怜：

>　　"我们微弱的精神在时代的荒浪里好像浮荡着的一株海草。我们的物质生活简直像伯夷叔齐困饿在首阳山上了。""我们所共通的一种烦闷，一种倦怠——我怕是我们中国的青年全体所共通的一种烦闷，一种倦怠——是我们没有这样的幸运以求自我的完成，而我们又未能寻出路径来为万人谋自由发展的幸运。我们内部的要求与外部的条件不能一致，我们失却了路标，我们陷于无为，所以我们烦闷，我们倦怠，我们漂流，我们甚至想自杀。"①
>　　"因为日日步行的结果，皮鞋前开了口，后穿了孔。一套在上海做的夹呢学生装，穿在身上，仍同裸着的一样；幸亏有了几年前一位在日本曾入过陆军士官学校的同乡，送给了我一件陆军的制服，总算在晴日当作了外套，雨日当作了雨衣，御了一个冬天的寒。"②

在物质贫困的背后，更有民族歧视的巨大心理阴影。今天人们常常谈论的日本民族对近代中国留学生的歧视其实也是到了大正一代有了格外明显的体现。在前面对鲁迅仙台留学的分析中，我曾经提出，

---

① 郭沫若：《孤鸿——致成仿吾的一封信》，《郭沫若全集》第16卷第7页、第9页，人民文学出版社1989年。
② 郁达夫：《海上——自传之八》，《郁达夫文集》第4卷第367页，花城出版社、三联书店香港分店1982年。

至少从《藤野先生》的叙述来看，鲁迅既没有刻意夸大那时所受的欺侮，也无意因为某些歧视的存在而强化自身的民族主义情绪。① 而注重与日本"协和"的周作人更是表示："我后来常听见日本人说，中国留日学生回国后多变成抗日，大约是在日本的时候遇见公寓老板或警察的欺侮，所以感情不好，激而出于反抗的罢。我听了很是怀疑，以我自己的经验来说，并不曾遇见多大的欺侮，而且即使有过不愉快的事，也何至于以这类细故影响到家国大事上去，这是凡有理知的人所不为的。"② 是的，周作人是"有理知的人"，而沉浮于大正诱惑的青年却多了一份感性的冲动，何况大正年间的日本社会的情绪本身也发生了值得注意的变化。伊藤虎丸先生概括得好："在鲁迅留学和创造社留学相差十年的期间里，以日俄战争为界，日本人对中国人的看法，发生了很大的变化。"③

在后来结成创造社的那一批留日青年的自述与创作中，我们可以发现大量的民族屈辱的个人记忆。

"我们在日本留学，读的是西洋书，受的是东洋气。"④ 这句著名的话就出自郭沫若，他的留日题材小说中遍布着中国人的屈辱经历。《未央》中爱牟的儿子"一出门去便要受邻近的儿童们欺侮，骂他是'中国佬'，要拿棍棒或投石块来打他：可怜才满三岁的一个小儿"。

《行路难》中说激愤不已："我们单听着'支那人'三字的声音，便觉得头皮有点吃紧。啊啊！我们到底受的是甚么待遇呢？""日本人哟！日本人哟！你忘恩负义的日本人哟！我们中国究竟何负于你们，你们要这样把我们轻视？你们但在说这'支那人'三字的时候便已经

---

① 参见本书第三章相关论述。
② 周作人：《留学的回忆》，《药堂杂文》第100页，河北教育出版社2002年。
③ 伊藤虎丸：《鲁迅、创造社与日本文学》第206页，北京大学出版社1995年。
④ 郭沫若：《三叶集·郭沫若致宗白华》，《郭沫若全集》第15卷第140页，人民文学出版社1990年版。

表现尽了你们极端的恶意。你们说'支'字的时候故意要把鼻头皱起来,你们说'那'字的时候要把鼻音拉作一个长顿。""啊,你忘恩负义的日本人!你要知道我假冒你们的名字并不是羡慕你们的文明。""不怕我娶的是你们日本女儿,你们如不改悔时我始终排斥你们的,便是我的女人也始终是排斥你们的!"

能够从日本人的发音方式中感知到轻蔑,这是需要相当的敏锐的,不过,郁达夫比郭沫若还要敏锐,他是从东京公园里良家少女的微妙神态中经历了一次又一次的隐痛:"这些无邪的少女,这些绝对服从男子的丽质,她们原都是受过父兄的熏陶的,一听到弱国的支那两字,那里还能够维持她们的常态,保留她们的人对人的好感呢?支那或支那人的这一个名词,在东邻的日本民族,尤其是妙龄少女的口里被说出的时候,听取者的脑里心里,会起怎么样的一种被侮辱、绝望、悲愤、隐痛的混合作用,是没有到过日本的中国同胞,绝对想象不出来的。"①在小说《沉沦》中,主人公的敏感竟也如此这般:"他的同学日本人在那里欢笑的时候,他总疑他们是在那里笑他,他就霎时的红起脸来,以为他们是在那里讲他。"

成仿吾也有过激愤的记载:"虽然我们的学习成绩不错,可是国家贫穷落后,受人轻视,我记得发生过这样的一件事:同班有一个日本男同学常常在我面前挖苦、讥笑我们中国人。有一天,他指着我说:'哈哈,你们中国人,男人梳小辫,女人裹小脚。'我听了以后非常生气,就警告他说:'你再说,我对你不起!'他不听,又嚷嚷开了,我上去打了他一记耳光。从此以后,他见了我就躲开。"②不用说,在郭沫若、郁达夫他们看来,这样的回击当是十分的解气了!

---

① 郁达夫:《雪夜——自传之一章》,《郁达夫文集》第4卷第94、95页,花城出版社、三联书店香港分店1982年。
② 成仿吾:《人生的开始》,《成仿吾文集》第298页,山东大学出版社1985年。

对此，伊藤虎丸先生有过深刻的概括，他将鲁迅一代人的民族意识称之为"耻辱"，而将郭沫若一代的民族意识称之为"屈辱"。他借用丸尾常喜的说法，认为鲁迅式的"耻辱"感指向的是"中国人的奴隶的国民性"，而创造社在日本人歧视眼光中的"屈辱"感则"和对中国落后的焦虑直接地联结在一起"。① 我想指出的是，郭沫若一代青年的"屈辱"体验除了与"中国落后的焦虑直接地联结在一起"外，更是与他们自身的人生追求、自我认识与情感取向联结在一起，正是这种"国家民族焦虑"与"自我焦虑"的复杂混合真正显示了中国留学生"体验着日本"而非简单的"取法于日本"的根本特性。

　　从总体上说，从梁启超、鲁迅到郭沫若，几代留日中国学人的"日本体验"都具有某种混合特征。在梁启超，是知识层面的西方启蒙思想与失势的中国官僚的理想之混合，在鲁迅，是异域生存感悟与对中国现实的洞察之混合，混合的产生在本质上呈现了体验主体身上的中外（日）多种文化的对话与交流，当然，主体的不同最终又决定了这些"混合"内容与"混合"方式的不同，到郭沫若一代人，则是新兴的异域生存状态（包括"成金"时代的欲望与来自一个上升民族的轻蔑）与青春期需求的混合。

　　这就可以解释出现在郭沫若、郁达夫笔下的"民族屈辱"为什么常常都伴随着青春期的性饥渴与性幻想，族群的屈辱强化着性的能量，而性的需求常常又转化为民族的道义。

　　1921年4月8日，郭沫若与成仿吾在沪杭车上遭遇了不堪的一幕：几个中国的"马路政客"，带着两名妓女在大肆吃喝，又笑又闹；几个西洋人，"都沉默着在拿着一些文件校阅，在他们心目中似乎除掉自己之外，没有身外的世界"。又有几个日本人"在高谈阔论，时而带着极轻蔑的眼光望着那一群吃喝赌博的中国人取笑"。于是，郭沫

---

① 伊藤虎丸：《鲁迅、创造社与日本文学》第206页，北京大学出版社1995年。

若"的不值钱的眼泪,在这里又汹涌起来。我愤恨的自然是我们的贵同胞太不争气,同时是联想到中国的政局和国际上的形势:车中的情景便是这时局的一幅缩写图。凡是自己不能够抱一个妓女在怀里的中国人,想来是谁都会痛哭流涕的罢。"① 无独有偶,次年7月,在归国的航船上,一位与洋人交谈的混血少女也极大地搅扰了郁达夫的神经,他甚至"恨不得拿出一把手枪来,把那同禽兽似的西洋人击杀了"。下面这段激情性的文字真可谓叹为观止:

"年轻的少女呀,我的半同胞呀!你母亲已经为他们异类的禽兽点污,你切不可再与他们接近才好呢!我并不想你,我并不在这里贪你的姿色;但是,但是像你这样的美人,万一被他们同野兽一样的西洋人蹂躏了去,教我任何能堪呢!你那柔软黄黑的肉体被那肥胖和雄猪似的洋人压着的光景,我便在想象的时候,也觉得眼睛里喷出火来。少女也少女!我并不要你爱我,我并不要你和我同梦。我只求你别把你的身体送给异类的外人去享乐就对了。我们中国也有美男子,我们中国也有同黑人一样强壮的伟男子,我们中国也有几千万几万万家财的富翁,你何必要接近外国人呢!啊啊,中国可亡,但是中国的女子是不可被他们外国人强奸去的。少女呀少女!你听见了我的这哀愿罢!"②

这段激情至少包括四组奇特的表意:
少女=被蹂躏+被强奸
洋人=野兽
爱情婚姻=美男子+伟男子+富翁

---

① 郭沫若:《创造十年》,《郭沫若全集》第12卷第91页,人民文学出版社1992年。
② 郁达夫:《归航》,《郁达夫文集》第3卷第20页,花城出版社、三联书店香港分店1982。

中国女子被强奸 > 中国灭亡

第一组等式的逻辑无疑属于男性，第二组等式的逻辑显然来自中外文化冲突下的弱势心态。第三组等式的逻辑则属于世俗的欲望。男性的、弱势的与世俗的欲望通通在一种语言的暴力中合盟了，在第四组关系式中，男性的欲望幻觉被直接连接上了国家民族存亡的大事，这联想的逻辑自然属于异域生存的留学生，只是两厢对照之中，郁达夫毫不掩饰一位青春期学子的不可遏止的欲望当先的选择！一位留日中国学人的真实的精神世界就这样被真诚坦白的郁达夫作了如此直接的暴露，无论你怎样理解，都不得不为其中的真实的激情所打动，同时，也不得不为这些"既陌生又熟悉"的逻辑关系而驻足。

同样，在那样一个清冷的夜晚，《沉沦》中的中国留学生禁不住"粉花香气"的引诱，踏入了海边的妓馆，然而他又一次遭遇了日本侍女的轻蔑。将近自杀之际，留下了这些文学史上的著名呼唤：

"祖国呀祖国！我的死是你害我的！"
"你快富起来，强起来吧！"
"你还有许多儿女在那里受苦呢！"

今天的读者很可能怀疑这里存在着某些"虚张声势"的意味，其实，这恰恰就是那一代留日青年心理状态的真实写照：个人生存欲望与国家民族大义的直接对接。在个人生存的困境中寻求民族困境的解释，又通过对民族道义的某种追求实现个人生存的解困。从个人生存欲望到国家民族大义，这里完成的是一种平行的对接，在本质上区别于鲁迅"任个人"——"荐轩辕"之间的复杂的互动关系。

未来创造社青年的这一个人/国家的"对接"模式影响着他们自我实现、承担社会责任的具体方式，其动力、活力与问题局限都在其中。

二、从挣扎到创造

除了在人生遭遇—生活态度上的差异外，郭沫若、郁达夫一代与鲁迅、周作人一代的更明显的不同则在对于文学的理解与需求上。

鲁迅对文学的选择经历了一个众所周知的"弃医从文"的理性的转折："这一学年没有完毕，我已经到了东京，因为从那一回以后，我便觉得医学并非一件紧要事，凡是愚弱的国民，即使体格如何健全，如何茁壮，也只能做毫无意义的示众的材料和看客，病死多少是不必以为不幸的。所以我们的第一要著，是在改变他们的精神，而善于改变精神的，我那时以为当然要推文艺，于是想提倡文艺运动了。"[①] 鲁迅这里所回顾的思想转变过程不仅充满了理性思考的深度，而且连表述本身也体现出了清晰的思想逻辑性。周作人的文学活动开始于读书所激发出来的翻译的冲动，正如钱理群先生所描述的那样："周作人由读书的兴趣，进而激发起创造的冲动。"[②] 这种不问世事、埋首书案的人生旨趣也决定了他通过知识性阅读进入文学的基本方式，这一方式同样是理智的，虽然他又与鲁迅的思想苦索有所不同。

创造社青年特别是更年轻一些的青年其留学专业开始发生了改变，从鲁迅一代的清一色的"实学"转向哲学、社会学、心理学或外语等文科，有的直接就选读了文学，如学英文的田汉，学哲学的郑伯奇，学社会学的朱镜我，学法国文学的穆木天，学德国文学的李初梨、冯乃超先后学过哲学、社会学、美学与美术史学，虽然创造社青年中的一些人依然与鲁迅一代人一样，都经过了一个由"实学"转向"文学"的过程，但是，对于许多创造社青年来说，这种转向更像是顺应自身本性要求的"感性的回归"。

[①] 鲁迅：《呐喊·自序》，《鲁迅全集》第1卷第416、417页，人民文学出版社1981年。

[②] 钱理群：《周作人传》第109页，北京十月文艺出版社1990年。

郭沫若回忆说，自己早"有倾向于文艺的素质"，但遭遇了在普遍的"富国强兵"的思潮："稍有志趣的人，谁都想学些实际的学问来把国家强盛起来，因而对于文学有一种普遍的厌弃。我自己是在这种潮流之下被逼着出了乡关，出了国门。"对文学的感情被他努力克服着，这一个"逼"字道出了他内心的无奈与不甘。"自己本是爱好文学的人，受着时代潮流的影响，到日本去学习医科。日本人的教育方针是灌注主义，生拉活扯地把一些学识灌进学生的脑里。这在我又是一番苦痛。"但是，无心插柳柳成荫，就是学医以后的外国语言学习，却又再一次唤醒了他压抑的文学热情："这些语用功课的副作用又把我用力克服的文学倾向助长了起来。"①

在东京帝国大学学经济的郁达夫对文学最初是业余爱好："所以《沉沦》里的三篇小说，完全是游戏笔墨"，②不过，在"受了社会的许多暗箭明创，觉得自己所走的出路，只有这一条了"。③

在东京高等师范学英文的田汉则早早就明确了自己的文学方向，他告诉郭沫若："我此后的生涯，或者属于多方面，但不出文艺批评家，剧曲家，画家，诗人几方面，我自小就有做画家的手腕，可是此调久不弹了，恐怕只能应用向文艺的描写方面去。"④

郑伯奇在东京学文科，在郭沫若、田汉的影响下，他的兴趣"却全被文学牵去了"，他自己也顺水推舟："我想，我有这种倾向，不

---

① 郭沫若：《创造十年》，《郭沫若全集》文学编第 12 卷第 65、72、66 页，人民文学出版社 1992 年。
② 郁达夫：《五六年来创作生活的回顾——〈过去集〉代序》，《郁达夫文集》第 7 卷第 179 页，花城出版社、三联书店香港分店 1982 年。
③ 郁达夫：《鸡肋集·题辞》，《郁达夫文集》第 7 卷第 170 页，花城出版社、三联书店香港分店 1982 年。
④ 田汉：《三叶集·田汉致郭沫若》，《郭沫若全集》文学编第 15 卷第 74 页，人民文学出版社 1990 年。

妨用几分力去做做。"①

创造社成立,有了"本着我们内心的要求"之说,对此,郑伯奇说得好:"创造社也自称'没有划一的主义',并且说:'我们是由几个朋友随意合拢来的。我们的主义,我们的思想,并不相同。'但是接着就表明:'我们所同的,只是本着我们内心的要求,从事于文艺的活动罢了。'这,'内心的要求'一语,固然不必强作穿凿的解释;不过,我们也不应该完全忽视。这淡淡的一句话中,多少透露了这一群作家对于创作的态度。"②

本着"内心的要求",创造社青年满怀感情地拥抱着文学,伊藤虎丸借用日本社会的代际分类,将他们比作大正时期的"文学青年"群体,这是比较准确的概括。

此外,我们也可以发现,在创造社这一代之前,虽然梁启超、鲁迅等几代中国学人都深受了日本文学与日本的西方文学的影响,不过,他们在总体上与日本文学本身乃至世界文学潮流本身关系却不明确,特别是就鲁迅这样"对于日本文学当时殊不注意"③的人来说,其文学世界的建构似乎始终是按照自己内在的社会文化理想模式进行,文学是被纳入其中的,无论是梁启超关注的"政治小说"还是鲁迅、周作人关心的"弱小民族文学",这都是他们更为宏大的社会文化关怀的组成部分。外来的文学现象似乎并不能撼动他们各自的"人生"追索的整体计划。

就如同青春的郭沫若、郁达夫们在自己的人生欲望萌发期就陷入了资本主义蒸腾上升的种种诱惑一样,这些中国的"文学青年"也恰逢其时地遭遇了日本近代文学蓬勃发展的高潮期,"日本社会近代转

---

① 郑伯奇致曾琦,见《少年中国》1920年2卷1期。
② 郑伯奇:《中国新文学大系·小说三集导言》,上海良友图书公司1935年。
③ 周作人:《关于鲁迅之二》,《鲁迅的青年时代》第130页,河北教育出版社2002年版。

型期的开始在明治维新,但是日本近代文学的真正成熟却是到了明治末年至郭沫若他们留学的大正时期。这是日本近代文学突飞猛进,甚至让人眼花缭乱的发展时期。各种各样的文学思潮流派走马灯似的你方唱罢我又登场,在很短的时间内将欧洲文坛百多年的历史演绎了一遍。"[1]到他们倾情投入文学的浪潮时候,我们可以相当容易地在他们各自的身上辨认出日本文学密切相关的文学精神与具体的师法对象。从总体上,创造社青年从留日体验中获得的文学起步也是相当清晰的,这就是以融合了日本式自然主义与新浪漫主义艺术的自我表现与情绪抒发的文学。有别于法国自然主义的客观、冷静,所谓日本式自然主义包含了明显主观色彩与自我精神写照,郁达夫、郭沫若、张资平等人的自传性小说,就与源于日本自然主义的"私小说"颇多一致;在"新浪漫主义"(唯美主义)方面,则可以找到郁达夫、郭沫若、陶晶孙、田汉等人之于谷崎润一郎、佐藤春夫的袭取。关于这些中日在文学方面的联系,历来的比较文学研究已经作了相当丰富的揭示,我就不再赘述了。这里仅仅可以举出一个两代中国留学生接受厨川白村的例子。

厨川白村(1880—1923)是日本大正年间产生过较大影响的日本文艺理论家。虽然,"作为一个理论家,他的文艺理论著作的价值也没有得到日本文学理论批评史家的普遍认可"[2],不过,却无疑是对现代中国产生过巨大影响的重要的外国文艺理论家之一。更是鲁迅、周作人与郭沫若几代(到后来还有胡风)留日学生崇拜的对象,构成了中国新文学作家"日本体验"的重要内容。

厨川白村代表作《苦闷的象征》将弗洛伊德的精神分析学、柏格森的生命哲学、立普斯的移情说等西方现代文学理论整合起来,作为对包括文学在内的创造活动的解释。文艺的本质被他认为是生命力在

---

[1] 蔡震:《文化越界的行旅》第119页,文化艺术出版社2005年。
[2] 王向远:《中日现代文学比较论》第268页,湖南教育出版社1998年。

绝对自由心境上的创造活动；而苦闷是文艺创作的心理动力；文艺的表现法则是广义的象征主义。这些言说对中国青年来说不仅别开生面，而且其中的关键词如"生命""自由""苦闷"更是与留日的人生体验与求索不谋而合。这是厨川白村进入几代留日中国作家精神需要的基本原因。

中国文学界对厨川白村的注意是比较早的。早在"五四"时期，厨川白村的文章就被翻译了过来。朱希祖所译的《文艺的进化》发表于1919年11月《新青年》6卷6号，是我们目前所见到的关于厨川白村文艺理论的最早译文。文章译自厨川白村《近代文学十讲》第九讲。接着，罗迪先译《近代文学十讲》由上海学术研究会于1921年2月出版，这是厨川白村专著的最早中译本。另一部著作《文艺思潮论》最早由汪馥泉全文翻译，连载于1922年2月至3月的《民国旧报·觉悟》，樊仲云的译文也连载于1923年12月至1924年5月的《文学周报》，后又作为"文学研究会丛书"由商务印书馆1924年12月出版。

《苦闷的象征》是厨川白村罹难后的1924年2月才由日本改造社正式出版的，不过在厨川白村生前，该书前两部分就由《改造》杂志刊出。在中国，早在1921年明权就译出过其中的《创作论》《鉴赏论》两章，发表在《时事新报·学灯》，1924年又有樊仲云翻译的部分章节分别发表在《文学周报》及《东方杂志》上，接着便先后出版了鲁迅与丰子恺的全译本。

鲁迅、周作人在日本留学期间就读到过厨川白村的著作，鲁迅日记记载，鲁迅早在1913年8月8日即已邮购到了厨川白村的《近代文学十讲》，在1917年11月2日还得到了厨川白村的《文艺思潮论》。周作人的日记表明，他至少在1917年就接触了厨川白村的著作。同样，早在留学期间，创造社一代在留日期间就阅读了厨川白村，甚至还有过直接的交往。郁达夫、田汉、郑伯奇曾于1920年拜访过厨川白村，并与之讨论文学问题，郭沫若1922年8月直接宣称"文艺是苦闷的象征",①1923年又如此告白:"我郭沫若所信奉的文学定义是:'文学是苦闷的象征。'"②郑伯奇1923年指出"文学,是太平的精华"的思想已经过时了,苦闷才是现代文学的原动力。③"'文学是苦闷的象征',这是现代文学的标语。郁达夫则称自己的创作'叙着现代人的苦闷——便是性的要求与灵肉的冲突'。"④

两代中国留日学生对厨川白村文艺思想的"体验"都离不开他们主体的基本情况。鲁迅、周作人的人生阅历决定了他们对厨川白村的理解往往与他们其他的人生经验与思想经验联系在一起。在周作人的温和稳定的中年心态中,厨川白村思想主要价值体现在他对一些文艺问题的具体观点与论述上,是作为在日本的周作人广泛的知识吸纳中的一个部分发挥自身影响的。例如厨川白村对小品文 essay 的界说,"灵肉一致"的理想人性说,个人主义与利他主义的契合说等等,都成为了周作人形成自己"人的文学"主张的思想资源,不过,对于整个中国文学界影响甚巨的"苦闷的象征"理论,周作人却有意无意地加以了改造和简化,他仅仅从中抽取了文艺表现人的情感这一当然的意向,而回避了"苦闷"这一表述的核心。⑤与性格平和软弱的周作人不同,从来都敢于直面人生的鲁迅自然不会将厨川白村这样的外来思想资源仅仅当作冷静的"知识",他对人生的忧患意识也让他为其中关于生命"苦闷"的阐发所打动,并自觉融化为自身创作的一些因素。鲁迅的《野草》创作于1924至1926年间,一般被认为明显体现了鲁迅的

---

① 郭沫若:《评国内的评坛及我对于创作上的态度》,原载1922年8月4日《时事新报·学灯》。
② 郭沫若:《暗无天日之世界》,原载1923年1月《创造周报》,第7号。
③ 郑伯奇:《国民文学论》,《创造社资料》(上),福建人民出版社1985年版。
④ 郁达夫:《〈沉沦〉自序》《郁达夫文集》第7卷第149页,花城出版社、三联书店香港分店1982年。
⑤ 参见黎杨全:《论厨川白村对周作人文学观的影响》,《海南大学学报》2005年2期。

内部精神世界，反映了厨川白村生命的苦闷观与文学的象征观，不过，严格说来，鲁迅无意在自己的作品中刻意倾诉他所遭遇的种种"苦闷"本身，而是透过苦闷引发的关于生命奥秘的更深的思考，这似乎刚好与"自我表现"的创造社文学有着重大的差别。

郭沫若曾经有过一首诗歌《死的诱惑》：

> 我有一把小刀
> 依在窗边向我笑。
> 她向我笑道：
> 沫若，你别用心焦！
> 你快来亲我的嘴儿，我好替你除却许多烦恼。

这是表现自我的生的苦闷，据说，此诗还得到了厨川白村本人的赞赏。① 不过，久久沉浸于苦闷中的鲁迅似乎就不止于这样的倾诉了。他力图要在不断的追问中告诉我们，即便死亡又怎么样？苦闷与烦恼真的会因为死亡的降临而烟消云散了吗？在鲁迅式的逼问中，我们发现，死后的世界依然如此的糟糕，毫无解脱可言。什么"自从踏遍涅槃路，了知生死本来空""人生似幻化，终当归空无""死后元知万事空"之类都不过是人们的幻想而已。鲁迅写道：

> 但是，大约是一个蚂蚁，在我的脊梁上爬着，痒痒的。我一点也不能动，已经没有除去他的能力了；倘在平时，只将身子一扭，就能使他退避。而且，大腿上又爬着一个哩！你们是做什么的？虫豸！？

---

① 郭沫若：《创造十年》，《郭沫若全集》文学编第 12 卷第 110 页，人民文学出版社 1992 年。

事情可更坏了：嗡的一声，就有一个青蝇停在我的颧骨上，走了几步，又一飞，开口便舐我的鼻尖。我懊恼地想：足下，我不是什么伟人，你无须到我身上来寻做论的材料……。但是不能说出来。他却从鼻尖跑下，又用冷舌头来舐我的嘴唇了，不知道可是表示亲爱。还有几个则聚在眉毛上，跨一步，我的毛根就一摇。实在使我烦厌得不堪，——不堪之至。①

生命不仅没有获得梦寐以求的解脱与自由，恰恰相反，倒是比任何时候都更加的无力和尴尬了！"死后"的世界也并不是我们幻想中的极乐世界，它依然是现实人生的继续，这里依然有麻木的看客，有现实秩序的捍卫者，有蝇营狗苟却故作高雅的人们，也有贪得无厌的势利之徒，它不过就是我们的现实世界——铁屋子的一种延续。在这里，死亡根本就无法起到阻断两个世界的作用，我们现实世界所建立的秩序是这样的强大，它一直延伸到了我们生命的每一个阶段与每一种形式当中，而且更为糟糕的是我们自己却完全丧失了起码的自卫能力！

鲁迅以"死"观"生"的彻底足以让每一个能够诉说青春期苦闷的人感到惊叹。

在鲁迅这里，我们继续读到的是意志性的精神力对生命多层次意义的穿透，是自我的思想的力量。看来，鲁迅思想世界中形成已久的意志性力量参与了厨川白村的理解和接受，后来，鲁迅又翻译了厨川白村的另外一部著作《出了象牙之塔》，继续推介厨川白村进行文明批评的战斗精神，并引为自己的文学追求的助力。相应地，我们在创造社文学中，主要读到的是其对苦闷的多方位的描写和展现，和由此获得的能够表现苦闷的勇气与自由。如果说鲁迅更看重的厨川白村对"生命"的重视和文学的可能的"象征"意义，那么创造社则更多领悟了他的"苦

---

① 鲁迅：《野草·死后》，《鲁迅全集》第2卷第210页，人民文学出版社1981年。

闷"、颓废与自由。

从梁启超到鲁迅、周作人，对外来文学领悟和借鉴的问题常常是表现为一个"思想启蒙"的问题，也就是说，文学的内容与意义是主要关心的对象。到了创造社青年这里，日本式自然主义与新浪漫主义除了内容上的吸引外，常常都涉及其意象、情调、语言、风格等等所谓的"艺术"问题，尤其是像新浪漫主义，更将艺术独立的问题提到了一个至高点上，这也极大地影响了他们对于"艺术"的期许和对自我的评价。郭沫若断然宣布："我对于艺术上的功利主义的动机说，是不承认他有成立的可能性的。"① 郑伯奇提出："在艺术的王国，我们应该是艺术至上主义的信徒。就艺术的王国的市民看来，艺术是绝对的，超越一切的。把艺术看做一种工具，这明明是艺术王国的叛徒。"② 成仿吾表示："我觉得除去一切功利的打算，专求文学的美（Beauty）与全（Perfection），有值得我们终身从事的价值之可能性。"③

比起鲁迅等前一代的文学追求来说，这些才华横溢的青年人更愿意突出自己的艺术修养与艺术趣味，不愿再将自己简单蜷缩在什么"人生"的陈旧话题当中，以至在后来与文学研究会的抗衡中，"为艺术"竟有意无意地成了"为人生"之外的重要表述。

这里涉及到一个有意思的分类，即"为人生"与"为艺术"。应该说，一定要在"为人生"与"为艺术"之间做出一个分别，肯定是一种极其简单的归类原则。因为，虽然对艺术本身如此钟情，但是创造社青年的作品无一不是他们人生的生动的写照，所谓"为艺术"从来就没有成为"为了艺术而艺术"。郁达夫的留日系列小说就是他孤独无助

---

① 郭沫若：《论国内的评坛及我对于创作上的态度》，原载1922年8月4日《时事新报·学灯》。
② 郑伯奇：《国民文学论》，原载1923年12月至1924年1月《创造周报》第33至35号。
③ 成仿吾：《新文学之使命》，原载1923年5月20日《创造周报》第2号。

的日本生活的自传,郭沫若的早期小说基本也是其生存状态的生动描写,其男女主人公从形象、性格到生活故事都直接取材于他与安娜的实际。《鼠灾》里写方平甫的家庭关系:"平甫的女人和他是一个绝妙的对照。平甫的擅长是'燕瘦',他女人的却是'环肥'。他的女人全体印象是男性的,大陆的,女丈夫的。"《残春》《漂流三部曲》《行路难》与《圣者》中爱牟的身世是:四川人,有日本夫人,家住博多湾,医科大学生,11年没有回家看望父母,心中满怀惭愧,其中对"笔立山"的描写更与诗人自己诗歌一般,也曾经暂回上海艰难度日,《未央》中主人公"的两耳,自从十七岁时患过一场重症伤寒以来,便得下了慢性中耳加答儿,常常为耳鸣重听所苦,如今将近十年,更觉得有将要成为聋聩的倾向了"。甚至也有两个孩子,一个三岁,一个五岁,小的名"佛儿"。《喀尔美萝姑娘》中那位"工科大学生"的妻子瑞华"是那样一位能够耐苦的女性,她没有我也尽能开出一条血路把儿女养成,有我恐怕反转是她的赘累呢。我对于她是只有礼赞的念头,就如象我礼赞圣母玛丽亚一样。"这分明就是郭沫若现实人生的"实写"!

同样,鲁迅一代依然对文学艺术有着自己深刻的理解,那种以"功利主义"论述之的观点是过于简单了。《摩罗诗力说》早就指出:"由纯文学上言之,则一切美术之本质,皆在使观听之人,为之兴感怡悦。文章为美术之一,质当亦然,与个人暨邦国之存,无所系属。"① 人永远无法完全杜绝目标性的考虑,但是是不是一切带有目标性的选择都可以被称作是"功利主义"呢?中国现代文学批评与现代文化发展所遇到的问题一样,由于我们始终缺少一个"思想的平台",因而在一系列的基本概念的使用上形成了纠缠不清的缠绕,以至往往让我们的学术讨论难以有效地进行下去,一些学术意见的分歧也变得似是而非,

---

① 鲁迅:《坟·摩罗诗力说》,《鲁迅全集》第1卷第71页,人民文学出版社1981年。

暧昧不清了，最终失去了"分歧"本身所带有的思想的力量。今天的学术研究要真正有所推进，就有必要从学理上进行新的考源、辨析，重新清理各自真正的立场与含义。在学理上，"功利主义"系与"伦理学说"区别而言，前者只关心效果，而后者只关心"动机"。[①]或者说，"功利主义"是指没有自己的对正在实施的对象的独立意义的认同，而只是将这一对象用作其他目的的过程和手段。对文学艺术的功利主义指的就是并没有对于文学本身的关怀和兴趣，而只是利用文学的力量达到其他的目的；但是，这与一个人也认为文学具有某些现实功能，对文学的追求中有着其他现实的目的是根本不同的，混淆这两者的差异，我们就无法真正鉴别中国现代文学的各种艺术追求的差异，也无法读懂一个处于人生涡流中的个体究竟有着怎样不同的文学的趣味。

创造社青年与鲁迅一代同样都存在"为人生"与"为艺术"的需求，在我看来，关键在他们各自的心目中，人生—艺术的"结构方式"具有很大的差异。在鲁迅一代，"人生"意义的郑重提出便在于现实中国的人生模式与它背后的社会模式一样出现了很大的问题，需要改造和重建。因而"为人生"实质便是"重建新的人生"，文学本身就是整体的人生现象之一，它也自然要纳入这一整体结构中来加以重新认识；又因为整体的人生都在重建当中，所以我们需要的文学也不可能是固定不变的，也应该随着我们对人生的重建而不断被赋予新的意义，不断再阐释和再结构，——这也就意味着，任何一种既有的文学现象，无论是中国古典的还是西方最流行最时尚的，都不可能"原样"进入到我们正在重建的人生需要当中，西方文学的优势不是天然的和绝对的，只有它们切合了中国新的人生建设的旋律才有价值。

对于创造社青年而言，"人生"当然同样是最不能回避的现实，不过，与鲁迅一代不同的在于，他们的"人生"首先不是等待"改造"与"重建"

---

① 参见《简明不列颠百科全书》第 3 册第 431 页，中国大百科全书出版社 1985 年。

的对象,而就是他们自我实现的一个场所或程序,为了自我价值的实现,他们需要调动许多的力量,其中文学艺术的力量也是重要的组成部分。郑伯奇说过:"'自我完成'是一个人一生最终的目的,譬如人类最终的目的是'至善'一样。"① 郁达夫提出:"我本来原自知不能在艺术的王国里,留恋须臾,然而恶人的世界,塞尽了我的去路,有名的伟人,有钱的富者,和美貌的女郎,结了三角同盟,挨我弃我,使我不得不在空想的楼阁里寄我的残生。"② 张资平直截了当:"在青年期的声誉欲,智识欲,和情欲的混合点上面的产物,即是我们的文学创作。"③

在这种需要下,文学艺术也就不存在一个"被重建""再结构"的问题了,一切中外的文学艺术追求都可以成为"自我实现"的助力,而文学领悟的迅捷与高效往往也被认为是"自我"超越他人与凡俗的重要表现,因此对于文学潮流特别是外来文学新潮的追随也时常能够显示出一种特别的意义。这里似乎还出现了一个别有意味的悖论:就创造社青年的力图超越凡俗的意愿来说,他们不屑与充满功利主义的世俗为伍,他们需要竭力突出自己在文学艺术上的纯正性,④ 在艺术的才华方面,也的确常常体现出自己足以傲人的一面,然而,当所有这些"为艺术"都最终被纳入到"自我实现"的坚定目标当中的时候,我们却一点也不能忽视其中所存在的功利性的因素,而且有意思的还在于,与鲁迅一代比较,这种功利性因素似乎还有过之而无不及! 创造社从前期到后期,从自然主义、新浪漫主义到无产阶级文学,如此巨大转折的内在逻辑性恐怕也就在此了。

---

① 郑伯奇致黄仲苏,见《少年中国》1920年2卷1期。
② 郁达夫:《茑萝集·自序》,《郁达夫文集》第7卷第153页,花城出版社、三联书店香港分店1982年。
③ 张资平:《我的创作经过》,见《文艺创作讲座》第2卷,上海光华书局1931年。
④ 例如郁达夫所写《创造日宣言》:"我们想以纯粹的学理和严正的言论来批评文艺、政治、经济,我们更想以唯真唯美的精神来创作文学和介绍文学。"

从"艺术至上"的理想到现实目标的功利,在创造社文学这里形成了值得注意的强烈反差。这种情形的出现在一方面可以认为是中国学人在接受外来影响之时依然保持自我"主体性"的例证,是留日作家不是被动"模仿"西方文学而是主动"体验"异域经验的证明,——这一特点,连日本学者也觉察到了。伊藤虎丸认为:"像《沉沦》那样的作品,如果出现在日本文学中,终归不能列入为佐藤春夫称为'艺术派'那样含义的'艺术派'中去,也就是说,像郁达夫、郭沫若等人的作品,如果出现在日本文学中,与其称之为'艺术派',不如称为'社会派'。""创造社文学运动在小说方面的最初成果是郁达夫的《沉沦》(1921)。我认为,这篇小说是在当时的新进作家佐藤春夫的出世作《田园的忧郁》(1918)的影响下写出来的,两者确实有共通的地方,如作品的结构和小说的手法,共同受到'世纪末的颓废'的影响。但是,《田园的忧郁》所描写的是'世纪末的倦怠',如前面所说过的那样,是第一次大战前后,日本资本主义出现的经济繁荣的反映;而在《沉沦》中,郁达夫所描写的乃是'世纪末的颓废',但那其实是青年人性的苦闷的告白,同时也是对于日本人的轻视而说出的留学青年的悲愤,和对于祖国富强的切盼。"[①]

从另外一方面看,这一强烈的反差又生动地反映出了创造社青年一代由自我实现欲求所冲击裹挟下的精神世界的某些紧张与困扰。作为创造社一代青年自我实现的强烈渴望,留日时期的生活与事业的桎梏往往带来了他们情绪上的高度的焦虑和与不安,这最终又转化为他们对于文学艺术的姿态上:一种充满矛盾的文学艺术追求。我们阅读那样的文论与表述,常常都能够读出其中的自我矛盾来,即使那些主张艺术至上的意见,也常常出现另外的声音。郭沫若在1922年《时事新报·学灯》发表《论国内的评坛及我对于创作上的态度》时一面批

---

① 伊藤虎丸:《鲁迅、创造社与日本文学》第221、220页,北京大学出版社1995年。

评"艺术上的功利主义动机",一面却认为艺术"它是唤醒社会的警钟,它是招返迷羊的圣篆,它是澄清河浊的阿胶,它是鼓舞革命的醍醐,它的大用,说不尽,说不尽。"后来将文章收集时,又进行较大的修改,进一步突出了对文学功利作用的肯定。成仿吾《新文学之使命》既要"除去一切功利的打算",又要总结出"新文学的使命":"新文学,至少应当有以下三种使命:1.对于时代的使命,2.对于国语的使命,3.文学本身的使命。""我们的时代已经被虚伪、罪孽与丑恶充斥了!生命已经在浊气之中窒息了,打破这现状是新文学家的天职!"茅盾曾经一针见血地指出:"正如郭沫若'以今日之我反对昨日之我',成仿吾两篇文章都是以后半篇反对前半篇的;前半篇宣扬功利主义的文艺观,后半篇则从纯艺术、有时是纯美的观点反对亦即取消了前半篇的论点。"①到30年代中期,早已经"左转"的郑伯奇干脆也说:"真正的艺术至上主义者是忘记了一切时代的社会的关心而笼居在'象牙之塔'里面,从事艺术生活的人们。创造社的作家,谁都没有这样的倾向。郭沫若的诗,郁达夫的小说,成仿吾的批评,以及其他诸人的作品都显示出他们对于时代和社会的热烈的关心。所谓'象牙之塔'一点没有给他们准备着。他们依然是在社会的桎梏之下呻吟着的'时代儿'。"②以当年的"一面"清洗掉当年的"另一面",实在也是"时代的需要"了!

自我矛盾的出现在本质上来自内心深处对多种人生艺术可能的感受、理解与设想,他们似乎很难决定自己的割舍,或者在这个"污浊、混沌"的世界上,一时无法判断人生艺术选择的结果,最终只能发出多重指向的声音。刚刚走上文坛的时候,郭沫若就曾引用歌德的话对宗白华表白,自己是"真理要探讨,梦境也要追寻。理智要扩充,直

---

① 茅盾:《复杂而紧张的生活、学习与斗争》,原载《新文学史料》1979年5辑。
② 郑伯奇:《中国新文学大系·小说三集导言》,上海良友图书公司1935年。

觉也不忍放弃"①。他也对田汉说:"我的灵魂久困在自由与责任两者中间,有时歌颂海洋,有时又赞美大地;我的久未在 Idea 和 Reality 寻出个调和的路径来,我今后的事业,也就认定着这两种的调和上努力建设去了。"②《创造十年》中,他描述自己"实在是有些躁性狂的征候",还借剧作《湘累》中的话"夫子自道":"'从早起来,我的脑袋便成了一个灶头;我的眼耳口鼻就好像一些烟筒的出口,都在冒起烟雾,飞起火星,我的耳孔里还烘烘地只听见火在叫;灶下挂着一个土瓶——我的心脏——里面的血水沸腾着好像干了的一般,只迸得我的土瓶不住地跳跳跳。'在当时我自己的生理状况就是这样的。我在目前也多少还是这样。"③

牢骚怨愤、焦躁苦闷,这是我们在郁达夫自述中常常读到的情绪。④

"我生如一颗流星,/不知要流往何处;/我只不住地狂奔,曳着一时显现的微明,/人纵不知我心中焦灼如许。"这是成仿吾当年的心声。⑤

"风儿一丝也不吹动,/我胸中却有无限的波浪奔腾/也没有鸟儿的鸣声/和我这伊郁顿挫的心弦和应。"这是郑伯奇的烦恼。⑥

总之,创造社青年的焦虑来自他们在日本的挣扎生存,文学既是他们焦虑中努力挣扎的选择,同时却又不时添加着他们焦虑的内容和形式。

---

① 郭沫若:《三叶集·郭沫若致宗白华》,《郭沫若全集》文学编第15卷第46页,人民文学出版社1990年版。
② 郭沫若:《三叶集·郭沫若致宗白华》,《郭沫若全集》文学编第15卷第66页,人民文学出版社1990年版。
③ 郭沫若:《创造十年》,《郭沫若全集》文学编第12卷第79页,人民文学出版社1992年。
④ 郁达夫:《鸡肋集·题辞》,《郁达夫文集》第7卷第171、172页,花城出版社、三联书店香港分店1982年。
⑤ 成仿吾:《流浪·序诗》,创造社出版部1927年9月初版。
⑥ 郑伯奇:《梅雨》,原载1922年10月《创造季刊》1卷3期。

挣扎着开始了文学的群体性"创造"，1921年6月8日，带着泰东书局赵南公的初步承诺，为出版文学杂志而来回奔波、殚精竭虑的郭沫若终于在东京与他的伙伴们达成了共识，"创造"之名确立，创造社算是大致形成，但创造社的成立却只是一系列新的挣扎与焦虑的开始。

三、"文学革命第二期"与新文学复杂格局的形成

创造社成立了，在中国白话文已经倡导、新文学已经出现之后，而前一代的留日中国学生也已经在白话文学运动中发挥了突出的作用。

然而，创造社青年的文学却不容易被我们轻易纳入到"中国新文学发展期"当中来加以梳理，因为不仅他们中间的最早的创作起步并不太晚于国内，而且是独立的，同时，就他们自己而言，更从来也不认为自己是踏着前人已经开辟出来的白话文学大道自由前进的，他们依然认为自己才是真正推进中国文学革命的主力，是符合文学内在要求的更有实力的"文学革命者"。1930年1月，郭沫若重新梳理了他心目中的"文学革命历程"，在他看来，"文学革命是《新青年》替我们发了难"，"然而奇妙的是除鲁迅一人而外都不是作家"。[①]"中国的所谓文学革命——资产阶级的一个表征——其急先锋陈独秀，一开始就转换到无产者的阵营不计外，前卫者的一群如周作人、刘半农、钱玄同辈，却胶固在他们的小资产阶级的趣味里，退回封建的贵族的城垒；以文学革命的正统自任的胡适，和拥戴他或者接近他的文学团体，在前的文学研究会，新出的新月书店的公子派，以及现代评论社中一部分的文学的好事家，在那儿挣扎。然而文学革命以来已经十余

[①] 郭沫若：《文学革命之回顾》，原载上海神州国光社1930年《文学讲座》第1册，这里引自《郭沫若全集》文学编第16卷第94页，人民文学出版社1989年。

年,你看他们到底产生出了一些甚么划时代的作品?这一大团人的文学的努力方向刚好和整个的中国资产阶级的努力一样,是一种畸形儿。一方面向近代主义 modernism 迎合,一方面向封建趣味阿谀,而同时猛烈地向无产者的阵营进攻。"① 这里的批评性回顾显然又从新近掌握的无产阶级理论中获得了资源,不过,在此以前,包括郭沫若在内的创造社同人从来都没有停止过表达对文学革命发难者及五四初期创作的不满,只不过,其批评的武器各不相同罢了。不过,即便是在自以为掌握了先进的无产阶级理论的 30 年代,郭沫若也并没有忘记从"文学"自身的角度为创造社的历史意义定位:

> 创造社这个团体一般是称为异军突起的,因为这个团体的初期的主要分子如郭、郁、成,对于《新青年》时代的文学革命运动都不曾直接参加,和那时代的一批启蒙家如陈、胡、刘、钱、周,都没有师生关系或朋友关系。他们在那时都还在日本留学,团体的从事于文学运动的开始应该以一九二〇年的五月一号创造季刊的出版为纪元(在其前两年个人的活动虽然是早已有的。)他们的运动在文学革命爆发期中要算到了第二个阶段。前一期的陈、胡、刘、钱、周着重在向旧文学的进攻;这一期的郭、郁、成,却着重在向新文学的建设。②

在这里,郭沫若所表述的内容以及表述的方式本身都是十分耐人寻味的。我以为这里起码有这样几重信息值得注意:

1. 郭沫若完全按照他自己的方式来划分了文学史的阶段,也就是

---

① 郭沫若:《文学革命之回顾》,《郭沫若全集》文学编第 16 卷第 96 页,人民文学出版社 1989 年。
② 郭沫若:《文学革命之回顾》,《郭沫若全集》文学编第 16 卷第 98 页,人民文学出版社 1989 年。

说他并不把20年代初才整体出现的创造社文学活动当作是三四年前《新青年》同人的"五四文学革命"的结果,而是重点强调这都属于中国新文学"发生"的同一个时期——文学革命爆发期,只不过,《新青年》同人属于第一个阶段,而他们属于第二个阶段。

2. 从根本上撇清了创造社与此前新文学创造群体的关系。郭沫若竭力强调的是他们与"那时代的一批启蒙家"毫无关系。也就是说,文学创造社青年根本不是由这些新文学先驱所"启蒙"的(郭沫若在这里特意使用了"启蒙家"一词,真是意味深长),创造社文学的根本来源与《新青年》时代的文学无干,他们是独立生长的另一脉络,另一系统。

3. 从文学的追求上,创造社已经与稍前之人有了根本区别,一个"重在向旧文学的进攻",一个"重在向新文学的建设"。众所周知,"建设"往往才造就了文学的实绩,郭沫若的描述当中,已经比较清晰地表明了自己的价值判断。就是说,中国新文学发生的更有影响的标志性产品其实在创造社这里。

4. 有意思的还包括郭沫若对时间的刻意的突出。这一段短短的文字中包含了两处对时间的特别的强调,一是用括弧标示出来的"在其前两年个人的活动虽然是早已有的",这当然是突出了他们个人对新文学建设追求之早。此外,更有意思的却是他对《创造季刊》创刊时间的记载:1920年。这显然是一个绝大的错误。众所周知《创造季刊》的创刊是在1922年。当然,以创刊之时郭沫若本人并不在上海,一切由郁达夫操办来说,出现这样的记忆偏差是可能的,不过,即便是记忆的失误,这本身就是心理分析的一种"症候",弗洛依德的研究早已经证明,人类的"记忆错误"往往都是某些"妄念"的结果,"记忆错误在妄想症是造成妄念的根本因素之一"。[①] 在这里,"妄念"源

---

① 〔奥〕西格蒙德·弗洛依德:《日常生活的精神病理学》中译本第153页,国际文化出版公司2004年。

于创造社青年的文学活动所承受的来自前辈文学力量的某种"压抑",为了排遣这些压力,他们便容易产生某些足以抵抗压力的"妄想"。不言而喻,就如同他特意突出"前两年个人的活动"一样,郭沫若在无意识层面是希望创造社的"亮相"并不太晚于《新青年》的,那样才能名副其实地归属于"文学革命爆发期"了!总之,郭沫若所叙述的新文学发生史中,创造社是最值得重视的力量。

在郭沫若这"昂首天外"的自我描述中,既流露出了他的一贯的豪情与自信(多少有些鲁迅所形容的"创造脸"),同时也是再现了这一批留日青年当年参与新文学的真实心理,而且在某种程度上也道出了中国新文学发生演变的事实。

的确,在相对比较单一的"五四"文坛上,创造社作家群体是以自己独特的人生体验与精神状态拓宽了文学表现的空间。《新青年》所要求的时代青年是"意志坚强"、搏击黑暗,这更像是吹响了"发难"的号角。中国新文学的发生史上,1921、1922年前后应该是一个重要的分界点。此前的"五四"基本上属于"发难者",也就是从理论上、口号上提出一些新文学的设计,表达对旧的文学创作方式的质疑和不满。然而,创作成绩却相对单薄,郭沫若说"除鲁迅一人而外都不是作家"。① 这并非就是青年人的目空一切,就是当时国内文学界也承认这一创作单薄的事实。到1921年年中,在文学研究会的《小说月报》上,仍然充满了对国内文坛的不满之声。如叶绍钧《创作的要素》认为:"有许多作品所描写的诚属一种黑暗的情形,但是(一)采取的材料非常随便,没有抉择取舍的意思存乎其间;(二)或者专描事情的外相,而不能表现出内在的实际;(三)或者意思显能表出而质和形都

---

① 郭沫若:《文学革命之回顾》,《郭沫若全集》文学编第16卷第94页,人民文学出版社1989年。

非常单调。"① 郑振铎《平凡与纤巧》说得很直率,文章开门见山:"现在中国文学界的成绩还一点没有呢!做创作的虽然不少,但是成功的,却没有什么人。把现在已发表的创作大概看了一看,觉得他们的弊病很多。第一是思想与题材太单薄太单调了。大部分的创作,都是说家庭的痛苦,或是对劳动者表同情,或是叙恋爱的事实;千篇一律,不惟思想有些相同,就是事实也限于极小的范围,并且情绪也不深沉;读者看了以后,只觉得平凡,只觉得浅薄;无余味;毫没有深刻的印象留在脑中。第二是描写的艺术太差了。他们描写的手段,都极粗浅,只从表面上描摹,而不能表现所描写的人与事物的个性、内心与精神。用字也陈陈相因,布局也陈陈相因。聚许多不同的人的作品在一起而读之,并不觉得是不同的人所做的。"② 朗损(茅盾)谈当时缺乏"被迫害民族"应有的深刻的文学:"中国新文学只在酝酿时代,在势不能有怎样成功的创作,这时期的关系固然是一个原因;但最大的原因还是在创作家自身的环境。国内创作小说的人大都是念书研究学问的人,未曾在第四阶级社会内有过经验,像高尔基之做过饼师,陀斯妥夫斯基之流过西伯利亚。印象既不深,描写如何能真?"③ 十多年后,当茅盾回顾这一段文学的历史,依然认为:"那时候发表了的创作小说有些是比现在各刊物编辑部积存的废稿还要幼稚得多呢。"④

中国新文学创造的重要分界就出现在创造社青年的文学活动之后。这样的文学与时间的关系自然不是偶然的:

1921年1月,文学研究会成立。

1921年年中,充满了对国内文坛的不满之声。

1921年8月,郭沫若《女神》出版。

---

① 叶绍钧:《创作的要素》,《小说月报》1921年12卷7号。
② 郑振铎:《平凡与纤巧》,《小说月报》1921年12卷7号。
③ 朗损:《社会背景与创作》,《小说月报》1921年12卷7号。
④ 茅盾:《中国新文学大系·小说一集·导言》,上海良友图书公司1935年。

1921年10月，郁达夫《沉沦》问世。

似乎，由日本的资本主义繁盛与异域生存压力共同生发的青春期欲望令我们的青年作家对人性与人生及自我都有了前所未有的理解，当他们以年轻的无忌尽情展示自己的心灵与情绪感受的时候，一个个新的文学的世界便出现在了我们的面前。

从题材来说，是创造社的青年的创作第一次较大规模地展示了新文学的"现代生活景观"——现代都市生活的种种形象。茅盾认为鲁迅《呐喊》表现了现代的乡村人生，"但是没有都市，没有都市中青年们的心的跳动"，"很遗憾地没曾反映出弹奏着'五四'的基调的都市人生"。[①]创造社青年的都市观感直接来自日本大正时期蓬勃发展的资本主义景象，这比黄遵宪当年所感叹的"消防队"等近代事物更近"现代"了。郭沫若的《女神》涌现了摩托车、大都会、烟囱（"20世纪的名花""黑牡丹"），郁达夫笔下的酒楼、妓馆，田汉、陶晶孙笔下的咖啡店，成仿吾笔下的流浪汉，张资平笔下的城市男女，从这里开始，中国文学里出现了这样的故事与这样的主人公：一批沉浮于都市夜色中的男男女女，他们为现代生活的欲望所鼓噪，恋爱、求学、工作、交际，不断有新的烦恼，不时有精神的空虚，在富有魅力又暗藏危机的生活之流中挣扎。

除了题材，引人注目的还有他们对自身的估价和判断，那是一种满怀生活渴望与成功期许的自信。表现在创作当中，则是他们面对世界和他人的态度——关于"天才"的自我想象，这是创造社青年极感兴趣的一个话题，这既是他们对西方浪漫主义文化的接受，更代表了一种恃才傲物的自我估价。正如我们在前文已经论述到的那样，这里有一个值得深思的比较，可以说对个人、自我价值的觉悟和肯定是自鲁迅之后留日中国学人的重要思想成果。鲁迅、郭沫若两代留学生都

---

① 茅盾：《读〈倪焕之〉》，原载《文学周报》1929年第8卷20期。

共同接受过尼采"超人"哲学与崇尚个人的浪漫主义文化的影响,不过,认真比较起来,他们各自对个人、自我价值的认知又是很不相同的。鲁迅对"个人"的推崇是他挣脱奴隶地位的谋求主体意识的方式,他的"自我"包含着一系列的内省与反思。而在创造社青年那里,则主要是一种毫不掩饰的自我暴露与自我表现。

总之,对自我人生欲望的理直气壮的确信与追求,尤其常常在与他人的区别中突出自身的"天才"般的能力,这样的强烈的个人进取追求带给了创造社文学一种所向披靡的斗志与品格,从而与相对谨慎的其他五四文学判然有别。在这方面,有郭沫若著名《天狗》为证:

> 我是一条天狗呀!
> 我把月来吞了,
> 我把日来吞了,
> 我把一切的星球来吞了。
> 我便是我了!
>
> 我便是我呀!
> 我的我要爆了!

而《凤凰涅槃》的高潮也有如此狂欢节式的激情:"我们光明呀!/我们光明呀!/一切的一,光明呀!/一的一切,光明呀!""我们新鲜呀!/我们新鲜呀!/一切的一,新鲜呀!/一的一切,新鲜呀!""我们华美呀!/我们华美呀!/一切的一,华美呀!/一的一切,华美呀!""我们芬芳呀!/我们芬芳呀!/一切的一,芬芳呀!/一的一切,芬芳呀!"

甚至,古人清幽高洁的梅花在郭沫若这里也"亢奋"起来:"梅花!梅花!/我赞美你!我赞美你!/你从你自我当中/吐露出清淡的天香,

/开放出窈窕的好花。""梅花呀！梅花呀！/我赞美你！我赞美我自己！/我赞美这自我表现的全宇宙的本体！/还有什么你？/还有什么我？/还有什么古人？/还有什么异邦的名所？/一切偶像都在我面前毁破！/破！破！破！/我要把我的声带唱破！"（《梅花树下的醉歌》）

中国没有对狂欢节的认知，所以有时很难理解郭沫若"五四"时期的许多诗情，有时便斥之为简单的"标语口号"，其实，狂欢中人的情绪和语言本来就是相当简单的，简单才带来了反复的情绪的节奏，重复是一种韵律，而韵律带给我们振荡的欢快。

自然，激情、亢奋当中的焦躁和迷乱也在文学中得以表现，吞天食日的"天狗"无法控制巨大的内部能量："我便是我呀！/我的我要爆了！"（《天狗》）崇拜偶像的"我"一瞬间颠倒为偶像破坏者："我是个偶像崇拜者哟！/我崇拜太阳，崇拜山岳，崇拜海洋；/我崇拜水，崇拜火，崇拜火山，崇拜伟大的江河；/我崇拜生，崇拜死，崇拜光明，崇拜黑夜。""我崇拜偶像破坏者，崇拜我！/我又是个偶像破坏者哟！"（《我是个偶像崇拜者》）

问题是如此真切地展示了自我的情绪多面性，这在中国古代诗歌与新近出现的白话新诗中都十分罕见。

小说中所揭示的心灵困厄、矛盾、疲惫、羸弱甚至变态就更多了。郁达夫小说中惊世骇俗的"性苦闷"，张资平小说中的情感纠缠，冯乃超、王独清诗歌中的哀痛与颓丧……总之，是他们第一次展示了青春期个性的多姿多彩与起伏多变，与五四新文学初期相对理性而单一的"中年写作"大异其趣。①

　　青春写作再加上异域体验，这种裹挟着异域体验的斑斓色彩的文学的确与当时国内的作品颇多差异。郁达夫的《沉沦》发表后，国内批评界曾一度未能适应，而后来模仿创造社"自叙传小说"的其他流派也并不都能达到他们的深度，如陈翔鹤及"浅草"社的一些感伤小说，留给我们的更多是只是生活艰难的表层描写，如《一个不安定的灵魂》《转变》都仅仅是初涉人生的不适应，这里缺乏更深的自我解剖，更复杂的精神开掘。两相比较，其深浅差异的原因恐怕还得归结到异域体验的作用上：正是日本体验的丰富和复杂打开了中国青年封闭的心灵，文学有了更开阔的领地，而尚未经受过异域冲击的国内青年作家陈翔鹤则尚在缓慢的跋涉之中。

　　个性的丰富是文学丰富的前提，自我的充分发现与充分展示是文学扩大空间的基础，总之，各自个性鲜明、充满进取愿望的创造社文学的出现，全面突破了传统文学的界限，真正展示了中国新文学的多种可能的巨大空间，正如沈从文指出："以夸大的、英雄的、粗率的、无忌无畏的气势，为中国文学拓一新地，是创造社几个作者的作品。"②

---

① 关于五四新文学的"中年写作"特征，王富仁先生的一段分析很清楚地说明了问题："围绕《新青年》周围的这些新文化运动的倡导者们，尽管主要面向中国的青年，首次把青年的许多独立的愿望和要求以理论的形式提交到了中国的社会上，但他们在年龄、经历和主要的思想特征上，却已经属于中年的范畴了，他们所建立的新文化，就其整体而言属于中年文化的形态。""继《新青年》而起的新文学团体是新潮社，它的主要发起人和撰稿人是北京大学的青年学生；略早于创造社还成立了有广泛影响和丰硕文学成果的文学研究会，其成员在年龄层次上也多属于青年文学家。它们的思想和创作都已明显地表现出了青年文化的特征，但就其总体的倾向上，它们是直接延续着《新青年》诸新文化倡导者的方向的，并始终没有自己完全独立的文化思想和文学思想。"（王富仁：《创造社与中国现代社会的青年文化》，《创造社丛书·理论研究卷》第30、31、32页，学苑出版社1992年）

② 沈从文：《论中国创作小说》，《沈从文全集》第16卷第204页，北岳文艺出版社2002年。

青春是没有负担的,青春也是躁动不安的,作为创造社主帅的郭沫若曾经有过一番自我的"精神分析":

> "歇斯迭里"这种病,在从前以为是女子的专病,但在欧战当时发生了所谓"战壕病",是对于战争的恐怖使人的精神生出异状,才知道男子也有得这种病的可能。其实广泛地说时,我看一个民族或社会似乎都可以得这种病。
>
> 文人,在我看来,多少是有些"歇斯迭里"的患者。古人爱说"文人相轻"或"文人无行",或甚至说"一为文人便无足观"。这对于文人虽然不免作了过低的评价,但事实上多少也有些那样的情形。尤其在整个民族受着高压的时候,文人的较为敏锐的神经是要加倍感觉着痛苦的。许多不愉快的事情遏在心里说不出来,一个烟囱塞满了烟煤,满肚皮氧化不良的残火在那儿薰蒸,当然是要弄得彼此都不愉快的。①

将这样的气质带进新文学,这一方面是造成了全新的文学景观,但另一方面却也给整个的新文学阵营注入了某些分歧与争议的可能。

我以为,创造社青年实际上是把他们在日本所承受的生存之痛带回了中国本土,又以这样的"痛心"继续感受着现实的种种问题,于是他们先前的挣扎就继续浮现在了文学的生长中,除了自我的焦虑,更多了一层挣扎作战步的对象——中国社会中能够影响他们文学活动的力量,如已经"成功"的文坛名流,如出版商,如其他的文学团体等等。

早在创造社的"受胎"期,这些青年就多次在私下里表达着对新

---

① 郭沫若:《创造十年》,《郭沫若全集》文学编第 12 卷第 191、192 页,人民文学出版社 1992 年。

文学现状的不满。郭沫若记载的博多湾郭张对话是：

"中国真没有一部可读的杂志。"

"《新青年》怎样呢？"

"还差强人意，但都是一些启蒙的普通文章，一篇文字的密圈胖点和字数比较起来也要多。"

"……我看中国现在所缺乏的是一种浅近的科学杂志和纯粹的文学杂志啦。中国人的杂志是不分性质，乌涅白糟的甚么都杂在一起。要找日本所有的纯粹的科学杂志和纯粹的文艺杂志是找不到的。"

"社会上已经有了那样的要求吗？"

"光景是有，像我们住在国外的人不满意一样，住在国内的学生也很不满意。你看《新青年》那样浅薄的杂志，不已经很受欢迎的吗？"

"其实我早就在这样想，我们找几个人来出一种纯粹的文学杂志，采取同人杂志的形式，专门收集文学上的作品。不用文言，用白话。"①

在另外的时候，郭沫若又不断申说着这样的判断："四五年前的白话文革命，在破了的絮袄上虽打上了几个补绽，在污了的粉壁上虽涂了一层白垩，但是里面内容依然还是败棉，依然还是粪土。Bourgeois（资产阶级）的根性，在那些提倡者与附和者之中是植得太深了。我们要把恶根性和盘推翻，要把那败棉烧成灰烬，把那粪土消

---

① 郭沫若：《创造十年》，《郭沫若全集》文学编第 12 卷第 46、47 页，人民文学出版社 1992 年。

灭于无形。"① 成仿吾也致信郭沫若抱怨："新文化运动已经闹了这么久，现在国内杂志界的文艺，几乎把鼓吹的力都消尽了。我们若不急挽狂澜，将不仅那些老顽固和那些观望形势的人要嚣张起来，就是一班新进亦将自己怀疑起来了。"② 到郁达夫撰写《纯文学季刊〈创造〉出版预告》，更是义正词严："自文化运动发生后，我国新文艺为一二偶像所垄断，以至艺术之新兴气远，澌灭将尽。"③ 这比较成仿吾信中感叹国内文学界耗尽力量之说显然又进了一步：不是力量耗尽需要新人递补，而是如此糟糕的局面就是由国内文学界的成功人士造成！锋芒所指，咄咄逼人。没有想到的是，对于"垄断文坛"一说，郭沫若却姿态更高，因为在他眼中，"那时候的中国那里有甚么'文坛'？更那里说得上甚么'垄断'？"④

在这个意义上，创造社所追求的"文学革命第二期"也就必然意味着对五四"发难者"的文学实绩的否定。成仿吾与郑伯奇是创造社的两大批评家，在他们的公开批评中，刚刚出现的新文学创作几乎就是一塌糊涂。在成仿吾著名的《诗歌的防御战》看来，胡适的创作"简直是文字的游戏"，"浅薄的人道主义"，康白情的创作则是"演说词""点名薄""几乎把肠都笑断了"。俞平伯的诗歌"不成其为诗"，周作人的也"不是诗"，徐玉诺的文字则"在小说里面都要说是拙劣极了"。⑤ 郑伯奇《新文学之警钟》更是大刀阔斧。他宣布，对于新文学运动，"一般旁观是对此早露不满之色"了，而"翻译界，除了为

---

① 郭沫若：《我们的文学新运动》，《郭沫若全集》文学编第16卷第4页，人民文学出版社1989年。
② 见郭沫若：《创造十年》，《郭沫若全集》文学编第12卷第81、82页，人民文学出版社1992年。
③ 原载《时事新报》1921年9月29、30日。
④ 郭沫若：《创造十年》，《郭沫若全集》文学编第12卷第135页，人民文学出版社1992年。
⑤ 原载《创造周报》1923年5月13日第1号。

误译打笔墨官司而外，没有可以引人注意的事情。""流行的所谓'小诗'"，"没有一点音调之美"，"至于内容，又非常简陋，大都是唱几句人生无常的单调，而又没有悲切动人的感情。""至于小说界呢"，"不是悯人悲天的大慈善家，便是红情绿意的新'礼拜六'派"，"若说到剧作界，更使人添寂寞空虚之感"。"总而言之，现在的新文坛，表面上似乎尚热闹可观，其内容则实在贫弱空虚。"①

来自创造社的这些文坛"晚辈"的挑剔，一方面是出自他们新的文学认识，另外一方面（也可以说在很大的程度上）则是旺盛的成功欲对既有文坛格局的主动出击和挑战，郭沫若说过："中国是没有可以使我们安定的地方，无论到甚么地方去，都感觉着颓败，感觉着压迫。"②可以说，他们的出击就是对旧有格局所形成的压力的反拨。

对于文坛成功人士，他们本能地保持了一种心理的距离，《创造十年》所描述的郭沫若与胡适的第一次见面就是一次有趣的经历。字里行间，我们都能够读到胡适这位文坛新贵几乎是在装腔作势，在自称素来"不带贵"的郭沫若眼中，这样的姿态简直就是滑稽可笑的：

胡适章士钊合影题诗

"只见他那满面的春风好像使那满楼的电风扇都掉转了一个方向"。显然，胡适作为成功人士的身份感、地位感、优越感都让这为奋斗中的青年晚辈颇感受伤。"散席的时候，胡博士和另一位美国出身的博士去打台球去了。"郭沫若特意

---

① 原载《创造周报》1923年12月9日第31号。
② 郭沫若：《创造十年》，《郭沫若全集》文学编第12卷第128页，人民文学出版社1992年。

提及这一"身份",既表明了他面对强势文化压力(留美博士)不惜以"草根"自居的傲然,同时却又无意间流露出了"身份"问题的重要性。①

《创造十年》可谓是创造社文学追求发生的"白皮书",这一白皮书的写作起因就是鲁迅这样的领袖级人物在关于文学界的描述中不能"正确"评述创造社应有的文学地位与贡献,一篇《创造十年》的前言,我们读到的尽是郭沫若对这些"前辈"的气闷、不满和抗争——诸如"革命的文学研究会万岁!文学的正统万岁!文坛总司令鲁迅先生万岁!"之类的反讽之语可谓是比比皆是,从某种意义上所,这就是创造社文学青年之于五四新文坛的典型情绪。

在《创造十年》的这篇前言中,5次提及了鲁迅对"鸳鸯蝴蝶派"的批评,11次提及鲁迅为"文学研究会"帮腔,文学研究会这一与创造社先后成立的文学团体分明是这样的"刺眼",至于鸳鸯蝴蝶派,郭沫若当然不是为这一流派鸣不平,问题恰恰在于鲁迅,创造社的名字总是与这样的"低级"流派联在了一起!这漠视简直就是不能忍受的欺侮啊!②是的,努力争取在五四新文坛中的显赫地位,进而为自我的文学成果"正名",这就是创造社向社会争取"生存权"与"声誉权"的中心目标!

创造社的文学创作总是伴随着他们之于当代文坛的不间断的挑战,这就是刘纳先生所概括的:"打架","杀开了一条血路"。③下面这个表格,大体上总结了围绕创造社所产生的种种论争情况:

---

① 郭沫若:《创造十年》,《郭沫若全集》文学编第12卷第133页,人民文学出版社1992年。
② 以追求"进步"自诩的创造社同人自然最不愿与"鸳鸯蝴蝶派"之流为伍的,用成仿吾《歧路》里的话来说他们都属于"卑鄙的文妖的恶劣的杂志",可以"该死"评述之。(《创造季刊》1卷3期)
③ 刘纳:《"打架","杀开了一条血路"——重评创造社"异军苍头突起"》,《中国现代文学研究丛刊》2000年2期。

续表

时间	论争对象	参与者	缘起与过程	主要文章	创造社重要言辞
1921.9—1922.9	沈雁冰	郁达夫、郭沫若	郁达夫批评有人"垄断文坛",压制"天才",郭沫若攻击"党同伐异"——沈雁冰反驳并批评创造社作品——郁、郭再批评	郁达夫《纯文学季刊〈创造〉出版预告》《艺文私见》、郭沫若《海外归鸿》、沈雁冰《〈创造〉给我的印象》	垄断文坛、鬼怪横行、假批评家（郁）、幼稚到十二万分、卑陋的政客、党同伐异（郭）
1922.7—1922.8	沈雁冰、郑振铎	郭沫若、郁达夫等	沈雁冰、郑振铎提出的翻译观、艺术功利观、文学为人生等——郭、郁撰文批评	郭沫若《论文学的研究与介绍》、郁达夫《论国内的文坛及我对于创作上的态度》、沈雁冰《介绍外国文学作品的目的》、郑振铎《文学与政治社会》	专擅君主（郭）、文艺的堕落（郁）
1922.8—1922.9	沈雁冰、郑振铎	郭沫若	郭沫若批评文学研究会出版《意门湖》翻译问题及沈雁冰批评态度——沈雁冰反击、郑振铎发表致郭沫若公开信	郭沫若《批判意门湖译本及其他》、沈雁冰《"半斤"VS"八两"》、郑振铎致郭沫若信	鸡鸣狗盗式的批评家、吞吞吐吐、自标盛德（郭）
1922.8—1923.5	胡适	郁达夫、郭沫若、成仿吾	郁达夫批评余家菊翻译错误并影射胡适欺世盗名——胡适反批评郁之人格——郁达夫再反击——胡适再批评——郭沫若、成仿吾加入,郁发表小说——胡适寄出求和信	郁达夫《夕阳楼日记》《答胡适之先生》、小说《采石矶》,郭沫若《反响之反响》、成仿吾《学者之态度》,胡适《编辑余谈·骂人》《浅薄无聊的创作》	清水粪坑里的蛆虫、一点学问也没有（郁）

251

续表

时间	论争对象	参与者	缘起与过程	主要文章	创造社重要言辞
1923.9	沈雁冰	成仿吾	汪馥泉建议各文学团体联合，沈雁冰、郑振铎响应，公开谈论与创造社矛盾——成仿吾撰文批评沈雁冰及文学研究会——文学研究会回应"置而不辨"	成仿吾《创造社与文学研究会》	政潮中的老手、不可救药、不负责任（成）
1924.1—1928.5	沈雁冰、鲁迅等	成仿吾	成仿吾批评《呐喊》——沈雁冰反驳，鲁迅反驳	成仿吾《〈呐喊〉的评论》、沈雁冰《鲁迅论》、鲁迅《我的态度气量和年纪》	很平凡、结构极坏、庸俗、拙劣（成）
1924.5—1924.8	徐志摩	成仿吾、洪为法	徐志摩不点名批评郭沫若诗句"泪浪滔滔"——成仿吾、洪为法反驳——徐志摩辩解——梁实秋居间调和	徐志摩《坏诗，假诗，形似诗》《天下本无事！》、成仿吾《致徐志摩信》、洪为法《致郭沫若信》	暗暗里射冷箭（成）
1924.5—1924.8	梁俊青、沈雁冰、郑振铎等	成仿吾、郭沫若	梁俊青批评郭沫若、成仿吾的翻译错误——成、郭致信攻击编者——梁俊青及编辑部回应	梁俊青《评郭沫若译的〈少年维特之烦恼〉》《致郭沫若信》、成仿吾《成仿吾与郑振铎》、郭沫若《致文学编辑信》	最卑劣的编辑者、怀恨私仇、暗刀杀人（郭）
1925	黄侃、邓平严、蒋鉴璋	郁达夫	任教武昌师范大学，与学术名流黄侃矛盾，针对《现代评论》上有人为黄辩护，发文抨击——蒋鉴璋批评郁	郁达夫《说几句话》、邓平严《一封辩正的信》、蒋鉴璋《武昌师大国文系的真相》	卑劣、狗洞（郁）

续表

时间	论争对象	参与者	缘起与过程	主要文章	创造社重要言辞
1928.1—1930.10	梁实秋	郁达夫	梁实秋对卢梭提出批评——引发郁达夫批判——梁实秋与郁达夫往返批评	郁达夫《卢骚传》《翻译说明就算答辩》《关于卢骚》、梁实秋《读郁达夫先生的〈卢骚传〉》《关于卢骚——答郁达夫先生》	小人国的矮批评家（郁）
1928.1—1929上半年	鲁迅	冯乃超、郭沫若、成仿吾、彭康、李初梨等众多同人	冯乃超否定鲁迅及五四以来新文学"非革命的倾向"，——鲁迅反击——太阳社加入对鲁迅的攻击、郭沫若、彭康、李初梨等多人加入"围攻"——潘汉年传达中共高层休战指令	冯乃超《艺术与社会生活》、郭沫若《文艺战线上的封建余孽》、成仿吾《毕竟是"醉眼陶然"罢了》、鲁迅《"醉眼"中的"朦胧"》《我的态度气量和年纪》《革命咖啡店》《文坛的掌故》《文学与革命》	没落的封建情绪（冯）、封建余孽、二重反革命（郭）
1928.1—1929.5	茅盾	李初梨、傅克兴	茅盾对太阳社蒋光慈"革命文学"观点提出意见——蒋光慈反批评——茅盾继续对"革命文学"提出批评——李初梨、傅克兴会同太阳社再批判——茅盾反批判	茅盾《欢迎〈太阳〉!》《从牯岭到东京》《读〈倪焕之〉》、傅克兴《小资产阶级文艺理论之谬误》、李初梨《对于所谓'小资产阶级革命文学'底抬头》	反对革命潮流、根本反对无产阶级、资产阶级意识（傅）
1928.7—1930.10	新月派及梁实秋	彭康、冯乃超	徐志摩起草《新月》发刊词标榜"尊严和健康"，梁实秋从"人性"论出发质疑"革命文学"——彭康对其"尊严和健康"提出质疑，冯乃超对梁实秋提出批评	彭康《什么是健康与尊严》、冯乃超《冷静的头脑》《文艺理论讲座(第二回)——阶级社会的艺术》、梁实秋《文学与革命》《文学是有阶级性的吗?》	资本家的走狗（冯）

以上就是创造社成员与当时文坛各方面的力量所展开论争的主要

情况。分析起来,这些论争大体上有这么几个特点值得我们加以注意。

首先是论争的"外向"性,即主要枪口对外(虽然其内部也有分歧如先后与郁达夫、张资平等,但远不能与他们常常四面出击的态势相比),这多多少少与他们结社办刊之初的某些承诺不符。创刊之初,郭沫若就提出过这样的设想:"我国的批评家——或许可以说是没有——也太无聊,党同伐异的劣等精神,和卑陋的政客者不相上下,是自家人的著作译品,或出版物,总是极力捧场,简直视文艺批评为广告用具;团体外的作品或与他们偏颇的先入之见不相契合的作品,便一概加以冷遇而不理。""批评不可冷却,我们今后一方面创作,一方面批评,当负完全的责任:不要匿名,不要怕事,不要顾情面,不要放暗箭。我们要大胆虚心佛情铁面,堂堂正正地作个炸弹的健儿!我尤希望《创造》出版后,每期专辟一栏,以登载同人相互批评的文字。"①但是事实上"同人相互批评"并未有认真实行,倒是从《创造季刊》开始,几乎每一期都有对当时文坛的尖锐的批评文字,实现了郭沫若所说"不要匿名,不要怕事,不要顾情面,不要放暗箭"之计划。这说明他们依然十分重视作为一个整体在当时生存发展的"优先性",或者说自我生存的艰难性。用郁达夫记实小说《胃病》中K君(实则郭沫若)的话来说就是:"文坛上的生存竞争非常险恶,他们那党同伐异,倾轧嫉妒的卑劣心理,比以前的政客们还要厉害。"

其次是这些讨论的抽象性与延展性。也就是说除了一部分是直接针对具体的文学问题之外,相当部分是一个问题牵涉另一个问题,而且他们似乎并不愿意在一些具体的方面多作停留,而是力图引入对某些"类别"或整体的性质判断上,从而根本击溃之,而且总是向抽象的层面上升。如郁达夫《夕阳楼日记》,竟然就能从一个译者的翻译错误联系到整个文坛的垄断势力问题:"我们中国的新闻杂志界的人物,

---

① 郭沫若:《海外归鸿·第二封》,原载1922年3月《创造季刊》1卷1期。

都同清水粪坑里的蛆虫一样,身体虽然肥胖得很,胸中一点学问也没有。有几个人将外国书坊的书目誊写几张,译来对去的瞎说一场,便算博学了。有几个人,跟了外国的新人物,跑来跑去的跑几次,把他们几个外国的粗浅的演说,糊糊涂涂的翻译翻译,便算新思想家了。"①针对梁俊青对自己翻译问题的批评,郭沫若、成仿吾对具体的答辩并没有太多的兴趣,他们更关心发表这一文章的编辑的动机!总之,对文坛生存"形势"的高度重视,对其他文学力量之于自己的"态度"的敏锐把握才是创造社同人的精神焦点,尽管这些"形势"问题、"态度"问题往往都比较模糊与抽象,引起彼此误会和争议的可能更大。到后来接受马克思主义,倡导革命文学之后,他们在抽象的意识形态批评的操作中,似乎更有一种得心应手的快感了!

再次是论争方式的高度挑战性与刺激性。前文表格中所列举的一些论争言辞诸如垄断文坛,鬼怪横行,幼稚到十二万分,卑陋的政客,鸡鸣狗盗,清水粪坑里的蛆虫,怀恨私仇,暗刀杀人,封建余孽,二重反革命等等,都可谓是激烈火暴,无所不用其极,在当时论争的两方中格外引人注目。这一方面显然与其年轻的性格有关,②而另一方面也不得不说是为了刻意制造的一种对立的声势。当他们将文坛的生存空间视为生命之时,自当以十倍之认真来对待哪怕是一个细小的"事故",1923年《中华新报》张季鸾请创造社为他们编文学副刊。"仿吾和达夫却很赞成接受。他们以为文学研究会有《时事新报》上的《学灯》,在旁系上又有北京的《晨报副刊》,上海《民国日报》的《觉悟》,我们总得有一种日刊来对抗。"《创造日》便诞生了,它的诞生就是

---

① 郁达夫:《夕阳楼日记》,原载《创造季刊》1922年8月1卷2期。
② 郭沫若回忆说,当年郁达夫被胡适批评之后,"异常地悲愤,写来信上说,他要跳黄浦江。我得了信,又看见了胡适的那段杂记,也很悲愤。"(郭沫若:《创造十年》,《郭沫若全集》文学编第12卷第155页,人民文学出版社1992年)

这样的一种如临大敌般的"对抗"思维。①

所以,创造社成员为自己选定的论争对象大都是"值得"挑战的——有影响的大刊物与文坛成功人士,对真正的"落后"者(如鸳鸯蝴蝶派)反倒并不多于纠缠。(只有成仿吾《歧路》是个例外,载《创造季刊》1卷2期)甚至当事人也坦率地承认了其中所包含的意气成分。郭沫若表示过:"文学研究会与创造社并没有什么根本的不同,所谓人生派与艺术派都只是斗争上使用的幌子。""那时候的无聊的对立只是在封建社会中培养成的旧式的文人相轻,更具体地说,便是行帮意识的表现而已。""这种意识,一方面促进了我们对外的抗争,另一方面也促进了我们内心的哀感。我们感觉着寂寞,感觉着国内的文艺界就和沙漠一样。"②成仿吾也阐述说:"我们中国人素来富有所谓东方文化的思辨的精神,所以不论自己如何行动,总能说出一个很冠冕堂皇的道理,纵然骨子里实在只是为自己的名利。"③当然他们也会以己之心度他人之腹:

> 文学研究会的那一部分人,所以拼死拼命地与我们打架的原因,一是因为田寿昌没有理他们,所以疑及我们的全体,二是因为文学研究会成立的时候,气焰正盛,一见我们没有理会他们,很觉得我们是一些大胆的狂徒,无聊的闯入者,就想只等我们把头现出来,要加我们以凶狠的猛击。④

---

① 郭沫若:《创造十年》,《郭沫若全集》文学编第12卷第173、174页,人民文学出版社1992年。
② 郭沫若:《创造十年》,《郭沫若全集》文学编第12卷第140页,人民文学出版社1992年。
③ 成仿吾:《一年的回顾》,原载《创造周报》1924年5月第52号。
④ 成仿吾:《创造社与文学研究会》,原载《创造季刊》1923年1卷4期。

不管这样的推测究竟有多少的合理成分，重要的是创造社同人是绝对不甘以等待"招安"的青年晚辈角色自居的，除了自我表现的作品外，他们一直都在寻找某种"最新最进步"的艺术武器，因为只有拥有独家武器才能"理直气壮"地宣判他们之于其他"成功人士"的超越性与优越性，年轻而后起的他们似乎更需要"先进/落后""革命/反革命""新/旧"的二元对立，也更需要文学进化论的逻辑。这样的心态最终影响了创造社文学介入新兴的中国文坛的姿态，他们与其他文学群体的互动最终形成了中国新文学"塑形"之后的复杂格局，如果我们能够从这样的角度来解析创造社文学活动之于中国新文学发生的意义，将会揭示一些过去为人们所忽略的重要的现象。

五四新文学的基本格局上是这样构成的：鲁迅等留日先觉者的文学领悟与英美留学生的专业素养首先形成了有意义的合力，虽然他们彼此有别，不过在"五四"这一时期却殊途同归了。同归后的格局相对稳定而单一，胡适等学者式的稳重与鲁迅等失望之后的理性形成的是五四新文学相对沉闷的创作一面，由这些中年之辈为主导所形成的创作队伍影响了文学的生动，这里缺少文学的激情和未谙世事的痴迷，甚至也缺少更多文学的才华。这一局面的改变有赖于"异军突起"的创造社青年的加入，从此以后，我们的新文学内部才有了更多的多姿多彩，有了对某一西方文学艺术的痴迷的引入，也有了差异中产生的互动。当然，因为有一路挣扎而来的创造社的汇入，中国新文学也逐渐被灌注了一种躁动不安的情绪，一种急切的求新逐异的心理，在后来，即使创造社连同它的新生力量——同样自日本回归的后期创造社作为一个团体都不复存在的时候，这样的心理和情绪依然会在我们新文学的发展中被清晰地发现，因为，它们似乎已经构成了新文学遗产的重要组成部分。

主要参考文献

《梁启超全集》　　　　　　　　北京出版社 1997 年版
《康有为政论集》　　　　　　　中华书局 1981 年版
《章太炎政论选集》　　　　　　中华书局 1977 年版
《章太炎全集》　　　　　　　　上海人民出版社 1982 年版
《黄遵宪文集》（郑海麟、张伟雄编校）
　　　　　　　　　　　　　　　（日本）中文出版社 1991 年版
钱仲联：《人境庐诗草笺注》　　上海古籍出版社 1981 年版
《王国维文集》　　　　　　　　中国文史出版社 1997 年版
严复：《天演论》　　　　　　　商务印书馆 1981 年版
《龚自珍全集》　　　　　　　　上海人民出版社 1975 年版
《谭嗣同全集》　　　　　　　　中华书局 1981 年版
《马君武集》　　　　　　　　　华中师范大学出版社 1991 年版
《辛亥革命前十年间时论选集》　三联书店 1960 年版
《辛亥革命时期期刊介绍》　　　人民出版社 1987 年版
钟叔河编：《甲午以前日本游记五种》
　　　　　　　　　　　　　　　岳麓书社 1985 年版
《中国近代文学大系》　　　　　上海书店 1992 年版

《中国近代珍稀本小说》　　　　　春风文艺出版社 1997 年版
《近代诗钞》（钱仲联编）　　　　江苏古籍出版社 2001 年版
《中国新文学大系》　　　　　　　上海良友图书公司 1935 年版
《李大钊选集》　　　　　　　　　人民出版社 1959 年版
《陈独秀文章选编》　　　　　　　三联书店 1984 年版
《陈独秀书信集》（戴水如编）　　新华出版社 1987 年版
《甲寅杂志存稿》　　　　　　　　商务印书馆 1922 年版
《章士钊全集》　　　　　　　　　文汇出版社 2000 年版
《鲁迅全集》　　　　　　　　　　人民文学出版社 1981 年版
《鲁迅佚文全集》　　　　　　　　群言出版社 2001 年版
《周作人自编文集》　　　　　　　河北教育出版社 2002 年版
《周作人集外文》　　　　　　　　海南国际新闻出版中心 1995 年版
《中国留学生文学大系》　　　　　上海文艺出版社 2000 年版
《郭沫若全集》文学编　　　　　　人民文学出版社 1982—1992 年陆续出版
《郭沫若全集》历史编　　　　　　人民文学出版社 1982 年版
《郁达夫文集》　　　　　　　　　花城出版社、三联书店香港分店 1982 年版
《胡适文集》　　　　　　　　　　人民文学出版社 1998 年版
《吴虞日记》　　　　　　　　　　四川人民出版社 1984 年版
《苏曼殊全集》　　　　　　　　　上海北新书局 1928 年版
《欧阳予倩文集》　　　　　　　　中国戏剧出版社 1980 年版
《田汉文集》　　　　　　　　　　中国戏剧出版社 1983 年起陆续出版
不肖生：《留东外史》　　　　　　上海世界书局 1925 年版
舒新城：《近代中国留学史》　　　中华书局 1928 年版
实藤惠秀：《中国人留学日本史》　三联书店 1983 年版

沈殿成主编：《中国人留学日本百年史》
辽宁教育出版社 1997 年版
吴霓：《中国人留学史话》　　商务印书馆 1997 年版
田正平：《留学生与中国教育近代化》
广东教育出版社 1996 年版
梁若容：《中日文化交流史论》　商务印书馆 1985 年版
王晓平：《近代中日文学交流史稿》
湖南文艺出版社 1987 年版
安宇、周棉：《留学生与中外文化交流》
南京大学出版社 2000 年版
《剑桥中国晚清史》　　　　中国社会科学出版社 1992 年版
郭延礼：《中国近代文学史》　山东教育出版社 1991 年版
钱理群、温儒敏、吴福辉：《中国现代文学三十年》（修订版）
北京大学出版社 1998 年版
陈平原：《20 世纪中国小说史》第一卷
北京大学出版社 1989 年版
陈平原、夏晓虹编《20 世纪中国小说理论资料》第一卷
北京大学出版社 1989 年版
夏志清：《中国现代小说史》　台北传记文学社 1979 年版
黄会林：《中国现代话剧文学史略》
安徽教育出版社 1990 年版
王富仁：《灵魂的挣扎》　　时代文艺出版社 1993 年版
王富仁：《中国文化的守夜人——鲁迅》
人民文学出版社 2002 年版
王富仁、赵卓：《突破盲点——世纪末社会思潮与鲁迅》
中国文联出版社 2001 年版
刘纳《嬗变》　　　　　　中国社会科学出版社 1998 年版
钱理群：《周作人论》　　　上海人民出版社 1992 年版

钱理群：《周作人传》　　　　　北京十月文艺出版社1990年版
陈平原：《中国现代学术之建立——以章太炎、胡适之为中心》
　　　　　　　　　　　　　　　北京大学出版社1998年版
南京大学中国现代文学研究中心编：《中国现代文学传统》
　　　　　　　　　　　　　　　人民文学出版社2002年版
陈万雄：《五四新文化的源流》　三联书店1997年版
曾小逸主编：《走向世界文学》　湖南文艺出版社1986年版
王锦厚：《五四新文学与外国文学》
　　　　　　　　　　　　　　　四川大学出版社1996年第二版
范伯群、朱栋霖主编：《1898—1949：中外文学比较史》
　　　　　　　　　　　　　　　江苏教育出版社1993年版
王一川：《中国现代性体验的发生》
　　　　　　　　　　　　　　　北京师范大学出版社2001年版
陈建华：《"革命"的现代性——中国革命话语考论》
　　　　　　　　　　　　　　　上海古籍出版社2000年版
林毓生：《中国意识的危机》　　贵州人民出版社1988年版
林毓生：《中国传统的创造性转化》
　　　　　　　　　　　　　　　三联书店1988年版
李欧梵：《现代性追求》　　　　三联书店2000年版
王德威：《想象中国的方法》　　三联书店1998年版
刘禾：《跨语际实践》　　　　　三联书店2002年版
郑家建：《中国文学现代性的起源语境》
　　　　　　　　　　　　　　　上海三联书店2002年版
夏晓虹《晚清社会与文化》　　　湖北教育出版社2001年版
熊月之：《西学东渐与晚清社会》
　　　　　　　　　　　　　　　上海人民出版社1994年版
何德功：《中日启蒙文学论》　　东方出版社1995年版

王向远：《中日现代文学比较论》

湖南教育出版社 1998 年版

王向远：《20 世纪中国的日本翻译文学史》

北京师范大学出版社 2001 年版

周晓明：《多源与多元：从中国留学族到新月派》

华中师范大学出版社 2001 年版

陈玉刚主编：《中国翻译文学史稿》

中国对外翻译出版公司 1989 年版

黄爱华：《中国早期话剧与日本》

岳麓书社 2001 年版

马春林：《中国晚清文学革命史》

辽宁大学出版社 2000 年版

靳明全：《攻玉论——关于 20 世纪初期中国文人赴日留学的研究》

贵州人民出版社 1995 年版

靳明全：《攻玉论——关于 20 世纪初期中国政界留日生的研究》

重庆出版社 1999 年版

伊藤虎丸：《鲁迅、创造社与日本文学》

北京大学出版社 1995 年版

竹内好：《鲁迅与中日文化交流》

湖南人民出版社 1981 年版

程麻：《沟通与更新——鲁迅与日本文学关系发微》

中国社会科学出版社 1990 年版

孙郁：《鲁迅与周作人》　河北人民出版社 1997 年版

孙郁：《鲁迅与胡适》　辽宁人民出版社 2000 年版

黄开发：《人在旅途——周作人的思想与文体》

人民文学出版社 1999 年版

许寿裳：《亡友鲁迅印象记》　人民文学出版社 1977 年版

许寿裳：《我所认识的鲁迅》　　人民文学出版社 1978 年版
鲁迅博物馆鲁迅研究室：《鲁迅年谱》
　　　　　　　　　　　　　人民文学出版社 2000 年增订版
张菊香、张铁荣：《周作人年谱》（1885—1967）
　　　　　　　　　　　　　天津人民出版社 2000 年版
汤志钧：《章太炎年谱长编》（1868—1918）
　　　　　　　　　　　　　中华书局 1979 年版
袁英光、刘寅生：《王国维年谱长编》（1877—1927）
　　　　　　　　　　　　　天津人民出版社 1996 年版
《创造社资料》　　　　　　福建人民出版社 1983 年版
罗平汉：《风尘逸士——吴稚晖别传》
　　　　　　　　　　　　　人民文学出版社 2002 年版
陈书良：《寂寞秋桐——章士钊别传》
　　　　　　　　　　　　　中国戏剧出版社 1999 年版
金梅：《悲欣交集——弘一法师传》
　　　　　　　　　　　　　上海文艺出版社 1997 年版
张颢：《梁启超与中国思想的过渡》（1890—1907）
　　　　　　　　　　　　　江苏人民出版社 1997 年版
郭预衡《中国散文史》　　　上海古籍出版社 2000 年版
冯自由：《革命逸史》初集　商务印书馆 1939 年 6 月版
唐文权：《觉醒与迷误》　　上海人民出版社 1993 年
郑师渠：《晚清国粹派文化思想研究》
　　　　　　　　　　　　　北京师范大学出版社 1997 年版
严昌洪、许小青：《癸卯年万岁——1903 年的革命思潮与革命运动》
　　　　　　　　　　　　　华中师范大学出版社 2001 年版
徐迅：《民族主义》　　　　中国社会科学出版社 1998 年版

邹振环：《晚清西方地理学在中国》
上海古籍出版社 2000 年版
郭双林：《西潮激荡下的晚清地理学》
北京大学出版社 2000 年版
叶再生：《中国近现代出版通史》
华文出版社 2002 年版
宋原放主编：《中国出版史料》第一卷
山东教育出版社
湖北教育出版社 2001 年版
中国史学会：《戊戌变法》　　上海人民出版社 1957 年版
中国史学会：《辛亥革命》　　上海人民出版社 1957 年版
周策纵：《五四运动史》　　岳麓书社 1999 年版
费孝通：《乡土中国》　　三联书店 1985 年版
伽达默尔：《真理与方法》中译本
辽宁人民出版社 1987 年版
《舍勒选集》　　上海三联书店 1999 年版
R·G·柯林武德：《历史的观念》
中国社会科学出版社 1986 年版
西奥多·M·米尔斯：《小群体社会学》
云南人民出版社 1988 年版
雅克·马利坦：《艺术与诗中的直觉》
三联书店 1991 年版
《美国作家论文学》　　三联书店 1984 年版
井上清：《日本历史》　　三联书店 1957 年版
近代日本思想史研究会：《近代日本思想史》（第一辑）
商务印书馆 1983 年版

本尼迪可特：《菊花与刀——日本文化的诸模式》
浙江人民出版社 1987 年版
鹤见和子：《好奇心与日本人》 西安交通大学出版社 1986 年版
叶渭渠：《日本文学思潮史》 经济日报出版社 1997 年版

另有中国留日学生刊物及近现代期刊如《直说》《浙江潮》《江苏》《豫报》《云南》《四川》《河南》《清议报》《新民丛报》《国粹学报》《民报》《月月小说》《小说林》《甲寅》《安徽俗话报》《新青年》（《青年杂志》）《教育世界》《东方杂志》等多种。

附录一：博士学位论文答辩委员会决议

在中国现代文学发生史以及整个中国现代文学史的研究当中，"中外文学交流"的阐释模式都一直占有相当重要的地位。但这一阐释模式却往往忽略了中国现代作家进行独立精神创造的生动过程。李怡同志的博士论文将"体验"这一概念引入文学史研究，着重挖掘了作家个体生命感受的丰富性与复杂性，鲜明地凸现了异域生存状态下中国作家的精神主体性，这不仅有利于我们对中国现代文学的发生史作出前所未有的清晰阐释，同时也体现出了方法论上的开拓意义。

论文的写作以大量充实的材料为基础，由点及面，由浅入深地剖析了文学史的一系列复杂现象，学风严谨，思路缜密，分析透辟，展示了作者良好的理论素养与学术创新能力。论文对近代文学诸界革命的阐述，对周氏兄弟的"深度体验"的开掘，对从《甲寅》到《新青年》的思想嬗变的重新发现等方面均能突破文学史的定论，另辟蹊径，刨根究底，将论题推进到新的层面。从总体上看，这是一篇优秀的博士学位论文。

论文还可以将更丰富的留学生文学的文本实例纳入分析，同时作为"存目"的一章（创造社同仁的"日本体验"）也应该有所加强。

答辩委员会经过讨论，对李怡的答辩表示满意，经投票表决，一致通过其论文，建议授予博士学位。

附录二：博士论文专家评议书

王保生（中国社会科学院研究员、答辩委员会主席）：

中国现代文学是在外国文化思潮和文学创作的影响下催生的，对此已有不少学者进行了专题研究。但绝大多数是从比较文学的"影响研究"的角度来展开论述的。这篇论文的可贵之处在于它另辟蹊径，打破了以往的"中外文学交流"的阐释模式，从中国现代知识分子在日本的亲身体验，从个体生命的复杂的心态变化来阐述中国现代文学的发生发展历史，相当清晰地勾勒了中国文学的现代转换，从一个方面阐述了中国现代文学发生史的基本方面。

比较起平面的"影响研究"来，这种充满生命动感的对中国现代作家的日本"体验"的探索，描述了中国现代知识分子在异域政治、文化的冲击和社会生活的浸染下，如何进行独立的精神创造的生动过程。这种对留日中国现代知识分子个人生命的深入考察，是一种具体的动态的研究，它具有更为内在的、更有说服力的优点，不仅在理论阐发上别有会心，在研究方法上对人也有启发。

作者写作认真，搜集资料相当丰富，视野相当开阔。充满着理论探索的热情，对黄遵宪、梁启超一代人的"日本体验"和鲁迅、周作人兄弟的"日本体验"之异同,都辨析得很清楚,对从《甲寅》杂志到《青年杂志》的中国现代知识界的思想变迁,以及它与"日本体验"的密切关系,也有很精彩的论述。

如果从更高的要求来说,论文对中国现代知识分子的"日本体验",还可以丰富更多的实例,以使论文更为丰满。

钱理群(北京大学中文系教授):

本文将"体验"的概念引入"中外文化交流"的研究当中,于通常人们关注的"知识""观念""概念"之外,强调了"体验"即文化交流活动中主体与自我的内在精神活动;在具体考察"中国作家的日本体验之于中国现代文学的关系"时,又提出了"异域/本土"体验与"个体/群体"体验这样两组基本关系项,这些都具有理论与方法论上的创新。本文具有较高的理论视点与一定的理论深度,在同类"留学生文化"研究中脱颖而出,显示了作者的理论修养与创造力。

由于有了新的理论视角,对前人已有的研究就有了新的开拓,例如对"诗界革命""小说界革命""戏剧改革""散文新文体"及其历史的新阐释,对鲁迅从"体验日本"到"入于自识"、周作人"与日本的'协和'"的"深度体验"的分析,都颇有新意与启发性。

本文对《甲寅》杂志的关注,将其置于夭折了的《新生》及以后对五四新文化运动起了关键作用的《新青年》杂志之间的历史过渡与转折来加以考察,应该说是作者一个新的发现。这在"五四新文学发生学"的研究上是一个新的贡献。

最后一章的阙如则是一个遗憾,从展示"日本体验"的复杂性及由此带来的新文学格局的复杂性,这一章都有极大的重要性。

孙郁（北京鲁迅博物馆研究员）：

《"日本体验"与中国现代文学的发生》系具有新意、较有深度的博士论文。作者进入中国现代文学史的视角特别，抓住了中日文学碰撞的有意味的一隅，从异域的生命体验出发，在动态之中描述了文学的一种生成过程。这就避开了传统的比较文学特点，不是从横向联系的角度打量事物，而是从异域人生体验的综合性存在发现和阐释现代文学的一种特质。论文从生活方式、新词语的建立、文体渐变、译介特点、杂志风格等方面，较为系统地展示了20世纪上半叶中国文学生成的背景。这种由体验到理性的自觉过程，也正是中国作家自我意识成熟的过程。作者在掌握了大量史料的基础上由点到面、由浅入深地把握了文学史的另一规律。作者在对晚清作家各自体验的差异里，看到了文学的多样性。尤其对鲁迅、周作人的分析，较有分寸。在分析中，准确地把握了20世纪中国文学"新宗"的催生过程，应当说，是有着相当的说服力的。

本论文涉猎的知识群体较广，但并不显得零乱。作者叙述问题的语态平和，感性的体悟与理性沉思较好地糅在一起，显示了一定的研究功力。

日本与中国现代文学的关系，隐含着中国"被现代"历史的诸多话题，其中一些重要的内蕴，该文均涉猎到了，且显示了作者驾驭那一段历史的能力，尤其是由个体体验到民族自我意识的过渡，解释它需要理论的气魄与方法论的新意，应当说，作者基本上做到了这一点，相对于以往平庸的"影响研究"而言，本论文有创新的地方。它对于深化现代文学研究，无疑是颇有意义的。

但是论文也显示了某些弱点，比如对中国留日学人的创作未能深入地解剖，有的描述还过于匆忙，如果在文本的解释上下些气力，那么它的内蕴则会变得更加丰满起来。

刘勇（北京师范大学教授）：

中国现代文学的"发生"是近年来学术界高度凝视的焦点和热点问题。本文同样关注这一问题，但却显示了独到的眼光和新的视角：即把现代文学的"发生"作一个动态和流变的过程，如同不是只停留在"五四"这个纵横交错的关节点上。正是在这个理念的观照下，本文把中国现代留日作家的"日本体验"当作现代文学"发生"过程中的一个重要"细节"加以充分而深入的论析，这不仅拓展了现代文学"发生"的内涵的丰富性，而且也赋予了"日本体验"本身以更加新颖和深刻的意蕴。

本文的另一个可贵之处在于，它真正意识到了中国现代作家"日本体验"的文学史意义和价值。这里不仅仅是中国作家受到日本文学、文化及日本社会的影响的问题，中国作家自身的"体验"也有着极其重要的独立的意义。而正是这种独立的意义，中国现代文学才具有独特的风貌。这同样显示了论文作者的创新意识。

本文的再一个重要特点，是它不仅具有宏观深远的视角和架构，而且很注重对史实的发掘和对具体问题的深入细致的论析，这使论文厚重、扎实，具有很强的说服力。

需要注意的是：本文较为注重对"文学自身"规律的探寻，但这些"规律"也往往是动态的和发展变化的。

总之，这是一篇具有创新意识的优秀的博士学位论文。

邹红（北京师范大学教授）：

迄今为止，人们对中国现代文学发生史的研究方法基本上都是"中外文学交流"的阐释模式，即将"文化交流"中外来观念的输入当作中国文学发展的事实本身，而没有注意到中国现代知识分子如何进行独立的精神创造的生动过程。论文《"日本体验"与中国现代文学的发生》将"体验"的概念引入"中外文学交流"的研究之中，从"日本体验"的分析出发，将中国现代作家的异域收获视为人的生命体验的综合性存在，而非单纯的知识性输入。论文角度新颖独特，选题具有开拓性，不仅对传统比较文学"影响研究"是一种突破，而且填补了中国现代文学史"留学生文化"研究中的空白。

从论文可以看出，作者对于这个论题的写作是作了充分准备的。在大量占有材料的基础上，以新的理论视角对前人已有的研究进行了新的开拓。论文提出，对于留学日本的中国现代作家来说，这段留学经历的影响并非以往研究者所说的"中日文学交流"所能包容得了的，而是这些中国作家自身生存实感的重要变化所致，即一种新的人生体验与文化体验开拓、刷新了这些中国作家的视野，激活了他们的创造潜力，并最终带来文学面貌的重大改变。论文的导论及第二、第三、第四章等几部分，写得相当出色，章章有新意，显示了作者具有坚实宽广的基础理论和系统深入的专门知识。已具备很强的独立从事科学研究的能力。

论文另一突出特点是思维缜密，分析透辟。这与作者良好的理论素养与较高的写作水平是分不开的。作者对"诗界革命"等四方面及周氏兄弟的"深度"体验乃至《甲寅》到《新青年》的嬗变与开端的阐释都能够深入进去，刨根究底，在一般人以为已成定论的地方另辟蹊径，再起炉灶，从而把论题推进新的层面。

此外学风严谨、言之成理、行文流畅等优点也是显而易见的。

若从论文的题目来看，应该将第五章（存目）写完才更好。

综上所述，这是一篇优秀的博士学位论文。

附录三：导师意见

　　李怡的博士学位论文从一个更新的角度描述了中国现代文学发生和发展的根源，从而将西方文化的影响、中国古代文化传统的基础作用和现实社会人生的个体生活体验有机地结合了起来，从而解决了中国学术界长期希望解决而不能解决的一系列问题。论文结构严密，资料丰富，严谨扎实，同意李怡参加博士学位论文答辩。

——王富仁

附录四：本书涉及重要人物、著作及事件索引

A

《哀弦篇》 p.016
《爱国心与自觉心》 p.183
《安徽俗话报》 p.109

B

北冈正子 p.159
白桦派 p.166
柏拉图 p.065
不题撰人 p.142

C

柴四郎 p.101
《茶花女》 p.112
创造社 p.003
《创造十年》 p.236
陈独秀 p.003

陈天华 p.040
陈三立 p.093
陈翔鹤 p.245
成仿吾 p.017
《成都血》 p.142
《沉沦》 p.209
春柳社 p.109
春阳社 p.111
厨川白村 p.166

D

德富苏峰 p.124
笛卡儿 p.066
《东籍月旦》 p.029
《东京梦》 p.140
《东欧女豪杰》 p.107
《东游日记》 p.117

273

E

《20世纪太平洋歌》 p.094
《20世纪大舞台》 p.109
恶恶 p.142

F

冯乃超 p.016
冯自由 p.038
《凤凰涅槃》 p.243
《扶桑游记》 p.042

G

《革命逸史》 p.038
《革命军》 p.040
《国魂篇》 p.031
《国民报》 p.032
郭沫若 p.010
龚自珍 p.063

H

哈耶克 p.070
赫拉克利特 p.065
赫胥黎 p.055
《海国图志》 p.043
《河南》 p.016
黑格尔 p.071

《黑奴吁天录》 p.112
亨利·詹姆斯 p.105
黄遵宪 p.011
黄摩西 p.133
黄远庸 p.186
黄侃 p.252
《黄人世界》 p.142
《湖北学生界》 p.033
《怀旧》 p.165
胡秋原 p.085
胡适 p.024

J

《迦因小传》 p.113
《甲寅》 p.015
贾植芳 p.003
《佳人奇遇》 p.101
《绛纱记》 p.185
《劫灰梦》 p.108
《江苏》 p.033
《敬告留学生诸君》 p.001
《进化论革命者颉德之学说》 p.072
进化团 p.111
《经国美谈》 p.102
《警世钟》 p.060
《近时二大学说之评论》 p.031

伽达默尔　p.008
《俱分进化论》　p.058

K

开明社　p.111
康德　p.063
康有为　p.009
《科学史教篇》　p.133
克鲁泡特金　p.041
克尔凯郭尔　p.064
《狂人日记》　p.016
《苦闷的象征》　p.225

L

《楞严经》　p.041
《累卵东洋》　p.161
李大钊　p.035
李初梨　p.017
李广田　p.115
李铁声　p.017
李书城　p.001
李叔同　p.110
林纾　p.028
梁启超　p.001
梁实秋　p.026
刘师培　p.002
刘艺舟　p.113

《留东外史》　p.014
鲁迅　p.002
《论俄国革命与虚无主义之别》
　　　　　　　　　　p.016
《论文章之意义暨其使命因及中国近时论文之失》　p.016
卢骚　p.039
陆镜若　p.110
罗素　p.069
罗普　p.102
罗森　p.117
履冰　p.140

M

马君武　p.096
马克斯·舍勒　p.008
《美文》　p.167
《民族主义论》　p.029
《民报》　p.032
《明独》　p.075
明治维新　p.037
穆木天　p.003
穆勒　p.028
《摩罗诗力说》　p.002

N

南社　p.096

尼采　p.064

O

欧阳予倩　p.003

P

彭康　p.003

《漂流三部曲》　p.209

《破裂不全的小说》　p.142

《破恶声论》　p.149

Q

《青春》　p.129

《清议报》　p.032

秋瑾　p.040

丘逢甲　p.093

《劝学篇》　p.009

《群己权界论》　p.072

R

《人之历史》　p.016

《人的文学》　p.172

《日本杂事诗》　p.023

《日本国志》　p.042

《日本纪游》　p.117

《日本日记》　p.117

日本新派剧　p.110

日中露　p.142

容闳　p.009

儒勒·凡尔纳　p.161

蕊卿　p.032

S

《少年中国说》　p.127

《三叶集》　p.205

沈雁冰（茅盾）　p.251

矢野龙溪　p.102

《四川》　p.033

《世界地理》　p.042

《世界地理志》　p.042

私小说　p.225

诗界革命　p.011

施蒂纳　p.064

《使东述略》　p.117

《狮子吼》　p.106

实藤惠秀　p.036

苏曼殊　p.003

叔本华　p.064

《苏报》案　p.040

《双秤记》　p.186

《黍离痛》　p.142

孙中山　p.032

松居松叶　p.112

T

《天演论》 p.054
《天义报》 p.016
《天狗》 p.243
藤泽浅二郎 p.112
《藤野先生》 p.217
谭嗣同 p.011
陶晶孙 p.225
田汉 p.004
《田园的忧郁》 p.234
桐城派 p.118
同盟会 p.003
同光体 p.097

W

《文化偏至论》 p.016
《文学革命论》 p.191
王国维 p.028
王韬 p.042
王尔德 p.185
魏源 p.043
末广铁肠 p.102
戊戌变法 p.093
吴沃尧 p.132
吴稚晖 p.146
武者小路实笃 p.166

X

《侠情记》 p.109
小说界革命 p.023
《小说林》 p.133
夏曾佑 p.011
夏目漱石 p.166
向恺然 p.014
《栖溟啸园》 p.142
《新罗马》 p.109
新派诗 p.011
《新生》 p.133
新体诗 p.099
《新小说》 p.093
新月派 p.025
《新中国未来记》 p.103
《新民丛报》 p.032
《新民说》 p.059
新民社 p.111
《新青年》(《青年杂志》) p.016
《行路难》 p.217
《兴国精神之史曜》 p.016
西奥多·M·米尔斯 p.015
许寿裳 p.016
学衡派 p.025
《雪中梅》 p.102
《血痕花》 p.032

徐锡麟　p.040

徐念慈　p.103

徐志摩　p.252

Y

亚里士多德　p.066

亚当·斯密　p.070

《野草》　p.211

《厌世心与爱国心》　p.184

《游历日本图经》　p.117

严复　p.054

《译书汇编》　p.032

易卜生　p.065

伊藤虎丸　p.078

《一个青年的梦》　p.166

《英雄国》　p.142

《庸言》　p.182

郁达夫　p.013

《域外小说集》　p.162

鸳鸯蝴蝶派　p.137

《月月小说》　p.132

《月界旅行》　p.161

云飞　p.142

Z

杂歌谣　p.093

《造人术》　p.161

章太炎　p.016

章士钊　p.015

詹姆逊　p.143

郑振铎　p.241

张之洞　p.009

张肇桐　p.106

张资平　p.014

《中国现代文学大辞典》　p.005

《中国现代文学三十年》　p.005

《中国新文学史》　p.005

中华木铎新剧　p.113

《浙江潮》　p.016

浙学会　p.040

郑伯奇　p.016

曾孝谷　p.110

《自由结婚》　p.106

周作人　p.003

《走向世界文学》　p.006

邹容　p.035

朱镜我　p.003

佐藤春夫　p.225

初版后记

从留学生文化的角度研究中国近现代之交的文学状况，这对我既有的知识结构是一个考验，无论是在留学生文化这方面还是在近现代之交的中国文学这方面，都如此。论文的选题是接受了王富仁老师的建议，其中遭遇的困难竟好几次让我踌躇不前。

但现在终于还是大体上告了一个段落。

在经过了一段时间的"补课"和写作初期的"煎熬"之后，我似乎渐渐地进入了角色，触及到了这一问题在解决当下文学史问题中的特殊意义。感谢王富仁老师，没有他的智慧与远见，我肯定会与这一段重要的体验擦肩而过！

18年前的一个秋天的夜里，在北京师范大学图书馆里，一篇论文打开了我走向文学研究的道路，那就是王富仁老师的《〈呐喊〉〈彷徨〉综论》。从此以后，我一直受惠于这样的智慧，当然更受惠于老师、师母真挚的情怀。包括小磊，上世纪80年代的最后一个7月，在我毕业离开师大的时候，小磊扛起行李，一直送我到北京站，而且还整整送了两次！在那个不平凡的夏天，到处都是塌方与泥石流，北京与重庆间的铁路竟然就被忽然冲断。

又到了该离开北京的时候。说实在的，我十分怀恋这里的一切，那些智慧而真诚的"王门师兄师妹"，廖四平、唐利群、李炜东、沈庆利、孙晓娅……尤其是同级的彭志恒、梁鸿，还有我的老朋友魏崇武，你们都是我北京记忆的最温暖的一部分！

论文写作过程之中，朱金顺、刘勇、王泉根、杨联芬、黄开发、钱振刚等师大中文系的老师都给了我种种帮助，论文答辩委员会成员及外审专家王保生研究员、钱理群教授、孙郁教授、刘勇教授、张健教授、邹红教授、王向远教授等都对论文提出了宝贵的意见，在此一并致谢！

在我写下这篇"后记"的时候，北京城正在经受一次"沙士"瘟疫的严峻考验，据说有许多的人们已经"突围"而去了。不知为什么，我忽然联想起了我的论文选题，在20世纪之交的那个时候，一批又一批的中国人也在离开，他们不也是一种"突围"么？生存的突围总能给中国带来一点新的希望吧？！

李 怡

2003年5月9日

在重庆遥想师大

论文答辩完成以后，我陆陆续续整理了其中的一些章节作为论文发表，先后获得了《中国社会科学》《文学评论》《社会科学研究》《西南师范大学学报》《徐州师范大学学报》《中山大学学报》《贵州社会科学》《理论与创作》等杂志的支持，又蒙台湾中国文化大学宋如珊教授不弃，将本书答辩文本收入她主持的"大陆学者丛书"当中，在此，我谨表示衷心的感谢！这里出版的文本是在答辩结束后我重新修订并增写的，完善了答辩之时没有来得及提交的第五章与第一章的部分内容。最后再次感谢北京大学出版社张雅秋女士、高秀芹女士为本书出版所付出的心血。

李怡 补记于2006年岁末

再版补记

  这是我的博士论文,初版于2009年,当时因为种种原因,有关论文答辩的一些信息(决议书、评审书、导师意见)未能编入,对我而言实在是一大遗憾。在我内心,与其说将这些文字视作"著作",不如说更是"研究生毕业论文",毕竟这是我求学经历的一个小结。今天,蒙凤凰出版集团特别是李黎先生的不弃,给予它再版的机会,我也正好可以弥补当年的遗憾了。

  当年的博士论文选题,我原拟继续做中国现代新诗研究,后来被王富仁老师拉进了一个"20世纪中国文学论争"的丛书工作,承担了"留日派与英美派的论争"课题,虽然因为某些变故,该书未能写就,但是在王老师的要求下,对留日作家的考察还是成了我的毕业论文。显然,这是我并不熟悉的领域,一切都得重新开始,需要补的课也很多。

  最可记者,则是在本书修补再版的准备过程之中,我的导师王富仁先生不幸去世了,本书的选题来自老师的建议,虽然由于个人学识所限,最后的成品并不尽如人意,不过在我却是一种领域的开拓,一次视野的扩展,点点滴滴,都凝聚着王老师的智慧用心,我更愿意将这一选题当做老师未竟的现代文化启蒙之思的一部分,关于英美派知识分子与留日派的思想差异,这是深深影响着现代中国思想文化发展的大问题,值得我们长期关注和思考。

  本书的再版,就作为献给老师的一份奠礼,以告慰他的在天之灵。

李怡

2017 年 9 月于成都江安花园